Callan
le magnétique

 Ce livre est une fiction. Les noms, caractères, professions, lieux, événements ou incidents sont les produits de l'imagination de l'auteur utilisés de manière fictive. Toute ressemblance avec des personnages réels, vivants ou morts, serait totalement fortuite.

Titre de l'édition originale : *Womanizer*

Traduction française -
Collection New Romance® créée par Hugues de Saint Vincent
et dirigée par Arthur de Saint Vincent

Ouvrage dirigé par Alice Serverin
Couverture : Marion Rosière
Image de couverture : © Shutterstock

Pour la présente édition
Collection Hugo Poche dirigée par Franck Spengler

34-36 rue La Pérouse,
75116 Paris
www.hugoetcie.fr

ISBN : 9782755692846
Dépôt légal : décembre 2021
Imprimé en Espagne par Blackprint

KATY EVANS

Callan
le magnétique

Traduction de l'anglais par Audray Sorio

Hugo Poche

NEW ROMANCE®

À tous les imprévus de la vie.

SÉLECTION MUSICALE

I Lived, One Republic
All You Are, Bluebox
TiO, Zayn
For Your Entertainment, Adam Lambert
Into You, Ariana Grande
Lost Stars, Adam Levine
Champagne, Ferras
Turn the Night Up, Enrique Iglesias
Fiction, Kygo
You Make the Rain Fall, Kevin Rudolf
Here With Me, Dido
Put Your Arms Around Me, Texas

CHAPITRE 1
Chicago

Par le hublot, les immeubles apparaissent sous mes yeux. Chicago sera ma ville pour les trois prochains mois.

Lorsque je leur ai annoncé la nouvelle, Farah et Veronica, mes meilleures amies, n'en revenaient pas.

Elles sont loin d'être les seules. Dans la région de Texas Hill Country, personne ne m'a crue, pas même l'employeur pour lequel je rêve de bosser, Daniel Radisson, directeur de Radisson Investments à Austin. Ce dernier avait rejeté ma candidature et m'avait conseillé de revenir vers lui quand j'aurais acquis de l'expérience ailleurs. Avant mon départ, je n'ai pas pu m'empêcher de faire un saut dans son bureau pour l'informer que j'avais dégoté un stage, et non des moindres, et que je reviendrais solliciter un poste chez lui lorsque j'aurais terminé.

– Et cette place au sein de la plus prestigieuse entreprise de Chicago, vous l'avez obtenue par vos propres moyens ? a-t-il demandé, incrédule, en secouant la tête devant mes talons hauts, ma minijupe, mon joli petit top à sequins et mon sac en bandoulière.

C'est dingue, comment peut-il douter de moi à ce point ? J'ai réprimé une furieuse envie de mentir, les doigts croisés dans le dos.

C'est mon frère qui a décroché ce stage pour moi et l'avouer me répugne, mais le mensonge me répugne encore plus, alors j'ai résisté à la tentation.

Cela dit, je déteste qu'on me sous-estime.

Mon frère m'a peut-être pistonnée pour entrer dans la cour des grands, mais ça s'arrête là. Maintenant, c'est à moi, et à moi seule, de faire mes preuves. Finis, les petits privilèges. Un jour, je serai à la tête de ma propre boîte et j'aiderai les gens à réaliser leurs rêves.

– Le PDG est un ami de mon frère, mais ils sont heureux de m'accueillir là-bas, ai-je rétorqué.

Techniquement, ce n'est pas faux. En réalité, tout ce que Tahoe a dit, c'est : « Ai contacté Carmichael. Envoie toute ta paperasse à cette adresse. Tu commences début juin. »

Il n'a pas précisé si son ami était « heureux », mais dans la mesure où il a accepté ma candidature, on est en droit de supposer qu'il se réjouit de ma venue.

En tout cas, *moi*, je m'en réjouis.

J'ai toujours été sous-estimée ; c'est l'histoire de ma vie. Pour mes dix-huit ans, mon frère m'a offert un séjour linguistique en France. J'y ai passé tout un été et, à mon retour, tout ce que j'étais capable de dire dans la langue de Molière, c'était « oui ». Grosse déception pour mes parents qui pensaient me retrouver bilingue et espéraient que j'adopte le charme à la française au passage. Je ne suis pas très douée pour les langues, et alors ? Ce n'est pas la fin du monde. J'ai un diplôme en commerce et de grands rêves.

C'est ainsi que ce matin, j'ai plié bagage, j'ai embrassé une dernière fois du regard la chambre où j'ai passé toute mon adolescence et le début de ma vie d'adulte, et je suis partie affronter l'inconnu. Un sacré défi, car non seulement j'ai quitté le nid familial, mais j'ai dû surmonter ma peur de l'avion. J'ai cédé devant l'insistance de mon frère qui tenait à m'envoyer son jet privé pour m'amener à Chicago.

Mes parents et moi avons versé quelques larmes au moment de charger mes valises dans le coffre du 4 × 4 familial, et plus encore une fois à l'aéroport.

J'étais la plus émue de nous trois, c'est clair. Ne me jugez pas trop vite, je suis très émotive, c'est tout.

Je peux aussi me montrer redoutable, croyez-moi. Demandez donc à Ulysse Harrison ce qu'il en pense, lui qui a ramassé un bon coup dans les parties le jour où il a essayé de toucher mes seins, alors à peine naissants, sans mon autorisation.

J'ai serré ma mère dans mes bras en m'imprégnant de sa délicieuse odeur de pomme et de cannelle, puis j'ai pris une bonne bouffée de l'eau de toilette de mon père. Ensuite, j'ai lâché mes parents à contrecœur et j'ai gravi l'échelle du luxueux jet de mon frère. Arrivée au sommet, je me suis tournée pour les saluer une dernière fois. Enlacés côte à côte, ils m'ont fait signe. Mon père souriait, mais il arborait son air « je-suis-fort-mais-bon-sang-je-n'en-mène-pas-large ». Ma mère avait dissimulé ses yeux derrière une paire de lunettes de soleil.

Le pilote a fermé la porte et je me suis installée au niveau des ailes pour éviter cette horrible impression de ne plus rien avoir sous les pieds. C'est un leurre destiné à tromper mon cerveau, sans quoi je n'aurais jamais pu monter dans cet appareil.

Les moteurs ont vrombi, je me suis calée dans mon siège, j'ai fermé les yeux et je ne les ai presque plus rouverts de tout le vol. Je n'ai pas arrêté de tourner frénétiquement la bague que je porte à la main gauche.

Entre le vide et moi… ce n'est pas le grand amour.

Il n'y a qu'avec mon frère que je me sens en sécurité. Bien sûr, je ne serais pas morte si j'avais pris un vol normal, mais ce jet, c'est le sien, et ça change tout. D'ailleurs, lorsque j'ai osé rouvrir un œil, vers la moitié du voyage, j'ai trouvé un message sur l'un des sièges : « Accroche-toi. Il n'y en a que pour une minute. »

Ça m'a fait rire. Et si j'écoutais de la musique pour me distraire ? Je me passe *I Lived* en boucle tandis que l'avion se pose enfin sur le tarmac de Chicago. Ce stage de trois mois est le premier d'une longue série de petits pas qui me mèneront à la carrière de mes rêves.

Tahoe et sa copine passent me prendre à l'aéroport avec une Rolls-Royce très sale. Mon frère aime les belles choses, mais il n'a pas peur de s'en servir. Moi ? Je suis plutôt du genre à ne sortir mon sac à main préféré qu'aux grandes occasions, de peur de l'abîmer. Et bien sûr, après chaque usage, je remets le papier roulé en boule à l'intérieur pour qu'il ne se déforme pas, je l'emballe dans un autre sac pour le protéger de la poussière et je range le tout dans une boîte que je conserve précieusement. Tahoe s'en fiche tellement qu'il ne prend même pas la peine de faire nettoyer sa bagnole à 300 000 dollars.

Il se gare devant un magnifique gratte-ciel du Loop et nous prenons l'ascenseur.

Tandis que nous montons, Tahoe m'embrasse tout à coup sur la joue.

– Surtout, ne mets pas les pieds en boîte de nuit, Liv, murmure-t-il.

Un avertissement. Sa copine prend aussitôt ma défense.

– Mais fous-lui la paix, espèce de tyran !

Si mon frère est un grand blond plutôt brut de décoffrage, sa copine Regina, elle, est une petite brune plantureuse et très sensuelle.

Il l'attrape par la taille et la réduit au silence d'un gros baiser sonore sur la bouche. Elle émet un grognement désapprobateur, mais rougit ; elle est aux anges, ça saute aux yeux.

– Je suis son grand frère, c'est une grosse responsabilité, je ne peux pas lui foutre la paix, argue-t-il en la couvant du regard, un regard très particulier qu'il n'a que pour elle.

Puis il se rembrunit et se tourne vers moi.

– Je ne déconne pas. Ne t'approche pas des boîtes de cette ville.

– De toute façon, ça ne m'intéresse pas. Je suis venue ici pour travailler. Et au cas où tu l'aurais oublié, j'ai survécu sept ans au Texas sans que tu supervises mes activités nocturnes.

En réalité, j'adore mon frère et je sais que, sous ses airs d'ours mal léché, ses intentions sont bonnes. Ma famille compte énormément pour moi et je veux qu'ils soient tous fiers de moi.

– Carmichael me fait une grosse faveur, lance-t-il en sortant de l'ascenseur.

– Merci de me rappeler que je ne suis qu'une incompétente même pas fichue de dégoter un stage toute seule.

– Dans l'une des plus grosses boîtes du pays ? Petite sœur, tu es douée, mais…

Je fronce les sourcils.

– Mais pas à ce point, c'est ça ?

Il me dévisage pendant un instant avec son célèbre sourire en coin, puis m'ébouriffe les cheveux.

– Tu as tout pour y arriver. Je veux pouvoir être fier de toi, d'accord ?

Il me relève le menton.

J'acquiesce.

Callan Carmichael. Je ne le connais pas, mais apparemment mon frère et lui sont très proches. La première fois que j'ai rendu visite à Tahoe, peu après son déménagement à Chicago, il m'a demandé de garder mes distances avec ses amis. Et voilà qu'aujourd'hui, j'ai l'âge d'être employée dans l'une de leurs entreprises, en l'occurrence Carma Inc., dont Carmichael est le propriétaire et le patron. Carma est une multinationale regroupant un certain nombre de sociétés pesant plusieurs dizaines de milliards de dollars et actives un peu partout dans le monde, dans le secteur des médias, de l'immobilier et de l'investissement. La prise de contrôle d'entreprises est la grande spécialité de Carmichael. C'est un vrai requin. Je ne suis pas au courant des potins d'une ville où je vis depuis une heure à peine, mais je sais qu'à Chicago, lorsqu'on parle de lui, c'est avec de la peur dans la voix. Carma Inc. impose son joug aux entreprises en difficulté, sans merci.

Arrivée devant la porte de mon appartement, j'inspire profondément.

J'ai accepté que mon frère m'envoie son jet privé, mais lorsqu'il a commencé à parler de me louer un appartement dans son immeuble, j'ai tout de suite mis le holà et je suis restée intransigeante sur ce point. On touchait à mon indépendance. Cependant, j'ai vite compris que je ne trouverais rien d'abordable à proximité de mon boulot, alors nous avons fait un compromis.

J'ai accepté de reprendre le bail de Gina, puisque celle-ci vit pratiquement chez lui maintenant.

L'ami de Tahoe, Will Blackstone, possède un immeuble de standing dans le Loop, qu'il compte faire démolir. Comme il attend toujours les permis nécessaires pour son projet et que les démarches risquent de prendre un bon moment, Gina a la chance de profiter d'un superbe appartement pour un loyer dérisoire. Elle y entrepose encore quelques affaires, mais tout ce dont elle a besoin se trouve désormais chez Tahoe. Alors pendant les prochains mois, son appartement sera le mien.

Au moment de tourner ma toute nouvelle clé dans la serrure et de pénétrer chez moi pour la première fois, je suis envahie par une bouffée d'excitation.

– Tu comptes ouvrir cette porte un jour ? demande Tahoe avec impatience, appuyé contre le mur.

– C'est bon, on n'est pas à une seconde près ! Laisse-moi savourer ce moment !

Mes mains tremblent un peu, ce qui ne lui a pas échappé, mais il me laisse malgré tout le privilège d'entrer la première.

Ce que je fais enfin.

L'endroit se compose d'une chambre, d'une salle de bains et de toilettes séparées, d'un dressing aussi grand que ma chambre au Texas, d'une cuisine très spacieuse et d'un séjour bénéficiant d'une vue imprenable sur la ville. Pour ne rien gâcher, le parquet sent divinement bon.

– Oh, que cet endroit me manque, soupire Regina.

Tahoe semble sous le choc. Elle lui donne un petit coup de coude.

– Quoi ? Je n'ai pas dit que je préférais vivre ici plutôt que chez toi.

Il lui sourit.

Je les laisse se faire les yeux doux et ouvre la baie vitrée. Gina m'a convaincue de loger ici en vantant la délicieuse odeur qui émane de la chocolaterie voisine.

Je prends donc une bonne inspiration et… ça sent réellement le chocolat !

Le quartier est magnifique, les rues sont propres. Nous faisons un aller-retour jusqu'à la voiture pour monter toutes mes valises.

Regina a rassemblé ses affaires d'un côté du dressing, mais la moitié de l'espace encore disponible me suffirait, tant il est immense.

Je commence par ranger mes vêtements. Contrairement à mes copines texanes, je déteste les garde-robes pleines à craquer. Un jour, on m'a dit que lorsqu'on faisait du tri dans ses placards, on était prêt à laisser entrer de nouvelles choses, y compris dans sa vie. Dans ma penderie, il y a toujours assez de place pour accueillir de nouvelles choses. Quelles choses ? Ça, je l'ignore.

Gina m'aide à déballer mes bagages tandis que mon frère commande des plats chinois afin que nous prenions un déjeuner tardif ensemble. Plus tard, obligés d'aller se préparer pour je ne sais quel dîner de gala, ils finissent par me laisser seule. Je balaie le séjour du regard. Mon premier appart, rien qu'à moi, je n'en reviens toujours pas.

C'est un peu bizarre de ne pas entendre mes parents en bas, mais les bruits de la ville me parviennent de l'extérieur, une vie bourdonnante d'activité, et ça me plaît.

Dans le salon, je n'ajoute qu'un seul élément de chez moi, un coussin sur lequel sont brodées une petite couronne et l'inscription suivante : LA REINE DE TOUT ET LE RESTE.

C'est ma grand-mère, ma Nana, qui me l'a offert. S'il y a une reine au Texas, c'est bien elle. À quatre-vingt-deux ans, Nana est toujours la plus cool des mamies que je connaisse, avec ses cheveux blancs impeccables et son dictionnaire de jurons plus étoffé que celui de n'importe quel charretier.

Il y a un achat que Gina n'a jamais eu l'occasion d'effectuer : des tabourets pour l'îlot central de sa cuisine. Qu'à cela ne tienne, comme je compte éviter les dépenses inutiles, ma chaise de bureau, agrémentée de quelques coussins, fera très bien l'affaire.

Je fais le lit et dispose quelques photos de ma famille sur la table de chevet. Lorsque tout semble avoir trouvé sa place, je range, au prix de gros efforts et de quelques jurons essoufflés, mes valises sur l'étagère la plus haute du dressing afin de ne pas encombrer l'espace.

Cette nuit-là, je dors pour la première fois seule dans un appartement entier rien que pour moi.

Je ne suis pas certaine d'aimer ça.

Pas encore.

Dimanche, j'achève d'organiser mon nouveau dressing et prépare mon porte-documents tout neuf – cadeau de mes parents.

C'est une jeune fille de vingt-deux ans qui a quitté le Texas, mais demain matin, c'est une jeune femme indépendante qui se lèvera pour aller travailler. Je suis prête. J'ai beaucoup de choses à prouver, en particulier à moi-même, et je suis ici pour apprendre à jouer dans la cour des grands.

Je remplis donc ma mallette en cuir noir de Post-it, de stylos, de crayons, bref, la totale. Ensuite, je sors faire un peu de shopping, je veux être certaine de porter la bonne tenue. Apparemment, le patron impose un code vestimentaire. J'achète donc des tenues composées de noir, de blanc ou de gris afin de me conformer à l'uniforme des employés de Carma Inc.

Lorsque je rentre, deux gros paquets de pop-corn m'attendent sur le plan de travail, accompagnés d'un petit mot.

Tu ne peux pas te revendiquer citoyenne de Chicago tant que tu n'auras pas goûté ça. Signé : ton frère préféré.

Je lui envoie un texto :

Tu es mon seul frère, andouille.

Sans ça, je ne serais pas ton préféré,
c'est sûr.

Fais un coucou à Gina de ma part.
Ce soir, je me couche tôt.
Demain, c'est le grand jour !

Ma poulette, ça va être le grand jour
tous les jours pendant trois mois.
Je te préviens, Carmichael est super cool,
sauf en affaires.

Je suis prête à relever le défi.

Si tu te dégonfles, tu pourras toujours
faire ton stage chez moi.

Chez mon frangin préféré ? Pour avoir
tout le temps de me limer les ongles
devant la télé ? Non merci, je préfère
mériter ma place.

OK. Si jamais ton rôle de princesse
te manque trop, préviens-moi,
je verrai ce que je peux faire.

Promis.

Au fait, quand on parle du loup…
je dîne avec ton boss, ce soir.

Surtout, pas un mot sur moi. Je te l'ai dit :
je ne veux pas de traitement de faveur
parce que je suis ta sœur.

Et je t'ai écoutée.

D'accord, mais promets-le-moi quand
même.

Tu seras étonnée de l'apprendre,
mais tu n'es pas notre seul sujet
de conversation.

Ah bon ? Alors arrête de m'enquiquiner.
Je vais bien ! Plus que bien, même.
Tu n'es pas obligé de me couver,
maman s'en charge.

Bon, alors, restons-en là.
Appelle-moi ou Regina si tu as besoin
de quoi que ce soit.

Si je ne perds pas vos numéros.

Ah. Ah.

Gina a conservé le double des clés de l'appartement, ce doit être elle qui est passée déposer le pop-corn. Je m'attaque au premier paquet, le Garrett Mix, en guise de dîner, et pousse des gémissements d'extase gustative jusqu'à ce qu'il n'en reste plus une miette et que je me lèche les doigts. Un peu plus tard, je découvre avec surprise un petit panier rempli de préservatifs sur le lit ainsi qu'un autre mot :

Liv, surtout ne dis rien à Tahoe. Je veux juste m'assurer que tu sois prête à faire face à n'importe quelle situation.

Bisous. Gina.

Je ris devant la variété de parfums qu'elle a prévus. En revanche, ils sont tous de taille XL. Ce n'est pourtant pas la taille la plus courante, mais je préfère ne pas savoir ce qui pousse Gina à le penser. Je planque le panier sur la tablette la plus basse de ma table de chevet, derrière un cadre photo, puis appelle enfin mes parents pour leur donner de mes nouvelles.

– Tout se passe bien, Olivia ? Est-ce que ton frère t'a aidée à t'installer ?

– Maman, j'ai bien cru que Gina et lui allaient emménager avec moi.

Je râle pour la forme. En réalité, je suis tellement reconnaissante d'avoir une famille formidable qui m'aime et me soutient. Je sais que tout ce qu'ils cherchent, c'est mon bonheur. Je les aime et je veux qu'ils soient fiers de moi.

CHAPITRE 2
Le premier jour

Je m'éveille avant que le réveil sonne, c'est vous dire mon niveau de stress.

J'ai la pression, pas uniquement parce que c'est mon premier emploi officiel, mais aussi à cause de l'endroit où je vais travailler. Cette expérience chez Carma Inc. représentera un gros avantage lorsque je retournerai frapper à la porte de Radisson Investments, et plus tard, lorsque je créerai ma propre boîte. Je vais faire mes premières armes dans l'entreprise la plus impitoyable du pays ; les petits jeux malsains auxquels se livrent les acteurs de ce secteur n'auront plus de secret pour moi. Mon but est d'en apprendre le plus possible afin de pouvoir déjouer leurs vilains tours et protéger mes futurs clients. Toutefois, il faudra que je veille à ne pas vendre mon âme à Carma.

Lorsque je repartirai dans trois mois, je ne veux pas m'être métamorphosée en femme d'affaires froide et cruelle, comme le seraient, selon la rumeur, tous les employés chez Carma.

Je m'habille selon le règlement, un uniforme tout ce qu'il y a de plus strict : une jupe crayon et sa veste assortie, courte, près du corps. Je rassemble mes cheveux dans une queue-de-cheval basse. C'est sobre, élégant, et j'aime assez la sensation de mes cheveux dans ma nuque. Je suis très sensible, dès qu'un courant d'air me frôle à cet endroit, j'ai des petits frissons. Je complète ma tenue avec des escarpins et des boucles d'oreilles, une perle à chaque lobe. J'ai bien envie de me lâcher sur les accessoires, un foulard ou un bandana enroulé à la base de ma queue-de-cheval, mais je ne suis plus une étudiante. Bienvenue dans la vie active.

C'est une journée chaude et venteuse à Chicago. En descendant du taxi, je lève les yeux vers l'immeuble de Carma Inc.

Si la réputation de l'entreprise ne suffit pas, le gratte-ciel où se situe son siège devrait achever de vous intimider. Du haut de sa cinquantaine d'étages, l'édifice semble vouloir m'avaler, moi petite chose debout sur le trottoir devant ses imposantes portes vitrées.

Wahou.

Je n'arrive pas à croire que je vais bosser ici.

Aujourd'hui, j'ai droit à une présentation de l'entreprise et des tâches qui m'incomberont, en compagnie d'une dizaine d'autres stagiaires.

Je prends une profonde inspiration, le porte-documents serré contre ma poitrine.

OK. C'est parti.

Je pénètre dans le bâtiment où m'attend ma première expérience professionnelle.

Dans l'ascenseur qui me propulse vers mon étage, une nuée de papillons prend possession de mon estomac. Le miroir me renvoie mon reflet en uniforme. Bon sang. J'ai l'air terrorisée. *Ressaisis-toi, Livvy !* Je ne sais pas encore si je rencontrerai le patron aujourd'hui ni si ça arrivera un jour, d'ailleurs. De toute façon, *il* a rendu un service à mon frère, mais je ne veux pas de traitement de faveur, j'ai été très claire là-dessus et je suppose que Tahoe aura été tout aussi clair avec Callan Carmichael. Désormais, je suis une femme active et autonome.

J'espère me distinguer dans mon travail et qu'il entende parler de moi par un autre biais.

Bon, ne nous emballons pas. D'abord, le premier jour.

Dès mon arrivée, j'entends parler du dernier rachat de Carma. On ne parle que de ça à la cafétéria et c'est l'objet de chaque coup de fil que mon supérieur reçoit. J'ai été affectée au département des recherches, sous la houlette de monsieur Henry Lincoln. C'est un homme d'âge moyen, aimable, qui ressemble à un prof d'histoire. Le crâne chauve et brillant, la voix bourrue, il a toutefois un regard doux, toujours perdu dans le vide, comme si son esprit l'emmenait sans cesse ailleurs.

Monsieur Lincoln est l'un des cerveaux de Carma et je l'assiste dans ses recherches. Pour faire simple, notre job consiste à dénicher des entreprises qui méritent l'attention de Carma.

Je n'ai pas envie de me spécialiser dans les prises de contrôle, mon but serait plutôt d'aider les sociétés en détresse. Cependant, si je veux bien mener ma barque et parvenir à mes fins, je dois d'abord comprendre ce qui pousse les entreprises à la faillite, analyser chaque branche de ces compagnies afin d'identifier leurs points faibles. C'est comme ça que des requins tels que Carmichael parviennent à faire pression aux bons endroits et à se les approprier. Pour ma part, cela me permettra surtout de comprendre où le bât blesse et, plus tard, d'aider ces entrepreneurs à se reconstruire et à se renforcer pour redevenir compétitifs.

Hélas, pendant une bonne partie de la journée, je me sens complètement dépassée. J'en viens même à me demander si je suis faite pour ce métier. Je m'accroche de toutes mes forces. Café, prise de notes, dossiers, recherches.

OPA hostiles sont les maîtres mots. Mon rôle consiste à enquêter sur l'état de santé des firmes qui sont dans le collimateur de Carma : sont-elles cotées au Dow Jones ou au Nasdaq, qui sont leurs investisseurs, quelle est leur histoire, leur capital d'investissement, sans parler de leurs liquidités, leurs coûts de gestion, etc. Bref, la totale.

Mon contrat requiert ma présence sur place de 9 à 17 heures, mais aujourd'hui je m'attarde jusqu'à 18 heures afin d'aider monsieur Lincoln à finaliser sa pile de dossiers. Il doit les présenter demain devant Callan Carmichael et le conseil d'administration. Une réunion importante.

En revenant du troisième étage avec les dernières photocopies, je m'arrête pour servir un cinquième café à monsieur Lincoln. Au moment de poser ce dernier sur son bureau, je le renverse sur ma veste grise.

– Oh zut ! Monsieur Lincoln, je…

– Ce n'est rien. De toute façon, nous avons quasiment terminé. Cachez le désastre en sortant et rentrez chez vous.

Je me débarrasse de ma veste imbibée de café.

– Allez-y, vous dis-je, insiste Lincoln en me faisant signe de déguerpir, sans cesser de classer les dossiers.

J'obéis, mais pas avant d'avoir rempli et rapporté sa tasse.

– Désolée.

– Arrêtez de vous excuser. Pour un premier jour, vous en avez fait bien plus que n'importe quel stagiaire. Rentrez vous reposer, ajoute-t-il, radouci, en apercevant son café.

J'acquiesce, puis me dirige vers les ascenseurs, ma veste complètement tachée pliée sur le bras. Trois cabines s'arrêtent à mon étage, à chaque fois pleines à craquer d'employés qui terminent leur journée. Tous sans exception remarquent ma veste tachée.

Merde !

Je ne vais tout de même pas descendre comme ça, avec ma dégaine d'empotée qui fait n'importe quoi dès son premier jour de stage.

J'appuie sur la petite flèche pointant vers le haut. Bingo, l'ascenseur qui monte est vide.

Une fois dedans, je soupire et m'efforce de rassembler mes esprits ; je vais attendre que les locaux soient déserts pour sortir.

Les portes s'ouvrent sur un superbe toit-terrasse.

Quelque chose accroche mon regard, je retiens mon souffle.

Tout au bout de la terrasse, une silhouette noire est appuyée à la balustrade.

Pantalon noir, chemise blanche aux manches retroussées jusqu'aux coudes, taille fine soulignée par une ceinture noire, très chic… On devine le relief des muscles de son dos… et de ses fesses.

Je suis obligée de cligner des yeux parce que… quel dos magnifique.

Une cigarette pend à ses lèvres. Je ne fume pas, mais tout à coup je le regrette.

Il a l'air si détendu, là, au sommet du monde, que j'ai envie de le rejoindre et de me détendre avec lui.

Je m'avance.

– Serait-ce très grossier de ma part de te demander une taffe ?

Il ne se tourne pas vers moi. En fait, il n'a pas du tout l'air surpris par ma présence. Il doit avoir entendu l'ascenseur tinter à mon arrivée, et puis ce ne doit pas être inhabituel de voir quelqu'un débarquer. Je ne suis sûrement pas la seule à venir me réfugier ici.

Il se contente de tendre la main, en silence. J'observe son avant-bras parcouru de veines viriles. Je m'avance sans trop m'approcher du bord et de la vue plongeante sur la ville.

– C'est mon premier jour ici.

– Il faut se dire que c'est un jour comme les autres et tout ira bien.

Quelle voix profonde et grave. Je lui prends la cigarette, tire dessus, inhale et recrache la fumée.

De beaux cheveux bruns, parsemés de mèches éclaircies par le soleil, et cette paire d'yeux perçants braqués sur moi, cerclés de longs cils noirs et surplombés d'épais sourcils. Peu à peu, ses traits s'impriment dans mon esprit. Comment peut-on être aussi parfait et viril à la fois ? Il a le front lisse, un nez élégant, une bouche ferme et une mâchoire sans le moindre défaut couverte d'une barbe de trois jours qui lui donne un petit air négligé tout à fait maîtrisé. Pour une raison que j'ignore, ses lèvres me rendent tout à coup très consciente des miennes.

Je le dévisage.

Arrête de le mater comme ça, enfin !

– Je… euh…

Une lueur indéchiffrable se met à danser dans ses yeux.

– Tu veux en griller une ?

Sa voix est un peu plus rauque que tout à l'heure.

– Pardon ?

Il désigne la cigarette presque éteinte et sort un paquet de la poche de son pantalon.

L'idée de rencontrer quelqu'un d'autre que mon frère et Gina me met au comble de l'excitation. Je suis en train de me faire un ami, toute seule.

Je hoche la tête. Il glisse une cigarette entre ses lèvres, l'allume, puis me la tend en recrachant lentement la fumée. Les volutes s'élèvent devant ses yeux brillants.

Je saisis la cigarette, prends une bouffée et laisse la fumée s'échapper lentement de ma bouche.

– Merci.

Je ne me suis toujours pas approchée de la balustrade. Je lui dois une explication.

– J'ai peur du vide.

Et voilà. À présent, il me considère avec un air curieux.

– Et qu'est-ce qui t'amène ici, à part une soudaine pulsion masochiste ?

Ses lèvres s'incurvent légèrement. Les miennes aussi.

– Ma peur du vide me permet de relativiser. Quand je sens que je ne maîtrise plus la situation, que je perds les pédales, je cherche l'endroit le plus élevé possible et tout de suite mes tracas me paraissent beaucoup plus gérables. Tout semble dérisoire à côté de ma phobie.

Il me décoche un sourire et mon cœur se met à battre un peu plus vite. Il me prend la cigarette des lèvres et l'écrase dans un cendrier tout proche.

– Viens près de moi. Promis, je ne te laisserai pas tomber. Je suis sérieux.

J'hésite.

Il range son paquet de cigarettes dans son pantalon et prend ma main pour m'attirer plus près du bord, comme si de rien n'était.

– Tu vois ? Tu n'as rien à craindre.

Sa voix chaude, si agréable, va se nicher au creux de mon ventre et me couvre de petits frissons. Je frémis. Attendez, ce type, cet inconnu, est en train de me toucher. Il a les mains posées sur ma taille !

Euh, Livvy ? Allô ? Remue-toi, ma vieille. Je ne suis pas du genre à laisser un mec me coller comme ça sans un rancard en bonne et due forme au préalable.

Je tente de remuer, mais ses mains sont *puissantes*.

– Tu peux me lâcher, tu sais.

– Tu es sûre ?

La petite lueur danse toujours dans ses yeux.

– Hum. Oui. Ça va aller.

Je tremble. La situation semble beaucoup l'amuser.

Espiègle, il jette d'abord un coup d'œil à ses mains, puis m'interroge du regard.

– Certaine ?

Il reste concentré sur moi, comme s'il craignait que je perde l'équilibre.

– Je gère, ne t'inquiète pas.

Alors il me lâche, sans cesser de me dévisager avec son sourire perplexe. Puis il consulte sa montre.

– Tiens, je suis en retard.

– Je vais encore rester un petit moment, dis-je en soupirant.

Il sort à nouveau son paquet de cigarettes, le pose sur la balustrade, m'adresse un clin d'œil et s'éloigne.

Les yeux rivés sur le paquet, je fais un pas de plus, puis un autre, mais inutile de se leurrer : même si mon rêve le plus fou m'attendait sur cette balustrade, jamais je ne pourrais l'atteindre, pas même avec toute la volonté du monde.

CHAPITRE 3

Le Mystérieux Fumeur

Je m'interdis de remettre les pieds sur le toit, mais dès le lendemain, en fin de journée, je me retrouve dans un ascenseur, direction le dernier étage. Bien entendu, ce n'est pas la terrasse qui attise ma curiosité.

C'est le Mystérieux Fumeur.

Je ne suis pas obsédée par les mecs, ce n'est pas du tout mon genre. Pendant mes études, c'est à peine si je m'y suis intéressée, j'étais bien trop occupée à décrocher mon diplôme. Cette curiosité, c'est donc en quelque sorte une première pour moi. Et peut-être que ça me travaille un peu trop.

Aujourd'hui, il porte un polo bleu. Plutôt gonflé de risquer de se faire virer pour manquement à la règle de l'uniforme.

– Et le code vestimentaire ? Tu t'en fiches, c'est ça ?

Il hausse un sourcil, visiblement amusé par mon ton approbateur.

– Aujourd'hui un polo bleu, l'autre jour, tu n'avais pas de veste…

Cela paraît impossible, pourtant ses yeux se mettent à pétiller encore plus.

– Tu te souviens de mes tenues ? demande-t-il, toujours aussi amusé et visiblement charmé.

Je ne sais pas pourquoi, ça me fait rougir.

Il retourne sa chaise et s'assied à califourchon devant moi, les bras posés sur le dossier.

– C'est quoi le problème avec le code vestimentaire ? Moi, je trouve qu'il te va très bien.

Je lève les yeux au ciel. Il se moque de moi ?

– C'est casse-pieds. J'aimerais bien avoir ton cran.

– Et tu l'utiliserais pour faire de grosses bêtises ?

Je ris, puis pique un fard.

– Désolé, c'était complètement déplacé, s'excuse-t-il avec un petit rire. Je n'ai pas pu résister.

J'adopte un air faussement sévère.

– Franchement, tu devrais t'abstenir. Ça marche encore, ce genre de bouffonneries ?

– Tu serais bien surprise de voir le nombre de femmes qui succombent à mes… bouffonneries.

Je le toise d'un air dubitatif.

– Si tu le dis.

Ce type a du charme à revendre et son beau visage joue en sa faveur, mais il a aussi l'air doté d'un égo surdimensionné que je ne compte pas flatter davantage.

– Je parlais du cran de ne pas porter… l'uniforme. Tu n'as jamais eu de problème ?

– Non. Grâce à mes « bouffonneries », je franchis la réception sans le moindre pépin.

– Dommage que les réceptionnistes ne soient pas des hommes. Mon charme opérerait peut-être aussi.

– Je n'en doute pas une seule seconde, dit-il en m'étudiant.

Je soupire.

– Non, mais franchement, le patron exagère. Je comprends très bien qu'on soit perfectionniste, mais à ce point, c'est de la maniaquerie ! Cela dit, je ne veux pas décevoir mon frère. C'est lui qui m'a trouvé cette place, je compte bien me montrer à la hauteur et faire mes preuves toute seule.

Tout à coup, le Mystérieux Fumeur m'observe de plus près, la mine stupéfaite.

Comme si le fait que j'aie été pistonnée changeait tout.

Et lui, a-t-il des ambitions ou compte-t-il rester au courrier toute sa carrière ? Il n'a pas l'air très pressé de gravir les échelons, en tout cas.

Je suis tellement absorbée par mes pensées que je ne remarque pas tout de suite son air soucieux, les yeux rivés sur sa cigarette. Soudain, il se lève en émettant un petit rire. Il attrape sa veste, son téléphone, ses clés et lance :

– Bonne soirée.

Puis, il s'en va.

Ai-je dit quelque chose de mal ?

Le lendemain, je le vois dans l'ascenseur.

Une collègue qui monte en même temps que moi le repère aussi et se redresse aussitôt. Elle ne va pas se recoiffer, tant qu'elle y est ? Cela dit, je ne la blâme pas. D'ailleurs, je me retiens moi aussi de réajuster l'un ou l'autre élément de ma tenue. Tandis que la cabine nous entraîne vers nos étages respectifs, elle lui adresse un petit signe de tête poli. Le Mystérieux Fumeur le lui rend, puis se tourne vers moi. Pas de signe de tête, il se contente de me dévisager. Je souris.

L'ascenseur fait une halte et nous nous retrouvons seuls.

Je suis bluffée. Voilà que le petit gestionnaire de courrier sans ambition a sorti son plus beau costume, noir de jais. Mais pourquoi aujourd'hui ? Et pourquoi avec cette cravate, certes magnifique, mais rouge ? Elle devrait être grise ou noire. Personne n'oserait porter de cravate rouge ici, sauf peut-être un candidat venu se présenter à un entretien d'embauche.

– Non, mais, regarde-toi ! Tu as sorti le grand jeu. Tu passes un entretien d'embauche ?

Il éclate de rire puis se passe une main sur le visage et secoue la tête.

– On est assortis, dis-je encore en désignant le foulard rouge que j'ai dans les cheveux en guise de bandeau.

Mon petit acte de rébellion personnel contre le code vestimentaire.

– Oui, il faut tout de suite corriger ça, s'écrie-t-il.

Ni une ni deux, il m'ôte le foulard et le fourre dans sa poche. Sans la moindre gêne.

Ensuite, il croise les bras nonchalamment et regarde les étages défiler.

Au bout de quelques secondes, je le surprends qui glisse un regard sur mes épaules et mes cheveux. J'en ai le souffle coupé.

J'étudie mon reflet dans les portes de l'ascenseur. Petite blonde aux yeux bleus et au teint clair, j'ai l'air fragile à côté de lui, si imposant. Et qu'est-ce qu'il est séduisant dans ce fichu costume !

– Tu comptes aller sur le toit, cet après-midi ?

J'ai lâché ça comme ça.

Il hausse les sourcils, pris au dépourvu, puis recommence à m'observer, lentement, intensément.

– Je te laisserai mes cigarettes là-bas, ça te va ? demande-t-il d'une voix douce qui contraste avec son regard.

– Oh non, ça n'a rien à voir avec les cigarettes. En réalité, je ne fume même pas. C'est juste que… eh bien, je n'ai pas beaucoup d'amis ici et j'aime partager un moment avec toi sur la terrasse.

Son regard s'attendrit, mais sa bouche, sublime, refuse d'ajouter quoi que ce soit.

Dieu merci, nous arrivons à mon étage.

– Bon, alors salut.

Mal à l'aise, je lui fais signe avec un petit sourire et sors en m'efforçant de ne pas jeter un coup d'œil en arrière. *Merde. Putain. Putain de merde !* Mes joues sont en feu. Mais pourquoi suis-je dans un état pareil ? Quelle importance qu'il n'ait pas accepté ?

Pour finir, je décide de monter quand même sur le toit-terrasse.

Je ne comprends toujours pas pourquoi je me prends la tête à ce point. La dernière chose dont j'aie besoin, c'est d'un mec. D'ailleurs, afin de décourager d'éventuels soupirants, je porte à l'annulaire de la main gauche la petite bague que mes parents m'ont offerte pour mon quinzième anniversaire. C'est vrai, on ne sait jamais, je pourrais me retrouver en boîte de nuit ou dans un bar avec d'autres stagiaires.

Je recherche un ami, rien de plus. J'aime son énergie. Il dégage beaucoup d'assurance, et puis cette force tranquille… des caractéristiques que j'adore chez mon frère, qui me procurent un sentiment de sécurité. Cela dit, ce type reste un inconnu. Alors, pourquoi ai-je tellement envie de lui parler, au-delà de la simple curiosité, et pourquoi suis-je envahie par ce bourdonnement d'excitation dès qu'il est dans les parages ?

Je sors de l'ascenseur. Il est là, debout près de la balustrade. Mon cœur fait un bond et je suis obligée de prendre une profonde inspiration avant de pouvoir le rejoindre, l'air le plus désinvolte possible.

Il m'observe, une lueur étrange dans les yeux, comme s'il me défiait d'approcher plus près du bord.

Je m'arrête à quelques mètres et triture l'ourlet de ma veste. Son attention se déplace sur l'anneau que j'ai au doigt. Il fronce les sourcils.

– Comment s'appelle-t-il ?

Je ris, puis lui jette un regard noir.

– Eh bien ! Où sont passées tes bouffonneries ? Pas de « qui est l'heureux élu » ? Tout se perd !

– Si ça se trouve, il est plutôt affreusement malheureux, ce pauvre bougre, rétorque-t-il.

J'ai bien envie de m'inventer un fiancé, mais je finis par tout avouer dans un soupir.

– C'est un cadeau de mes parents. Le seul engagement que j'aie pris, c'est celui de me consacrer exclusivement à mes objectifs et cette bague en est la garante.

– Ah bon.

– Eh oui.

– Alors, c'est du toc, lance-t-il en changeant de position.

Je fais un pas en arrière.

– Pas du tout ! C'est un vrai diamant.

– Je voulais parler de tes fiançailles.

– Non, en fait, c'est comme si j'étais fiancée avec moi-même.

Le Mystérieux Fumeur enfonce les mains dans ses poches.

– Personne d'autre ne veut de toi, c'est ça ? demande-t-il, faussement affligé.

Je hoche la tête et adopte le même air.

– Tu as tout compris. En fait, j'ai le corps recouvert de taches de rousseur. Mais le pire, je crois que c'est mon caractère. Abominable.

Il se gratte le menton.

– Des taches de rousseur ?

– Oui. Et pas juste quelques-unes. Comme je te l'ai dit, j'en suis *recouverte*.

– Tu rencontreras peut-être l'âme sœur un jour. Un fétichiste des taches de rousseur, lâche-t-il en riant. Lui, il saura comprendre ce qui te rend unique.

Puis il désigne ma bague.

– Mais ce bijou risque de le décourager avant même d'avoir aperçu les merveilles dont tu es « recouverte ».

– Oh s'il se laisse impressionner par une breloque et qu'il recule devant la concurrence, alors il ne m'intéresse pas. Il ne mérite pas mes taches de rousseur.

Il esquisse un petit sourire.

Mais qui est cet homme ? A-t-il déjà aimé ? A-t-il déjà été aimé ? En a-t-il seulement envie ? Tout le monde en a envie, non ? Même lorsqu'on est persuadé de ne pas être fait pour l'amour, on garde toujours l'infime espoir, dans un coin de notre tête, de vivre ça un jour, ne fût-ce que pour savoir ce que ça fait, pour se laisser emporter.

Je sens le feu me monter aux joues.

– Je crois qu'il me faut une cigarette.

Qu'est-ce qui me prend de lui déballer tout ça ?

Il allume une cigarette et me la tend. Au moment de la poser sur mes lèvres, le simple fait de savoir qu'elle vient de toucher les siennes suscite de petits éclairs dans mon ventre.

Ses beaux cheveux bruns sont malmenés par le vent sans ménagement. Pourtant, il donne l'impression de tout maîtriser, on se demande même ce qui se passerait s'il laissait libre cours à toute cette puissance contenue.

– Alors comme ça, tu as un frère, dit-il.

J'acquiesce.

– Oui. C'est lui qui m'a appris à boucher le tuyau d'arrosage d'une certaine façon et à positionner le jet vers le soleil pour produire un arc-en-ciel. Et plein d'autres bêtises de ce genre. Cela dit, je déteste quand il joue les grands frères condescendants. Il voulait m'installer dans un luxueux appart de son immeuble, mais j'ai refusé. J'ai insisté pour qu'on trouve un endroit avec un loyer à la portée de mon salaire.

Visiblement, mon Mystérieux Fumeur est impressionné. Je continue :

– C'est pareil avec l'argent qu'il a déposé pour moi sur un livret. J'y ai accès depuis que j'ai dix-huit ans mais je n'y ai jamais touché. Ce fric ne m'appartient pas. Moi, je veux gagner ma vie… et investir moi-même dans un projet spécial. Une noble cause.

Je hausse les épaules.

– Mon frère fait beaucoup de dons, à différentes œuvres. J'aimerais être généreuse aussi, mais je veux que ça vienne réellement de moi, pour gagner des points là-haut.

Je désigne le ciel.

Sa cigarette oubliée entre deux doigts, il m'écoute avec beaucoup d'attention et l'ombre d'un sourire.

– J'ai perdu une amie… elle est morte d'une leucémie. Elle était si jeune. On ne vit qu'une fois et on ne sait pas combien de temps on a devant nous.

Il hoche la tête.

– Complètement d'accord. Je suis d'avis qu'il faut tout vivre à fond.

– Moi aussi. Du moins, c'était ma philosophie avant que quelques échecs me refroidissent un peu. Comme mon premier amour ! Attends, je te raconte : mon premier coup de foudre, c'était en colonie. J'avais flashé sur un animateur qui s'appelait Mike Harris. Il était plus âgé, donc plus mature que les autres mecs, et puis il nageait comme un poisson. Un jour, j'ai joué le tout pour le tout, je l'ai embrassé et… il m'a gentiment envoyée balader. Il a énuméré toutes les raisons qui rendaient notre relation impossible, alors que moi, tout ce que je voulais, c'était savoir si l'attirance que j'éprouvais pour lui était réciproque. Nous sommes toujours amis.

– Mais non ?

J'éclate de rire.

– Mais si ! Pourquoi, ça te paraît inimaginable ? On est restés en contact. Je ne sais pas si tu es au courant, mais les filles et les garçons peuvent être amis. J'allais en colonie chaque été et il a conservé son rôle d'animateur pendant plusieurs années de suite. Je suis même devenue amie avec sa femme. Ce n'était qu'un amour de jeunesse.

– Et tu en as eu beaucoup ?

– Quelques-uns, mais rien de comparable à ce que j'ai ressenti pour Mike. D'ailleurs, je n'ai plus jamais osé déclarer ma flamme comme ça.

Je lui jette un coup d'œil.

– Et toi ?

Ma voix s'est adoucie en prononçant ce « toi » qui paraît si intime.

Il tire sur sa cigarette, songeur, comme si la réponse à ma question était difficile à formuler.

– Je ne laisse jamais mes sentiments aller aussi loin, finit-il par répondre. Dès que ça devient trop sérieux, je coupe court.

Il mime avec deux doigts le mouvement d'une paire de ciseaux.

– Mais comment ?

– Après une ou deux nuits, je dis stop.

– Juste le temps de te défouler et puis c'est tout ? Mais c'est nul !

– Oh non, tu peux me croire, avec moi ce n'est pas nul.

Son rire grave et profond est si agréable, j'en frissonne.

– C'est clair que tu es visiblement bien foutu…

– C'est mon choix, je préfère ne pas faire de promes…

Nous nous arrêtons net. Nous avons parlé en même temps. Soudain, je prends conscience de ce que je viens de dire.

Mes joues s'embrasent.

Et voilà, plus moyen de penser à autre chose.

– Attends, tu parles de mon corps ? Je suis touché par ton attention, ironise-t-il.

Je secoue la tête en riant.

– Oh, ça va ! Je n'ai jamais pu tourner ma langue dans ma bouche avant de l'ouvrir. Ça m'a déjà valu pas mal d'ennuis. Un jour, quand j'étais petite, ma mère a reçu ses amies à la maison, et moi, j'ai débarqué et j'ai demandé à l'une d'entre elles pourquoi elle parlait comme une dinde. Pan ! Comme ça. Je te laisse imaginer le foin que ça a fait.

Sans me quitter des yeux, il tend la main. Lorsque je comprends qu'il s'apprête à ramener une mèche de mes cheveux derrière mon oreille, je le devance et interromps son geste.

– Ma mère ne savait plus où se mettre, dis-je, nerveuse.

Pourquoi ai-je fait ça ? Il allait me toucher et je l'en ai empêché.

C'est sa façon de me regarder… ça me perturbe.

Je baisse la tête et laisse mes cheveux retomber devant mon visage, comme un rideau, espérant de toutes mes forces qu'il recommence.

Il ne recommence pas.

– Mais quel besoin avait-elle de parler comme une dinde, aussi ? demande-t-il, la mine perplexe.

Nous rions tous les deux.

C'est bizarre. Il me donne l'impression d'être super intéressante, comme si ce que je racontais était important pour lui.

– Tu es toujours aussi curieux ?

– Curieux, moi ? Pas du tout ! D'ailleurs, il faut que je t'avoue que je n'ai rien écouté.

Il adopte un air méprisant et secoue la tête.

– Pfff ! J'avais la tête complètement ailleurs.

Je fais mine de le repousser et il m'attrape le poignet en riant. Mon rire à moi reste coincé dans ma gorge. Le contact de sa main m'a foudroyée sur place, je ne peux plus respirer.

– C'est toi, la curieuse, continue-t-il, avec tes interrogatoires sur ma vie amoureuse. Au fait, combien de vies te reste-t-il ?

Je fais la grimace.

– Une seule, je crois.

– Alors autant en profiter au maximum, non ?

Il me tend la cigarette presque consumée.

Je secoue la tête mais le remercie, touchée qu'il m'ait réservé la dernière bouffée.

A-t-il des projets pour ce week-end ? J'ai envie de faire un peu de tourisme, mais toute seule, ce n'est pas très gai. Je préfère ne pas solliciter Tahoe et Gina, qui ont déjà beaucoup donné pour moi, ni les quelques stagiaires croisés cette semaine, qui me semblent aussi largués que moi. Cependant, je m'abstiens de proposer quoi que ce soit au Mystérieux Fumeur.

– Bon. Je ferais mieux de rentrer, dis-je.

Dans l'ascenseur, je m'aperçois que j'ai oublié de lui demander comment s'est passé son entretien et de lui passer un savon pour m'avoir volé mon foulard rouge.

Il faut croire que j'avais besoin d'un prétexte pour le revoir.

Ce week-end, c'est finalement Gina qui m'emmène déjeuner. Elle me présente ses amies, Rachel et Wynn, qui m'inondent de questions. Est-ce que je m'en sors chez Carma ? Ai-je déjà rencontré Callan ?

– Non, et tant mieux. J'ai prévenu Tahoe que je ne voulais pas de traitement de faveur.

– C'est drôle. Callan est un type adorable, mais en affaires, il ne rigole pas. C'est épouvantable, affirme Wynn.

Bien, bien. Me voilà donc nerveuse à la simple idée de le croiser.

Ensuite, la conversation dévie sur le hot dog version Chicago – sans ketchup – qu'elles m'ont obligée à commander. Dès la première bouchée, j'ai la confirmation que c'est le meilleur que j'aie jamais mangé. Elles insistent aussi pour que je goûte au plus vite la pizza « Chicago style », avec une énorme croûte.

Gina me confie qu'elle et mon frère ont parié sur moi.

– Livvy, surtout ne va pas en boîte. Il est persuadé que tu ne résisteras pas à l'envie de sortir et s'il gagne son pari, il a prévu de se raser. Mais moi, je ne veux pas, j'adore sa barbe.

– Je me contrefiche des histoires de poils de mon frère, mais je te promets que si je mets les pieds en boîte, il sera le dernier au courant.

Ce soir-là, je reçois un appel de Wynn – que je viens tout juste d'ajouter à ma liste de contacts.

– Livvy, c'est Wynn. J'ai une faveur à te demander. C'est à propos de cette histoire de boîte de nuit. L'interdiction de Tahoe… elle est gravée dans le marbre ?

– Pourquoi ?

– J'ai appris que mon ex sortait ce soir, dans un club que je connais. Je veux y aller. J'ai envie qu'il me voie au top et j'aimerais avoir une conversation avec lui, mais je ne peux pas débarquer là-bas toute seule. Rachel et Gina me tueraient si elles savaient. S'il te plaît, viens avec moi. Personne n'en saura rien, promis. Je n'habite pas loin ; tu peux dormir chez moi si tu veux, ça t'évitera de rentrer seule en pleine nuit.

Il est 21 heures et je suis déjà en pyjama, mais j'aime beaucoup Wynn. Et puis zut, j'ai envie de profiter de la ville. Je lui réponds que je serai prête d'ici vingt minutes.

Je plonge dans un jean et un mini-top à sequins, enfile des talons aiguilles et relève mes cheveux en queue-de-cheval. Je donne un peu de peps à ma tenue avec un collier de perles rouges, juste parce que les couleurs me manquent au boulot. Wynn me prévient par texto qu'elle m'attend dans un taxi, en bas de mon immeuble. J'attrape mes clés, un petit sac à main et je sors. Une pointe de culpabilité me pousse à formuler une rapide prière pour que mon frère n'ait jamais vent de cette escapade.

Trente minutes plus tard, je me retrouve dans une boîte de nuit dotée d'une vaste piste de danse, autour de laquelle sont réparties de petites alcôves intimes avec banquettes. Stroboscopes, musique à fond, tout y est. Wynn a rejoint un beau blond à une table et ils se disputent avec véhémence. De mon côté, j'observe les gens. Soudain, une silhouette accroche mon regard, à l'autre bout de la salle. De magnifiques cheveux châtains, un visage à tomber…

Mon Mystérieux Fumeur ?

Un couple de danseurs vient se placer dans ma ligne de mire et je m'écarte aussitôt pour continuer à l'épier, incrédule. Il est en grande conversation avec un autre type ; son rire gronde jusqu'ici malgré le bruit.

Assise sur ses genoux, une fille le dévisage passionnément, avec des yeux de chiot en manque d'affection.

Elle lui caresse le torse, mais rien à faire, il ne lui accorde pas la moindre attention, il n'y en a que pour son pote.

Je suis triste pour elle, et, en même temps, les genoux de cet homme ont l'air si confortables que je suis triste pour moi aussi.

Soudain, il se met à scruter la pièce et nous surprend, ma mine maussade et moi, en train de l'observer.

Son sourire vacille, mais son regard profond et sensuel soutient le mien. Il lâche la fille, l'écarte de ses genoux et se penche en avant, les coudes posés sur les cuisses, comme s'il voulait s'adresser à moi et à moi seule.

Un éclair de désir et de terreur mêlés me transperce le ventre. Je relève le menton et lui décoche un regard arrogant, prête à recevoir une allusion salace. Il étudie ma bouche et lève son verre, comme pour porter un toast.

Il semble attendre de moi que je le rejoigne, mais je tremble, alors plutôt mourir que risquer qu'il s'en aperçoive. Je reste donc à ma place et jette un coup d'œil du côté de Wynn.

En larmes, cette dernière tente de se lever, mais a beaucoup de mal.

Dans la seconde, le Mystérieux Fumeur se matérialise à ses côtés et la soutient par le coude. Il lui pose une question et elle acquiesce.

Puis il se tourne vers moi.

Je souris avec gratitude mais son visage reste grave.

Mon cœur fait une embardée et je détourne la tête tandis qu'il s'approche avec Wynn.

– Je la raccompagne chez elle.

C'est une déclaration, pas une question.

– Attends. Elle vient avec nous, intervient Wynn.

Il me prend par la main et, aussitôt, une vague de chaleur se répand dans mes doigts. Petit sourire narquois, yeux rieurs, il m'examine de la tête aux pieds, puis il se penche. Ses lèvres m'effleurent l'oreille.

– Tu n'as vraiment rien à faire ici.

Sa voix chaude m'évoque du chocolat, un bon vin, de délicieux préliminaires et je suis à deux doigts de perdre le contrôle. Néanmoins, je parviens à le fusiller du regard avant de me laisser entraîner dehors avec Wynn. Il aide celle-ci à s'installer dans le taxi, grimpe à sa suite, puis me tire à l'intérieur. Une fois installé, il se penche sur moi pour claquer la portière.

Sa cuisse frôle la mienne. Ma gorge se serre.

Il rompt le silence qui s'installe dans l'habitacle.

– Tu n'as qu'un mot à dire et je lui colle deux yeux au beurre noir. Et il ne pourra plus les rouvrir avant longtemps, je te le garantis.

Sa voix, si claire lorsqu'elle n'est pas balayée par le vent sur un toit de Chicago, vibre dans tout mon corps. Je me redresse. Il faut que je fasse abstraction de l'effet qu'il produit sur moi.

– Arrête, il n'en est pas question, proteste Wynn avec un petit rire triste. Mais merci.

Il lui serre la main et lui relève le menton.

– Tu es une fille géniale. Tu n'as pas besoin de ce connard et visiblement, il n'a pas besoin de toi non plus.

– Merci.

Ils s'étreignent. Le voir comme ça, les bras autour d'elle, me donne la nausée. Tandis qu'il lui caresse le dos pour la réconforter, je prends conscience que son regard est posé sur moi, un regard si intense que j'ai presque l'impression de sentir sa main dans *mon* dos.

Tout à coup, je voudrais être chez moi, au Texas, et les larmes me montent aux yeux.

Que m'arrive-t-il ? Aucune idée, mais j'éloigne ma jambe de la sienne et me tourne vers la fenêtre.

Je l'entends demander à Wynn ce qui s'est passé. Elle lui répond que c'est une longue histoire, mais que, cette fois c'est sûr, ça ne marchera jamais entre eux.

Il lui dit qu'il est désolé.

Et il semble sincère.

C'est horrible, j'ai l'impression de tenir la chandelle. Je meurs d'envie d'appeler mon frère pour qu'il me prenne dans ses bras, me dise que ça va passer.

Une fois arrivés, je bondis hors du taxi. Tandis que nous extirpons Wynn de son siège, je prends soin d'éviter le regard du Mystérieux Fumeur. Nous la montons jusque chez elle, la soutenant chacun par un bras, et nous l'installons sur le canapé du salon.

– Merci, dis-je en aidant Wynn à se débarrasser de ses chaussures.

– Et toi, ça va ? me demande-t-il, l'air soucieux.

– Très bien, merci. Maintenant tu sais où elle habite… au cas où tu voudrais… revenir la voir quand je ne suis pas là ou que sais-je.

Il hausse les sourcils.

J'annonce à Wynn que je vais nous faire du café et m'éloigne.

– Bon, tu sais où me trouver si tu as besoin, dit le Mystérieux Fumeur à Wynn.

« En boîte ? » ai-je envie de hurler au moment où la porte se referme derrière lui.

Tout en préparant le café, je m'efforce de respirer calmement. D'où vient ce mal du pays si soudain ? Qu'est-ce qui me prend ?

Puis je rejoins Wynn.

– Tu vas mieux ?

– Oui. Je n'ai pas réussi à lâcher ce que j'avais sur le cœur, c'était si compliqué. Avant, tout était facile entre Emmett et moi. Maintenant que c'est mon ex, c'est comme si un énorme fossé s'était creusé entre nous.

Elle semble avoir repris du poil de la bête. Je m'installe dans un fauteuil en face d'elle, les jambes repliées sous moi.

– Comment vous êtes-vous rencontrés ?

Le regard perdu dans le vide, elle soupire.

– Il m'a séduite avec ses bons petits plats et son sourire ravageur.

– Je suis désolée, Wynn. Tu veux que j'appelle Gina ou Rachel ?

– N'y pense même pas ! Elles me trucideraient et toi aussi, pour avoir osé m'accompagner là-dedans.

Puis elle se tourne vers moi et s'adoucit.

– Merci, Livvy. Je te promets que personne n'en saura rien.

Je ne poserai pas la question, je ne poserai pas la question, je ne poserai pas la question...

– Dis donc, ce type qui t'a ramenée chez toi...

Elle le balaie du revers de la main.

– Oh, tu n'as aucun souci à te faire. Je lui ai fait jurer que tout ceci resterait entre nous.

Je me mordille la lèvre inférieure. Il faut que je sache.

– Oui, mais qui est-ce ?

Elle écarquille les yeux. Trop d'anxiété dans ma voix, sans doute.

Je m'empresse de me justifier.

– On bosse dans la même boîte, alors…

– Ça, je le sais…

Son air amusé se mue soudain en embarras.

– Écoute, tu n'as qu'à lui demander, me conseille-t-elle.

Maintenant, ça suffit, Liv ! Tu ne peux pas l'interroger là-dessus.

Deux secondes plus tard :

– Est-ce qu'entre lui et toi…

– Quoi ? Jamais de la vie ! Ce mec, c'est un aller simple pour le pays des cœurs brisés. Pire qu'Emmett.

Alors ils sont juste amis ? *Oh merci, merci !* Oui, enfin… je croyais que lui et moi n'étions qu'amis aussi. Peut-être, mais ce n'est pas l'impression qu'il donne. L'autre jour, sur le toit, il a failli me toucher les cheveux et, si je n'avais pas reculé, peut-être serions-nous allés plus loin.

– Il est célibataire, si c'est ce que tu veux savoir, ajoute Wynn.

Puis elle précise, l'air inquiet, comme si cette information était capitale pour moi :

– C'est un célibataire endurci, même. Tous ses amis sont casés, sauf lui. Lui, il résiste. Pitié, ne me dis pas qu'il t'a tapé dans l'œil. C'est le dernier homme avec lequel Tahoe voudrait te voir, crois-moi.

– Non, non ! Il ne me plaît pas, mais alors pas du tout. De toute façon, je ne suis pas… intéressée par ce genre de choses. D'ailleurs, je me balade partout avec une fausse bague de fiançailles, tu vois ?

Je lui montre ma main.

– Grâce à elle, les mecs gardent leurs distances, même en boîte. Je suis venue ici pour le boulot et rien d'autre. Après mon stage, je compte rentrer au Texas pour acquérir encore un peu d'expérience avant de monter ma propre société d'investissement. Je voudrais aider les entreprises qui boivent la tasse.

– Tant mieux, répond Wynn, le regard mélancolique. De toute façon, l'amour n'est qu'une illusion. Plus on le poursuit, plus il se planque.

– Vous allez vous remettre ensemble. Avec ton ex, je veux dire. J'ai bien vu sa façon de te regarder. Quand tu es partie en pleurant, il avait envie de te rattraper, c'était évident, mais il s'est retenu.

– Emmett ? Je ne pense pas, m'assure-t-elle, de nouveau attristée. Il m'a clairement fait comprendre qu'il ne voulait pas se marier. Pourtant, c'est lui qui m'avait proposé d'emménager chez lui. Je pensais que c'était la suite logique, mais nous n'avons pas la même vision des choses.

L'espace d'un instant, l'espoir semble gagner son visage, mais l'amertume reprend vite le dessus.

– Quoi qu'il en soit, Livvy, n'offre pas ton cœur à n'importe qui. Tu es trop jeune et j'ai vu beaucoup trop d'hommes voler le cœur des femmes sans rien donner en retour.

***

Des paroles sages, que j'aurais dû écouter.

Hélas, le lendemain, dès que j'ai terminé d'aider monsieur Lincoln à préparer sa présentation pour Callan Carmichael, une force irrésistible m'attire sur le toit-terrasse. Je n'aurai qu'à remercier le Mystérieux Fumeur d'avoir pris soin de Wynn, et puis c'est tout. C'est vrai, c'était une belle marque de galanterie.

Même si au fond, son but était de la séduire, puisqu'il est expert en la matière, paraît-il.

L'ascenseur s'ouvre. Pas âme qui vive sur la terrasse.

J'y retourne mercredi, et jeudi aussi.

Toujours aucune trace de mon Mystérieux Fumeur.

Vendredi, lorsque les portes s'ouvrent, je m'attends donc à ne voir personne. Mais si, il est bien là, assis sur une chaise longue, une cigarette vissée au coin des lèvres. Le front plissé par la concentration, il pianote sur son téléphone.

Je préférerais vous dire que sa vue me laisse indifférente, mais la vérité, c'est qu'une bouffée de joie s'empare de moi. Cependant, une pointe douloureuse que je ne m'explique pas, au niveau du ventre, vient ternir mon euphorie. Sûrement la vue de la balustrade et la conscience du vide qui se cache derrière… À ce niveau-là, rien n'a changé.

Alors, pourquoi cette pointe douloureuse ne s'est-elle pas manifestée lorsqu'*il* était absent ?

Je m'approche et m'assieds à côté de lui, mais il ne lève pas la tête. Il termine son texto, puis ôte la cigarette de sa bouche et me considère enfin, souriant.

Dans mon ventre, la pointe douloureuse redouble d'intensité et semble se muer en boule de feu.

– Où étais-tu passé ?

– Je traînais dans le coin, répond-il.

Aujourd'hui, je suis d'humeur audacieuse, alors je l'avoue sans ambages :

– Eh bien, ça m'a manqué d'en griller une petite avec toi.

Mon sourire est malicieux, mais ce n'est rien à côté de celui qu'il me décoche.

– Je n'ai pas pu résister à l'envie de te voir non plus, reconnaît-il à voix basse.

Sa proximité et sa sincérité me rendent nerveuse. Il me faut une cigarette. Mais au moment où je veux saisir le paquet et le briquet posés à côté de lui, il plaque l'une de ses grandes mains dessus.

Une lueur amusée danse dans ses yeux noisette. Il me met en garde.

– Ces petites escapades sur la terrasse sont très nocives pour toi.

– Elles le sont tout autant pour toi, je te signale.

Il se tait pendant un long moment. Est-ce bien aux dangers du tabac qu'il faisait allusion ? Pour finir, il émet un petit « tss-tss », comme s'il désapprouvait et en même temps appréciait mon attitude de vilaine fille, puis il allume une cigarette. Sans voix, je le regarde protéger la flamme du vent avec sa main, puis me tendre le petit rouleau controversé. Je pose les lèvres à l'endroit où se trouvaient les siennes et une sensation de fourmillement s'empare de toute ma bouche. Cette cigarette porte son goût. Et son odeur flotte partout autour de nous.

Je n'ai aucune envie d'entretenir ce petit jeu dangereux, mais j'ai beau essayer, je suis incapable de garder mes distances avec cet homme. Il est même devenu l'apothéose de mes journées.

J'inhale, puis recrache la fumée. Tout à coup, cet échange me paraît beaucoup trop intime. Alors, au lieu de lui rendre la cigarette, je l'écrase dans le cendrier posé sur la table basse, devant moi.

– Ton frère, il est au courant que tu sors en boîte ? demande-t-il, l'attention focalisée sur le mégot, comme s'il ne comprenait pas mon geste.

Assis, les coudes sur les genoux, il tourne la tête dans ma direction. Une fois de plus, son regard fait des ravages en moi.

Je hausse les épaules.

– Pourquoi ?

Il se redresse, s'adosse à la chaise, mains croisées derrière la tête, et me contemple, de plus en plus songeur, comme si j'étais une petite chose décidément bien compliquée.

– Moi, je ne voudrais pas que ma petite sœur aille dans ce genre de clubs.

– Tu as une petite sœur ?

Ma voix a dû trahir ma grande surprise, car ses yeux se mettent à pétiller.

– Non.

– Bon, alors, quels endroits peut fréquenter une fille comme moi ? Vas-y, je t'écoute. Ou, mieux encore : emmène-moi dans ces endroits.

Il en reste bouche bée.

– Ceux que je fréquente ne sont pas vraiment adaptés à une fille… recouverte de taches de rousseur, finit-il par rétorquer avec un sourire narquois.

Je rougis. C'est plus fort que moi, je veux en savoir plus sur lui.

En fait, je veux bien plus que ça : jc brûle de l'embrasser.

Jamais je n'ai eu envie d'embrasser quelqu'un à ce point.

– Je ferais bien un peu de tourisme, ce week-end. Depuis que je suis arrivée, je n'ai encore vu que mon appartement et Carma. Pourtant, il paraît qu'il y a plein de trucs qui valent le détour, à Chicago.

Avant de continuer, je sonde son beau visage, dans l'espoir d'y déceler une lueur d'intérêt.

– Mais ce soir, j'ai juste envie d'aller boire un verre, ou deux, dans un bar.

Il me dévisage, l'air entendu, ce qui me donne encore plus envie de l'embrasser.

– Mauvaise journée, hein ?

J'acquiesce en prenant un air exagérément dépité.

– Pire que ça, tu meurs.

– Alors enfile ta veste et allons prendre un verre.

– Je compte travailler pour d'autres boîtes jusqu'à mes vingt-cinq ans à peu près. Ensuite, je lancerai ma propre entreprise vers vingt-six ans et, si tout se passe bien, je devrais rencontrer mon mari vers l'âge de vingt-huit ans.

– Vraiment ?

– Enfin, il ne sera pas au courant qu'il deviendra mon mari, mais…

– Et il ressemblera à quoi ?

– Mmh. Je l'imagine gentil, généreux, et… eh bien, à ses côtés, je n'aurai jamais l'impression de dire ou de faire quoi que ce soit de mal.

Le Mystérieux Fumeur m'observe, amusé.

– Pourquoi vingt-huit ans ?

Nous sommes assis côte à côte, au bar d'un ravissant petit établissement, à quelques rues de Carma. J'en suis à mon troisième verre de vin blanc, lui préfère le rouge.

– Parce que j'aime bien ce chiffre.

– Vingt-huit ans, c'est l'âge que j'ai aujourd'hui. Tu crois que je devrais ouvrir l'œil, que ma future épouse ne va pas tarder à se pointer ? demande-t-il en ricanant.

– C'est comme ça dans *mes* projets, dis-je en riant. Et toi, c'est quoi, ton âge idéal, celui auquel tu voudrais rencontrer l'âme sœur ?

Il grimace.

J'insiste.

– Oh allez.

– Ce n'est pas pour moi, tout ça.

– Pourquoi ?

Silence.

– Tu ne veux pas d'enfants ?

– J'aime les enfants, mais c'est une sacrée responsabilité que je ne suis pas sûr de pouvoir assumer.

– Eh bien, c'est là que la femme intervient. En tout cas, il t'en faudra une si tu comptes avoir des enfants.

– Ah ah ah.

Il se détend et ses traits prennent cet air adolescent qu'il a parfois. Un moment d'insouciance éphémère.

– Je ne sais pas si je pourrai un jour ressentir pour quelqu'un un amour aussi fort, me confie-t-il.

Puis il se renfrogne, comme si un mauvais souvenir venait de remonter à la surface. Concentré sur son verre, il caresse le bord avec le pouce.

– Je ne suis pas fait pour ça.

– Super. Reste avec tes bimbos. Je m'en fiche.

– Oui, ça vaut mieux.

Il rit et, pendant une fraction de seconde, ses yeux brillent à nouveau, pour aussitôt retrouver leur expression tourmentée.

Il fusille même son verre du regard.

– Non, je la laisserai tomber avant, marmonne-t-il en serrant les dents. Je ne me ferai pas piéger.

– Ce n'est pas un piège.

Le regard qu'il me jette semble dire : « Ne-sois-donc-pas-si-naïve ».

– Oh si, tu peux me croire, c'en est un.

– Alors toi, tout ce que tu veux, c'est le sexe pour le sexe ?

– Ça m'arrive. Je suis plutôt doué au lit.

– Tu préfères ça à une relation normale ?

– Ça dépend. Disons que le sexe me suffit pour le moment, je ne suis pas intéressé par le reste.

– Je n'ai baisé que trois fois, mais la première ne compte pas vraiment. C'était hyper gênant ! Le mec s'est mis à grogner et il a joui en deux temps trois mouvements. Je suis restée complètement ahurie, à me demander : « quoi, c'est tout ? »

Les yeux rivés sur moi, le Mystérieux Fumeur tend la main, comme pour repousser mes cheveux. Je m'empresse de le devancer et coince une mèche derrière mon oreille. Pourquoi suis-je en train de lui raconter tout ça ? Je suis mortifiée. Cependant, pas moyen d'arrêter de déballer ma vie intime.

– J'ai interrogé mes copines et elles m'ont confirmé que le sexe, ça ne se limitait pas à ça, loin de là. Alors, quelques mois plus tard, j'ai réessayé avec un autre mec. C'était mieux, un peu plus sympa, mais pas au point de devenir accro non plus.

Il repousse l'autre partie de mes cheveux – celle que je n'ai pas eu le temps de coincer derrière l'autre oreille –, m'envoyant une décharge de petits frissons à travers tout le corps.

– Et la troisième fois ? demande-t-il gentiment.

Il se tourne sur son tabouret pour me faire face et croise les bras. Pour se retenir de me toucher ?

Je déglutis avec peine et hausse les épaules.

– Je ne sais pas trop. Ce n'était pas nul, mais il manquait encore quelque chose. J'ai toujours pensé que le sexe, c'était le moment où tu comprenais que tu avais trouvé quelqu'un… de compatible. Et j'ai bien peur de ne jamais avoir connu ça jusqu'à présent.

– D'après ton programme, il te reste six ans pour arriver à quelque chose sexuellement. Avec ton mari ignorant.

– Ignorant ? Il ne sera pas ignorant.

– Je voulais dire « qui s'ignore », pardon, ou ignorant du fait qu'il va devenir ton mari, si tu préfères.

Je souris.

– Ah, oui. Pour le moment.

Il achève son vin.

– Alors, ça te plaît de travailler chez Carma ?

– Oh, je ne travaille pas. Je me contente de profiter de la terrasse, dis-je en buvant une gorgée tandis que le Mystérieux Fumeur fait remplir son verre.

– En uniforme ?

– Si je ne le portais pas, je n'irais jamais plus loin que la réception. Grâce à cet uniforme, je passe inaperçue. Qui aurait cru qu'une jupe et une veste noires auraient autant de pouvoir ?

Je lève mon verre et ponctue ma déclaration avec une gorgée de vin. Il m'observe, puis défait deux boutons de sa chemise et retrousse ses manches jusqu'aux coudes.

Je sens la pointe de mes seins durcir devant sa nonchalance, sa décontraction.

Est-il aussi émoustillé que moi ? Je crépite littéralement de partout, j'ai des câbles à haute tension à la place des veines.

Soudain, je reconnais la chanson qui passe, c'est *TiO* de Zayn. Je rejoins un couple en train de danser enlacé un peu plus loin et me mets à onduler, moi aussi.

Le Mystérieux Fumeur s'adosse au comptoir. Un peu décoiffé, les joues assombries par sa barbe de trois jours, il me contemple. Sans détacher son regard de prédateur de moi, il sort son paquet de cigarettes, puis il scrute la salle pour vérifier que personne d'autre ne s'intéresse à moi.

Je ne crois pas qu'il soit très légal de fumer à l'intérieur, mais il a l'air de s'en foutre royalement.

Il allume sa clope.

Il a envie de moi, je le sais maintenant, et, tandis que je bouge mon corps en rythme avec la musique, tout ce qui m'importe, c'est qu'il voie la femme qu'il veut posséder *ce soir*.

J'adore son côté à la fois sensuel et joueur ; on dirait que plus rien n'existe à part le verre qu'il tient à la main, ce bar et… moi. Oh oui, moi, qui suis en train de danser, les yeux rivés sur lui. Parce que derrière cette sensualité espiègle se cache une passion que je n'avais encore jamais vue.

Une passion dont le feu rivalise avec le soleil et qui attise mon désir.

L'extrémité de sa cigarette rougeoie ; je le rejoins au bar et il me la tend, mais je ne peux pas. C'est trop intime. Je me laisse tomber sur mon tabouret en secouant la tête, essoufflée, tandis qu'il m'étudie, perplexe.

Il se tourne pour être face à moi et le silence s'installe entre nous.

Je le regarde fumer.

– J'ai envie de t'embrasser, dis-je tout à coup.

La bouche à peine entrouverte, il expulse la fumée, puis écrase le mégot dans le cendrier.

– Et comment t'y prendrais-tu ? demande-t-il en écartant le rideau que forment mes cheveux.

– J'enfoncerais mes doigts dans ta crinière et… je monterais sur la pointe des pieds, puis je presserais mes lèvres contre les tiennes.

– Sans la langue ?

– Je…

Je relève la tête.

Le regard des hommes, j'y suis habituée. Ils me matent dans la rue, sur la piste de danse ou au Starbucks. Je suppose qu'ils me trouvent jolie, même si j'essaie toujours de minimiser le truc avec un maquillage discret. Je suis mince, j'ai de longues jambes, les seins fermes et les fesses bien rondes ; merci le yoga et la course à pied. Je suis naturelle et ça me convient très bien. Cela dit, à côté des femmes avec lesquelles il s'affiche en boîte, je me sens beaucoup trop simple, pour ne pas dire insignifiante.

Pourtant, mon Mystérieux Fumeur a envie de moi.

Oui, il me désire et il n'a aucune idée de ce que je lui réserve.

Loin de se douter que j'ai prévu d'aller jusqu'au bout avec lui dès ce soir, il sourit, répond au serveur venu demander si nous souhaitions d'autres consommations, puis il vide son verre et glisse sa carte de crédit, face cachée, sur le comptoir.

– Je crois que je ferais mieux de te raccompagner chez toi.

Nos regards se croisent. Je n'ai jamais rencontré de mec aussi sexy. Franchement, pour un gestionnaire de courrier, je le trouve très sensé et intelligent. Il ira loin. Le panier de préservatifs planqué dans ma chambre se matérialise dans mon esprit. Jamais je n'ai été aussi excitée de ma vie. Ce n'est pas possible, il faut absolument que je vire de ma tête cette image de moi en train de jouir sous son regard appréciateur.

– C'est gentil.

Je me lève et sors sans regarder en arrière, le cœur battant la chamade. J'en tremble, mais je ne peux pas attendre un soir de plus, je suis trempée de désir. Je sais ce que je veux de lui et j'irai jusqu'au bout.

– On peut appeler un taxi, dis-je.

Il appuie sur l'écran de son téléphone.

– Non, c'est bon, je m'en occupe.

– Tu commandes un Uber ? Oh…

Une voiture s'approche déjà et se gare à notre hauteur. Je grimpe à l'arrière. Tout le long du trajet, j'ai l'impression que mon cœur va exploser dans ma poitrine. C'est de la folie, je n'ai jamais fait un truc pareil, mais je veux me sentir libre de mes choix, agir comme une adulte, être une adulte, et faire ce dont j'ai envie – et là, j'en ai très, très envie – sans me soucier des conséquences.

Devant mon immeuble, je lui prends la main et le dévisage.

– Tu montes boire un dernier verre ?

Il me suit dans l'ascenseur. Sa proximité affole mon rythme cardiaque. J'ouvre la porte de mon appartement, attrape le Mystérieux Fumeur par la main et l'entraîne à l'intérieur.

Nous restons là, face-à-face. Ses yeux semblent luire dans la pénombre.

Je m'avance, presse mes seins contre son torse. Il plante ses grandes mains puissantes sur mes hanches et m'immobilise.

– À quoi tu joues ? demande-t-il en me caressant la joue du bout du doigt. Pour quelqu'un qui a peur du vide, je trouve que tu danses un peu trop près du précipice.

Il empoigne mes cheveux et fait basculer ma tête en arrière.

– Tu en as envie ?

Il se penche et je me hisse sur la pointe des pieds pour aller à la rencontre de son baiser. Ses lèvres s'emparent des miennes et nos langues font connaissance, tels deux éclairs qui se télescopent. Mon corps s'embrase.

Notre baiser s'intensifie, devient plus sauvage.

Mon Dieu. J'ai l'impression d'être embrassée jusqu'à l'âme. Sa faim décuple la mienne.

Je ne suis que sensation, stimulation, excès. Le vin et sa douce torpeur ont cédé la place à une autre forme d'ivresse appelée Mystérieux Fumeur.

Jamais personne ne m'a embrassée comme ça ni n'a eu un tel effet sur moi.

Soudain, il arrache sa bouche de la mienne et un petit cri de protestation m'échappe.

Son souffle est haché, ses pupilles délicieusement dilatées.

– S'il me restait un peu de décence, je partirais maintenant.

Je secoue la tête.

– Parce qu'on est collègues ? On ne travaille même pas dans le même service.

Je lui caresse le torse, tout son corps se tend.

– Je veux être une femme. Une femme désirée par l'homme qu'elle désire. Est-ce que tu me désires ?

– Tu connais très bien la réponse à cette question, rétorque-t-il d'une voix rauque.

Son érection tend le tissu de son pantalon, j'en ai l'eau à la bouche. Enhardie par le contact de son sexe dur comme un roc contre mon ventre, je me hisse de nouveau sur la pointe des pieds et déverse une pluie de petits baisers dans son cou.

– Alors, quel est le problème ? Écoute, je ne sais rien de toi, mais j'ai l'impression de te connaître. Tu es marié ?

– Houlà, non. Je croyais qu'on avait déjà réglé cette question. Dans quel service travailles-tu ?

– Quelle importance ? Tu vas me sortir le même couplet que Mike Harris ? S'il te plaît, ne fais pas ça.

Une lueur tendre dans les yeux, il croise les mains contre ma nuque, sous mes cheveux, et scrute mon regard.

Ma gorge se noue.

– Je suis de celles qui pensent que dans la vie, on ne regrette que ce qu'on n'a pas fait.

– Je fais partie du même club, affirme-t-il.

Mais il reste hésitant. Un vrai duel se joue dans son regard.

– Alors tu vois ! Nous sommes deux adultes consentants, célibataires…

Il pose un pouce sur mes lèvres.

Je retiens mon souffle.

Du bout des doigts, il effleure ma joue, puis descend plus bas, toujours plus bas dans un doux froissement de tissu. Ma respiration est de plus en plus saccadée. Ses mains achèvent leur balade sur mes hanches.

J'enfonce les miennes dans ses cheveux et j'embrasse sa bouche si séduisante, lentement. À la seconde où nos lèvres sont entrées en contact, j'ai compris qu'il n'attendait que ça. Il répond aussitôt à mon baiser avec fougue et se l'approprie même.

Il m'attrape la jambe au niveau du genou, la soulève et presse son érection contre moi.

Je moule mon corps contre le sien.

– Oh là là…

Il écarte mes lèvres avec les doigts et plonge la langue dans ma bouche, impérieux, sans concession. Il a le goût du vin.

– Ta bouche est délicieuse, dit-il avant d'approfondir sa dégustation, comme s'il en voulait plus.

Il resserre son étreinte.

– *Tu es* délicieuse, ajoute-t-il, la voix de plus en plus rauque.

Chaque coup de langue attise le feu qui fait rage entre mes cuisses, chaque caresse durcit un peu plus la pointe de mes seins.

Ses baisers sont chauds, humides. Il défait le premier bouton de mon chemisier, embrasse le renflement de mes seins écrasés contre lui, lèche ma peau et me serre encore davantage dans ses bras.

À présent, il promène ses mains dans mon dos. Mon corps est absorbé par le sien, cocon de muscles, de puissance, de chaleur.

Soudain, il recule et m'entraîne jusqu'au canapé. Très vite, je me retrouve à califourchon sur lui.

Dans l'obscurité, les seuls sons qui s'élèvent sont nos baisers humides et nos murmures, crus, rauques. Il glisse les mains sous ma jupe, l'une sous mes fesses, pour me soutenir, tandis que le pouce de l'autre s'introduit dans ma petite culotte et effleure mon sexe.

– OK. Alors dis-moi… tu es soûle ? me demande-t-il, pantelant.

Je réponds, tout aussi essoufflée.

– Pas soûle, juste un peu ivre.

Je saisis son visage à deux mains.

– Et toi ?

Il me caresse les fesses.

– Je suis complètement bourré.

Il donne un petit coup de langue sur mes lèvres et répète :

– Complètement bourré.

Nous nous embrassons de plus belle, jusqu'à ce que je sois obligée de m'écarter pour reprendre mon souffle.

Nos regards se cherchent, le sien est rempli d'interrogations. Il a les pupilles dilatées, les paupières alourdies.

– Je ne me rappelle pas m'être rasé les jambes ce matin. J'étais tellement concentrée sur le boulot…

– Je m'en fiche, m'interrompt-il en caressant mes courbes.

– Est-ce que… ça t'ennuie si je vais vite vérifier ?

Il fait « non » de la tête.

– Veux-tu que je me rase « là » aussi ?

– Pardon ?

– Mes copines m'ont dit que certains mecs préféraient…

– Non. Je te veux telle que tu es.

– Taches de rousseur comprises ?

– Oh oui ! Surtout avec tes taches de rousseur.

Lorsque je ressors de la salle de bains, il fait les cent pas.

Nos regards s'accrochent. Nous nous précipitons l'un vers l'autre. D'autorité, il me soulève et prend ma bouche. Les doigts plantés dans ma chair, il me presse contre son érection.

– Est-ce que tu as des préservatifs ? J'ai…

– Je m'en occupe, m'interrompt-il avant d'écraser de nouveau sa bouche sur la mienne.

Trois secondes plus tard, je suis allongée sur mon lit et il est sur moi en train de me dévorer le cou.

Ses mains douces, pleines de promesses, se baladent sur ma poitrine.

– Ferme les yeux et laisse-moi entrer.

J'obéis et m'arc-boute contre lui.

Il dépose un baiser sur mon oreille, puis son souffle chaud la caresse.

– Dis-moi que tu pourras gérer ce que je m'apprête à te faire.

Ses mains descendent en piqué entre mes seins, tout le long de mon buste, jusqu'à mon nombril.

– Quand je serai en toi, je posséderai chaque tache de rousseur que je croiserai. Le seul endroit où tu ne dois pas me laisser entrer, c'est ici, me prévient-il en déposant une caresse sur mon sein, au niveau de mon cœur.

Puis il poursuit son chemin sous mon nombril et je me cambre de nouveau.

– Tu aimes ce que tu ressens ? demande-t-il.

Je suis incapable de parler. Sous ma jupe, sa main épouse mon sexe ; seule ma petite culotte les sépare encore.

– Ouvre les yeux.

Je m'exécute.

– Tu aimes ce que tu vois ?

Je déglutis et touche son visage.

– Est-ce réellement en train de se passer ?

Un sourire passe sur ses lèvres.

– Tu parles de l'aller simple vers le septième ciel ?

Il écarte mes cheveux de mon épaule et y dépose un baiser.

Je frémis.

Lentement, il remonte ma jupe jusqu'en haut de mes cuisses.

– Bon, alors attention, maintenant, je vais allumer le feu.

Je ne peux plus respirer.

– J'ai peur.

– Ne crains rien.

J'acquiesce nerveusement. Pourquoi suis-je terrorisée, tout à coup ?

– J'ai tellement envie de toi, dis-je.

– Moi aussi.

Il me soulève et m'installe confortablement, la tête sur l'oreiller, puis il se met à lécher mon cou et à en mordiller la peau avec douceur.

– Touche-moi.

Je laisse courir mes doigts sur son torse. Il ouvre ma jupe, la fait glisser sur mes jambes, et ma petite culotte ne tarde pas à suivre le même chemin.

– Tu as envie que je vienne ici ?

Il caresse mon sexe humide et insère un doigt en moi.

Je hoche la tête avec frénésie.

Un sourire étire lentement ses lèvres.

– Et ici, ajoute-t-il en caressant mon clitoris du pouce tandis que son majeur va et vient en moi.

Je m'accroche à ses épaules, le mords, émets un gémissement étouffé par le coton de sa chemise.

– Tu es si belle. J'espère que les hommes qui ont eu la chance de se retrouver à cette place avant moi te l'ont dit.

Euh, non...

Il me mordille de nouveau le cou, presse sa bouche sur mon ventre, titille mon nombril du bout de la langue. Je suis déjà sur le point de jouir. Puis il remonte et aspire le bout de l'un de mes seins entre ses lèvres.

– Voici les plus jolies taches de rousseur qu'il m'ait été donné de croiser, dit-il, faisant allusion à mes mamelons.

Je rougis. Je n'ose même pas imaginer combien de « taches de rousseur » de ce genre il a déjà croisées.

– Retourne-toi.

– Je…

En proie à un tourbillon d'émotions, je tremble, mais lui obéis.

Je sens sa main descendre dans mon dos, comme s'il analysait chaque petite imperfection, chaque grain de beauté, chaque marque que porte mon corps. Il se penche sur moi, me mordille les fesses puis glisse une main entre celles-ci pour caresser mon sexe.

Je serre les draps dans mon poing. Ma vue se trouble, mon souffle est bien trop rapide pour m'apporter de l'oxygène et les battements assourdissants de mon cœur m'empêchent d'entendre quoi que ce soit. Le toucher est le seul de mes sens qui soit encore en état de marche, et il est saturé de sensations et de *lui*.

Tout à coup, il roule sur le dos à côté de moi et se redresse, se débarrasse de sa chemise, de son pantalon. Une fois nu, complètement nu, il se rallonge et…

Nom.

De.

Dieu.

NOM DE DIEU !

J'ai le souffle coupé devant son corps sculptural, sa peau bronzée, et son énorme… oh bon sang.

Je vois un sourire poindre sur ses lèvres.

– Viens le chercher.

Je respire.

Une fois.

Deux fois.

Trois fois.

Pourtant, mes poumons restent vides.

Mâchoires serrées, il repousse mes cheveux et m'observe. Ses yeux brillent de mille feux dans la nuit. Il enroule lentement le bras autour de ma taille et me hisse sur lui.

– Emmène-moi en toi.

Je l'enjambe, l'embrasse au passage et m'installe à califourchon sur lui. Il s'empare de mes fesses, me soulève et me dépose sur son membre.

Je pousse un petit cri au moment où il me pénètre.

J'ajuste ma position, soutiens son regard, m'y raccroche. Il écarquille les yeux tandis que je l'accueille en moi, long, dur, palpitant de vie. Son regard lourd et viril ne me lâche plus, m'étudie comme si j'étais une œuvre d'art vivante. À cet instant précis, il n'y a pas assez d'oxygène sur terre pour remplir mes poumons. La respiration saccadée, lui aussi, il me caresse les seins.

Je pousse un gémissement, sans oser bouger.

Soudain, il se redresse et, une main dans mes cheveux, se met à remuer le bassin en dessous de moi. Je passe les bras autour de son cou et accentue le mouvement.

Il m'agrippe la taille fermement, tente de reprendre le contrôle. J'ai beau être au-dessus, chacun de ses coups de reins donne le rythme, me fait danser de bas en haut.

Nos regards restent vissés l'un à l'autre.

Il continue à m'assaillir et je le sens, si dur, si imposant, tandis que, de plus en plus mouillée de désir, je l'absorbe tout entier.

Il suce et mordille mes tétons, déclenchant de délicieux éclairs qui fusent jusque dans mon sexe uni au sien.

Bon sang, ce mec est une machine.

Mes mains se promènent sur son torse, ma bouche s'aventure sur sa mâchoire, puis sur son oreille. Il me mange le cou et ne cesse de répéter de sa voix râpeuse que je suis belle, sexy, si chaude, succulente. Lui aussi est chaud, et en sueur, ce qui lui donne cette saveur délicieusement salée.

D'un bras, il me soulève de nouveau et me prend, encore et encore.

– Voyons voir si je trouve d'autres taches de rousseur, dit-il.

Il tire ma tête en arrière pour observer la cambrure de mon cou, puis me mordille.

Je gémis.

Soudain, nous perdons le contrôle. Dans un tumulte de gémissements et de grognements, nous nous lançons dans une course effrénée vers l'extase, à coups de dents, de langues, de reins. Tous mes muscles se tendent tandis que je le chevauche éperdument, j'en ai besoin. J'ai tellement besoin de *lui*. Frappée par un orgasme intense, je laisse mon esprit s'envoler tandis que mon corps se tortille et se débat.

Je l'entends pousser un son à mi-chemin entre le grognement et le rire tandis qu'il entame à son tour l'escalade du plaisir. Ses grondements rauques intensifient mes sensations, je me colle encore plus étroitement à lui pour enfoncer son sexe au plus profond de ma chair tandis qu'il jouit. Il marmonne quelque chose comme « tu es incroyable », puis me fait rouler sur le côté et termine par quelques coups de reins gourmands qui ravivent mon orgasme.

Je n'ai jamais rien connu de tel. C'est comme si une détonation retentissait en moi, délivrant un milliard de nanoparticules de volupté.

C'est terminé. Il se nettoie comme si nous ne venions pas de vivre un moment torride d'une intensité démentielle.

Je reste allongée sur le lit, prise d'une douce torpeur et d'une euphorie qui n'a rien à voir avec l'alcool. En sueur, vidée de toute énergie, je tente d'apaiser ma respiration. Il est en train de fouiller ses vêtements dont il finit par sortir un paquet de cigarettes. Je souris. Oubliés, les muscles en compote. Je me lève pour ouvrir une fenêtre, puis nous nous rallongeons sur le lit et fumons, sourire aux lèvres.

Tandis que nous nous échangeons la cigarette, je m'interroge sur son nom. Drake, peut-être ?

– Tu as une tête à t'appeler Drake.

– Si je m'appelle Drake, alors tu dois être Mindy.

– Jamais de la vie !

– Alors jamais de la vie je ne serai Drake, ma chère Fanny.

– Mmh… Donathon ?

S'ensuit un concours des prénoms les plus ridicules où nous rivalisons d'imagination.

– Bonne nuit, Harietto, dis-je pour finir.

– Bonne nuit, Pippa.

Il me caresse le dos.

– J'ai beaucoup aimé cette séance de recherche approfondie sur ton corps « couvert » de taches de rousseur, murmure-t-il à mon oreille.

Je me réveille dans le noir. Les chiffres rouges du réveil m'indiquent qu'il est 3 h 28.

Je suis lovée contre lui. Le souvenir de nos ébats s'impose dans ma mémoire comme une douce pluie de pétales de rose. Je presse mes paupières de toutes mes forces et me blottis encore davantage contre lui. Jamais, de toute ma vie, je n'avais fait l'amour comme ça. J'en veux encore. Je veux qu'il revienne en moi.

Jamais un homme ne m'avait procuré d'orgasme, jusque-là, je me débrouillais seule.

Mon monde est encore un peu désaxé.

Ses paupières sont closes, son torse se soulève de façon régulière. Je suis dans ses bras. C'est si agréable ! Je devrais conserver cet homme comme ours en peluche musclé. Et comme redoutable machine sexuelle. Et aussi comme fournisseur de cigarettes gratuites, et… on dirait bien que je suis tombée sous le charme. Il ne faisait pas du tout partie de mes plans. Pourtant nous voilà. Jamais je ne me suis sentie aussi femme, et sa façon de me tenir me donne l'impression d'être spéciale, comme s'il voulait à tout prix éviter de me perdre.

Je lui effleure les lèvres, me pelotonne un peu plus dans ses bras.

Cette fois, c'est une sonnerie de téléphone inconnue qui me tire du sommeil.

Je m'étire devant le spectacle d'un très bel homme aux cheveux en bataille qui se lève de mon lit et m'offre une vue imprenable sur son fessier de rêve. Le soleil inonde la pièce. Tant de perfection…

Il enfile son pantalon, sort son téléphone.

Je me redresse et lui demande, un peu groggy :

– Quelle heure est-il ?

Il referme sa braguette puis consulte sa montre.

– 8 heures. Il faut que j'y aille.

Son téléphone recommence à sonner. Il s'assied sur une chaise, dans un coin de ma chambre, et tente de dompter sa crinière.

– Oui ? répond-il d'un ton sec.

Mes tempes bourdonnent à cause du vin, mais tout, *tout*, ce qui s'est passé hier soir tourbillonne dans ma tête. Je m'avance au bord du lit, passe une main dans mes cheveux emmêlés. Je l'observe. Il me décoche un petit sourire malicieux tandis qu'il écoute son interlocuteur.

J'en ai des frissons. Le simple fait de repenser à sa façon d'embrasser… Et la vue de ce torse. Il a un corps de nageur, élancé, musclé mais pas trop. Je trouve ça hyper sexy. Je lâche le drap que je serre contre moi, découvrant mon buste. Je peux peut-être le convaincre de me rejoindre au lit après son coup de fil. L'idée de passer la matinée de ce samedi avec ma machine sexuelle me donne chaud.

Je laisse tomber le drap un peu plus bas. Ses yeux s'embrasent.

– Ta sœur ? Non, j'avais d'autres préoccupations. Je viens enfin de conclure un contrat qui nous a pris des mois. Je passerai la voir cette semaine et je demanderai à Lincoln si tout se passe bien.

Tandis qu'il écoute la réponse, son regard se déporte soudain sur une photo posée sur ma table de chevet. Celle de ma famille. La prise de conscience semble nous frapper au même instant.

Il a dit « ta sœur » et « Lincoln ». La panique qui s'abat sur moi est si intense que je ne peux plus respirer.

Il m'observe. Je suis incapable de faire le moindre mouvement.

– J'ai un problème, je te rappelle.

Il raccroche.

Le silence retombe dans la pièce.

Il me regarde, nue, toute nue, sur mon propre lit.

– Olivia, murmure-t-il.

Je déglutis.

– Callan.

Il se passe une main sur le visage.

Sa bouche est rouge, à cause de mes baisers enflammés. *Oh. Mon. Dieu.*

– Je suis très, très en retard, déclare-t-il.

– Oui. Va-t'en.

J'ai couché avec mon patron. Enfin, le patron de mon patron, le grand chef, qui s'avère aussi être l'un des meilleurs potes de mon frère. Le mec sur lequel il devrait être écrit « tabou » en majuscules. Le séducteur par excellence.

Je suis à deux doigts de vomir. J'ai presque envie de le faire, pour me débarrasser de cette fichue nausée.

La concentration dessine quelques rides autour de ses yeux et de sa bouche. Il jette un coup d'œil à la porte, les traits traversés par un éclair de déception.

– Je ferais mieux d'y aller.

– Oui. File.

Je remonte le drap sur moi, j'ai envie de me cacher, de lui cacher tout ce que j'étais si impatiente de lui montrer hier soir. Dans un grand silence, il ouvre la porte, hésite un court instant, puis sort en refermant derrière lui.

Il me faut une bonne heure ensuite avant de réussir à bouger d'un centimètre, tant je suis sous le choc.

CHAPITRE 4

Ce n'était pas le mec du courrier

Je refuse de penser à lui, lui en train de me sucer les seins, de me baiser, lui qui me dit que je suis belle, qui me parle, qui m'écoute… Mon Dieu.

Je me fais couler un bain et y reste une éternité. J'ai l'impression d'avoir avalé une boule de bowling.

Dire que je suis mal à l'aise est un euphémisme. Enfin merde : j'ai couché avec le patron !

Le patron de mon patron !

Youpi tralala !

Non, mais sérieusement, je suis dans la mouise. J'ai envie de me cacher… ou, mieux encore, de mourir !

Ce qui est sûr, c'est que ça ne se reproduira pas. Hors de question.

Parfois, tu crois avoir tout pigé alors que tu es resté focalisé sur un détail. Tu prends tes déductions pour argent comptant et tu passes à côté de l'évidence. Pourtant, ça se voit comme le nez au milieu de la figure, mais ce n'est qu'en découvrant l'ensemble du tableau que tu comprends enfin. Et là, tu te sens ridicule de ne pas avoir percuté plus tôt, d'avoir échafaudé toute une théorie à partir d'un petit détail. Tu te sens nul. JE me sens nulle. Je me rejoue chaque scène et tout me saute aux yeux, tout ce qui aurait dû m'alerter, me révéler que ce mec était Callan Carmichael.

Toutes ces nanas qui lui tournaient autour dans la boîte de nuit.

La nervosité qui régnait dans l'ascenseur dès qu'il montait.

Et puis le code vestimentaire, le fait qu'il s'asseye dessus : évidemment puisqu'il est le grand patron et pas le petit mec du courrier ! Lui, c'est le héros, le dieu de Carma, et nous, nous sommes ses humbles serviteurs.

J'ai été aveuglée parce que j'avais envie qu'il ne soit qu'un petit gestionnaire de courrier, ou un consultant externe quelconque, un truc comme ça.

J'aimais bien cette idée, parce qu'un petit employé du bas de l'échelle, certes plus sexy que la moyenne, c'était à ma portée.

Tandis que le grand manitou, le meilleur ami de mon frère, le patron de mon patron, ça non. Avec lui, c'est tabou, interdit. Et quel dommage, parce que j'ai passé la meilleure nuit de ma vie dans ses bras. Jamais je n'avais fait l'amour comme ça. Dès la seconde où je l'ai rencontré, je n'ai plus arrêté de penser à lui – bordel, j'ai même presque commencé à fumer juste parce que ça me faisait un prétexte pour lui parler ! Et maintenant… Zut !

En fait, ce mec est bien livreur, mais pas de courrier : de plaisir à l'état pur.

Voilà deux heures qu'il est parti, j'ai changé les draps, refait mon lit, et pourtant son eau de toilette m'imprègne toujours les narines. Pour finir, je me retrouve devant mon ordinateur. Cependant une seule pensée m'obsède : comment vais-je oser retourner travailler lundi ? Mon cerveau ne parvient pas à intégrer que j'ai déjà fait connaissance avec le célèbre Callan Carmichael.

Et que j'ai bel et bien couché avec lui.

Oh oui, si bien couché avec lui.

Ne pourrait-il pas simplement redevenir mon Mystérieux Fumeur ? Je pousse un grognement de colère à mon encontre.

Il m'a fait jouir si fort que j'en ai encore des picotements dans tout le corps. Et puis, au milieu de la nuit, nous avons remis ça, à moitié endormis, et j'ai eu un nouvel orgasme, aussi puissant que le premier, si ce n'est plus, parce que j'étais déjà ivre de plaisir, détendue, et plus réceptive que jamais.

Je m'efforce de le chasser de mes pensées, serre les dents et commence à éplucher plusieurs sites consacrés au monde de la finance pour tâcher de me rappeler ce qui m'a amenée à Chicago.

Je passe la matinée à étudier des profils d'entreprises, car j'aimerais soumettre une proposition à monsieur Lincoln.

Jusqu'ici, j'avais l'impression de me donner à 100 % pour ma carrière, mais maintenant, *maintenant*, c'est comme si ma détermination avait explosé et que je devais passer à 1 000 %. Le roi du rachat d'entreprises a pris possession de moi la nuit dernière, mais je compte bien lui montrer qu'il n'y a pas qu'au lit que je suis bonne. Enfin, en espérant qu'il ait apprécié ce moment autant que moi.

Merde, voilà que j'ai un doute ! Et s'il n'avait pas aimé notre folle nuit ?

Oublie ça. Reste concentrée sur tes objectifs. Apprendre auprès du plus grand et passer les prochaines années à bosser. Un seul but, à terme : parvenir au sauvetage d'entreprises, mais dans une dynamique gagnant/gagnant.

Alors, pendant les heures qui suivent, je me plonge dans le travail, sans relever la tête, tandis que les infos défilent à la télévision.

À l'heure du déjeuner, je prends une pause pour croquer un sandwich sans enthousiasme. Je contemple le ciel bleu et ensoleillé par la fenêtre, mais tout ce que je vois, c'est la vue appétissante de Callan allongé sur mon lit, l'œil taquin, m'encourageant à venir *le* chercher.

Tout à coup, je n'y tiens plus. Il faut que je sorte de cet appartement avant de devenir folle.

Je suis en train d'enfiler un jean et un petit haut à manches longues lorsque je reçois un texto de Tahoe.

Qu'est-ce que tu fais de beau ?

J'allais sortir. Envie de visiter la ville.

Avec qui ?

Moi-même.

Où comptes-tu aller ?

Je pensais à l'Art Institute.

OK. On se retrouve là-bas.

Ah bon ?

Oui. Je dois te parler.

De quoi doit-il me parler ? Lorsque j'arrive à l'Art Institute de Chicago, mon estomac n'a jamais été aussi noué. Mon frère m'attend déjà près de l'entrée. Il me demande ce que j'ai envie de voir et nous nous dirigeons vers la section art contemporain.

Depuis que Tahoe m'a invitée à l'accompagner à New York pour acquérir une importante collection de tableaux pour son appartement, je voue une passion à l'art contemporain. Il a principalement acheté des tableaux impressionnistes, mais nous nous sommes attardés quelques jours à Manhattan et c'est au cours d'une vente consacrée à l'art contemporain que je suis tombée amoureuse.

J'adore les nouveaux artistes audacieux, ceux qui s'aventurent là où personne ne s'est encore risqué. Je me demande ce que l'on retiendra de notre génération plus tard. J'espère que ça ne se limitera pas à la technologie.

Nous pénétrons dans une spacieuse galerie truffée de chefs-d'œuvre. Leur disposition ingénieuse donne au public tout l'espace nécessaire pour contempler chaque œuvre comme elle le mérite.

– Comment ça se passe, au boulot ? demande Tahoe.

J'évite son regard.

– Bien.

– Tu travailles pour Henry Lincoln, c'est ça ?

Je me plonge dans un tableau. Pas question de penser à *lui*, à nos conversations, aux cigarettes partagées, à notre nuit époustouflante.

– Callan m'a dit qu'il irait te voir cette semaine.

Je me renfrogne.

– Tu as oublié ce que je t'ai demandé ? Pas de traitement de faveur.

Surtout que j'en ai déjà reçu un fameux. Oh, bon sang.

Je m'arrête quelques instants devant un autoportrait d'Andy Warhol.

Nous continuons la visite en commentant quelques pièces, mais on dirait que je ne suis bonne qu'à acquiescer. C'est hyper frustrant, à croire que je n'ai aucune opinion personnelle à partager.

Soudain, Tahoe m'entraîne vers un banc.

– Livvy.

– Oui ?

La culpabilité m'empêche de respirer. Tout semble tourner autour de la bêtise que j'ai commise et que jamais, au grand jamais, je n'aurais dû commettre.

– Je vais demander Gina en mariage.

Il me faut un moment pour enregistrer ses paroles, puis elles me frappent comme un camion lancé à pleine vitesse.

– Quoi ? Tahoe !

– Chut, pas si fort !

Avec un sourire qui lui fend le visage d'une oreille à l'autre, il me fait lever et m'entraîne dans la salle suivante.

Je suis sans voix, aucun son ne veut sortir de ma bouche, alors il continue :

– Tu ne vas pas te mettre à pleurer, hein ?

– Non.

– Pourtant on dirait bien.

– Peut-être, mais non. Attends, c'est un truc de dingue ! Mince ! Bon. Peut-être bien que je vais pleurer, finalement, mais pas ici. Oh mon Dieu… c'est la bague ?

Il ouvre une petite bourse en velours et laisse glisser un anneau dans la paume de ma main. Je cligne des yeux. Il le prend et le soulève. Un énorme diamant rond, scintillant, serti dans un anneau en platine signé Tiffany. Envoûtant, classique, intemporel ; jamais je n'ai vu bijou de si belle facture.

– C'est toi qui l'as choisi ?

– Affirmatif.

J'ai de plus en plus de mal à contenir mes larmes.

J'ébouriffe les cheveux de mon frère, puis le serre dans mes bras.

– Je t'aime, Tahoe, dis-je, un peu émue en déposant un baiser sonore sur sa joue.

Sa barbe me picote.

– Moi aussi, je t'aime.

Il m'ébouriffe les cheveux à son tour, puis range la bague.

Plus tard ce samedi, Gina m'appelle pour m'apprendre la grande nouvelle. Elle m'explique que leurs amis organisent une soirée en l'honneur de leurs fiançailles et que Tahoe et elle aimeraient passer me prendre en y allant.

Je ne suis pas du genre à mettre des heures pour choisir une tenue et, de manière générale, je suis une fille plutôt simple en la matière, mais là, je viens de passer toute la semaine en tailleur, alors je suis ravie d'avoir un prétexte pour bien m'habiller. Je sors une jolie jupe blanche en dentelle et un top à fines bretelles en satin doré. Bien sûr, j'angoisse à l'idée de *le* croiser là-bas. Il faut absolument que je sois au top, pour compenser mon impression d'être la pire des cruches.

Avant de descendre, je lâche mes cheveux, ajoute une touche de rouge à lèvres et enfile une paire de talons dorés de dix centimètres.

Lorsque je monte à l'arrière de la Rolls de mon frère, je serre Gina contre moi tant bien que mal.

– J'ai toujours rêvé d'avoir une sœur !

Elle me rend mon étreinte avec sincérité. Ensuite, j'attrape le visage de mon frère et lui colle un baiser bruyant sur le front.

– Et toi, espèce de brute ! Je suis tellement heureuse pour toi !

– Alors on est deux, réplique-t-il avec un sourire en coin.

Gina éclate de rire et lui donne un coup de coude. Joueur, il lui rend son coup avant de démarrer et de s'insérer dans la circulation.

Je tends la main et demande à Gina de me montrer sa bague de fiançailles. La voir à son doigt me confirme qu'elle ressemble à celle dont j'ai toujours rêvé : un seul diamant bien rond, sans fioritures ; la simplicité et l'élégance dans toute leur étincelante splendeur.

– Waouh ! Il est énorme !

– Et sans le moindre défaut, comme ma chérie, se vante Tahoe.

– Tu veux dire qu'il y a enfin quelque chose sans défaut chez moi, raille Gina.

Il lui prend la main et l'embrasse non loin de la bague. J'éprouve une pointe de je-ne-sais-quoi. Mon frère va se marier alors que j'étais persuadée qu'il ne prendrait aucun engagement envers qui que ce soit avant son dernier souffle.

Il doit bien y avoir un côté romantique chez moi. Lorsque je vois des amoureux marcher côte à côte sur un trottoir, ou qui se tiennent par la main, attablés dans un restaurant, une partie de mon être aspire à connaître la même chose. Lorsque mon frère tire sur une mèche de cheveux de Gina pour la taquiner, ça me réchauffe le cœur. Lorsque mon père laisse ma mère faire la grasse matinée pendant qu'il lui prépare le petit déjeuner, même après tout ce temps, ça me fait fondre. Toutefois, ce genre de relations est une exception, pas la règle, je ne suis pas assez bête pour croire le contraire.

Nous prenons la direction de Gold Coast et, même si j'ai entendu dire que ce quartier huppé était l'équivalent de l'Upper East Side de Manhattan en termes de luxe, je n'en reste pas moins bouche bée lorsque mon frère s'arrête devant une énorme grille en fer forgé.

Il fait un signe au gardien qui nous laisse entrer. Nous remontons l'allée et, peu à peu, une imposante villa blanche très contemporaine se dresse devant nous. Mon cœur frétille de joie tandis que je découvre les immenses baies vitrées et les doubles portes en acier. Nous gravissons un escalier en pierre blanche, puis pénétrons dans ce bijou tout droit sorti d'un magazine d'architecture.

Au plafond, des lustres circulaires tout en transparence suspendus à d'épaisses poutres en bois noir créent un subtil jeu de lumière tandis que d'autres luminaires judicieusement disposés apportent un éclairage chaleureux à ce salon dont la taille rivalise avec le hall d'entrée de Carma Inc. En revanche, si le hall de Carma ne dépasse jamais dix pour cent de sa capacité, ce salon, lui, est bondé. Les gigantesques baies vitrées s'ouvrent sur une terrasse non moins gigantesque dotée de plusieurs salons extérieurs au mobilier en cuir. Des vases débordant de roses blanches ont été disposés un peu partout sur les tables en verre très modernes et j'entends Tahoe chuchoter à Gina :

– Elles sont toutes pour toi.

À leur arrivée, leurs amis se mettent à applaudir et à les acclamer. J'ai de nouveau le cœur qui se serre. Les félicitations fusent de toutes parts. On me présente Malcolm Saint, le mari de Rachel, l'autre meilleur ami de mon frère.

– Alors c'est toi, Livvy, lance ce dernier, ses yeux verts pétillant de malice.

– Celle-là même, dis-je en lui rendant son sourire.

J'écoute le récit de la demande en mariage de Tahoe, à la Navy Pier, alors qu'ils étaient seuls, au bord de l'eau. Apparemment, il avait caché la bague dans une bouteille de bière. Je subtilise un verre de vin sur le plateau d'un serveur de passage. Tiens, il y a de la musique en fond sonore.

Tahoe et Gina semblent heureux et très à l'aise. Je me mets à déambuler dans la maison et tombe sur plusieurs sculptures en bronze. Je cherche à en deviner l'artiste – Anish Kapoor ? – lorsqu'une voix retentit dans mon dos.

– Viens ici, espèce de gros naze !

Je me fige, puis me tourne lentement. Hélas, même si j'ai tenté de me persuader du contraire tandis que je me préparais pour la soirée, je n'étais pas prête à le revoir.

L'air à la fois heureux et effronté, il serre Tahoe dans ses bras, puis lui donne trois grandes claques dans le dos.

Il félicite ensuite Gina, puis son regard se déporte et atterrit sur moi. J'en ai des frissons et je sens ma colonne vertébrale se redresser malgré moi.

Je déglutis.

– Callan !

Une petite brune qui vient d'entrer se précipite vers lui en lui faisant de grands signes.

Il pose une main sur sa taille et l'embrasse sur la joue. À cet instant elle tourne la tête pour lui voler un baiser sur la bouche, mais il se redresse brusquement et lui dit quelque chose avant de se diriger vers moi.

Je détourne la tête et scrute l'assistance. Il faut que je m'éclipse, et vite.

Je repère Wynn, assise sur un canapé, plongée dans l'étude du contenu de son verre. J'ai un pincement au cœur. La pauvre, ce ne doit pas être évident pour elle : ses deux meilleures amies seront mariées avant la fin de l'année.

Je m'affale à côté d'elle et jette un regard discret dans *sa* direction. Ouf, quelqu'un a détourné son attention. Je ne peux m'empêcher d'admirer son maintien, sa façon de rire, sa gestuelle, cette sensualité masculine qui éveille en moi des ardeurs primitives.

Par contre, la fille le colle toujours. Aussitôt, toute l'alchimie qui s'opérait en moi s'évapore.

Regardez-moi ces grands yeux de biche affriolée ; c'est sûr, elle est en train de flirter. Lui, en revanche, est plus froid. Il recommence à étudier l'assistance et finit par s'arrêter…

Pile sur moi.

Son regard me tombe dessus comme la foudre.

De nouveau, je détourne la tête.

– C'est quoi, le truc, entre vous ? lâche Wynn en désignant Callan du menton.

– De quoi tu parles ?

– Depuis tout à l'heure il est poursuivi par cette fille ravissante, et lui, il n'a d'yeux que pour toi.

Sans oser me tourner, je hausse les épaules, aussi désinvolte que possible.

– Je suis son employée, ma présence doit le mettre mal à l'aise. Ça l'empêche de s'amuser comme il le voudrait, dis-je sur le ton de la plaisanterie.

Je sens son regard sur moi et, sans que je sache pourquoi, mes yeux sont aimantés par les siens.

Il se tient comme s'il avait conscience de sa beauté exceptionnelle.

Il avise ma tenue.

Nous ne sommes peut-être pas aussi discrets que nous le voudrions. J'étudie longuement son visage, sans me presser, trait par trait, tandis qu'il me dévore des yeux.

C'en est trop. Je ne supporte plus l'intensité de ce regard, même depuis l'autre bout de la pièce.

Je m'excuse auprès de Wynn et me réfugie dans un couloir, en quête d'un endroit discret où il ne pourra pas me trouver.

– Livvy.

Je continue, mais j'entends ses pas se rapprocher. Vite, vite, j'ouvre fébrilement la première porte. Un placard à balais. Au moment où je comprends mon erreur, il est trop tard. Il m'attrape le poignet et m'entraîne à l'intérieur.

Ses prunelles sont pleines d'attente.

– Tu comptais me dire bonjour ?

– Pas vraiment.

Sourire aux lèvres, il croise les bras et examine mon top pailleté.

– Alors comme ça, tu aimes le doré ?

Une lueur espiègle flotte dans ses yeux noisette.

– Oui, tu sais ce que c'est… Je mène une vie d'entreprise ennuyeuse la semaine, alors je profite à fond du week-end.

– Moi, c'est de cette ravissante tenue que je profite à fond.

Sa phrase attise la boule de chaleur qui a pris place dans mon ventre.

– Oh pitié, épargne-moi tes bouffonneries.

– C'était un compliment.

L'air songeur, il me saisit le menton.

– Tu l'aurais compris si tu en recevais plus souvent.

Son petit jeu me rend nerveuse. Je recule et me heurte aux étagères.

Il me scrute en silence, puis demande à voix basse :

– Tu seras chez toi, ce soir ?

– Oui, mais pas pour toi.

– J'aimerais qu'on discute.

– Tu n'as qu'à discuter avec cette pétasse qui te suit partout.

– La « pétasse » est une très bonne amie, et accessoirement l'héritière de la dynastie viticole Darhausen Wine.

– Et alors ? Il y a des pétasses dans toutes les classes sociales. Celle-ci porte de vrais diamants, mais pas grand-chose de plus. Elle se balade quasiment à poil dans le salon d'inconnus.

– C'est *mon* salon, et je sais très bien ce que c'est d'être à poil. On en est loin, argue-t-il avec un petit clin d'œil séducteur.

Ah bon. C'est chez lui, ici ?

Sous le choc, je me tourne au moment où il décide de me toucher l'épaule. Surprise par le contact chaud de ses doigts sur ma peau nue, je bondis sur le côté en réprimant un gémissement.

– Et si tu me disais ce qui te perturbe ?

Je soupire.

– Parle-moi, insiste-t-il.

– Je suis gênée.

– Pourquoi ?

– J'ai dansé devant toi.

– Mais tu danses très bien.

– Et je t'ai séduit.

– Je sais, j'étais là.

– Et tu m'as laissée faire.

– C'est vrai, reconnaît-il en hochant la tête.

Il plante une main à côté de moi sur le mur et se penche.

– Je suis content que tu m'aies choisi, moi, et pas un autre stagiaire.

– Mais tu n'es pas celui que je croyais ! Moi, je pensais séduire Derek !

– Drake.

– Ah ah. Bref, je voulais séduire n'importe qui sauf toi.

Revoilà ces maudits papillons dans mon ventre, comme à chaque fois qu'il me regarde.

– C'est faux. C'était bien ma langue dans ta bouche, la nuit dernière, et c'est bien toi qui as gémi comme une folle quand je t'ai pénétrée.

– Mais tu n'aurais jamais dû me pénétrer !

– Eh bien moi je dis que si. Et tes gémissements me le disent aussi.

– Ils étaient destinés à Drake.

– Derek.

Ses yeux pétillent d'amusement et le nombre de papillons ne cesse de se multiplier en moi.

Au lieu de continuer à alimenter cet échange absurde, je fais la moue.

– Eh ! s'écrie-t-il avec une douceur inattendue. Je n'ai pas changé, je suis toujours le gars avec lequel tu as passé la nuit.

Je me rembrunis.

– Non, c'est faux. Tu m'as menée en bateau, et tu t'es bien amusé.

J'ai envie de pleurer.

– Avec toi, je m'amuse tout le temps, pour ça je plaide coupable.

Il y a une telle douceur dans sa voix que j'y serais presque sensible.

– Merci. Tu aurais dû me prévenir que tu m'engageais comme clown personnel.

– Tu n'es pas mon clown.

– Ni ton clown ni rien du tout, je ne t'appartiens pas. Je travaille pour toi, c'est tout.

Je secoue la tête.

– Je croyais que nous étions amis, dis-je en tentant d'avaler la boule que j'ai dans la gorge. En fait, notre amitié était aussi bidon que… ma bague. Aussi bidon que ma place dans ton entreprise.

Il a des tas d'amis qui l'attendent. Pourquoi perd-il son temps avec la petite sœur de vingt-deux ans de l'un de ses potes ?

Il se renfrogne.

– Ton frère m'a demandé une faveur, c'est vrai, confirme-t-il, mais ce n'est pas une association caritative que je dirige. J'ai étudié ton CV. Tu es qualifiée. Un peu rebelle et dotée d'un caractère bien trempé, mais ça me plaît. Alors oui, Tahoe m'a demandé de lui rendre ce service, mais je compte en tirer profit aussi.

– Ne te sers pas de moi pour faire ta bonne action et te sentir mieux. Je ne suis pas un outil, dis-je, agacée.

– Non, pas du tout. Et je me sentirais beaucoup mieux si tu arrêtais de me fusiller avec ces beaux yeux bleus. C'est ta façon de te comporter avec moi que j'ai appréciée, ta franchise. Ça ne m'arrive pas tous les jours, c'est même rare.

Il se penche et me soulève le menton pour m'obliger à soutenir son regard honnête, ouvert et… brûlant.

– Alors j'ai tout fait pour retarder le moment où tu apprendrais mon identité. Et puis hier soir, j'ai eu envie de toi. Et maintenant, j'ai toujours envie de toi.

Je baisse les yeux sur son cou.

L'air est de plus en plus épais, mes poumons luttent pour trouver de l'oxygène. Ni Callan ni moi ne bougeons. Pas moyen de détacher le regard de son cou, et je sens le sien douloureusement braqué sur moi.

Toutes nos conversations me reviennent à l'esprit et je me sens de plus en plus idiote d'avoir craqué pour ce type qui se fiche pas mal de moi. Le tristement célèbre Don Juan de Chicago… s'est laissé séduire par ma petite personne éméchée.

– Vas-tu te décider à me regarder, oui ou merde, Olivia ? gronde-t-il.

Je relève la tête brusquement. Bon sang, mais c'est qu'il a l'air frustré. Et je n'ai pas rêvé, il a dit « merde ».

Venant d'un homme qui possède une telle maîtrise de lui ? Merde alors, je suis choquée !

Tout à coup, il ouvre la porte et me prend par la main.

– Allons régler ça dehors.

Les yeux écarquillés, je me laisse entraîner dans le couloir, sa main chaude emprisonnant la mienne. Bien sûr, je devrais me libérer, mais j'en suis incapable.

Nous nous retrouvons sur une terrasse donnant sur un vaste jardin.

Il s'assied sur l'un des canapés d'extérieur et ne lâche ma main que lorsque je suis installée à côté de lui. Il me dévisage, mais je reste focalisée sur la partie de son torse que dévoile le premier bouton défait de sa chemise.

C'est comme si nous nous retrouvions sur le toit-terrasse, dans notre petit monde, mais pas tout à fait.

Je ne sais plus quoi faire de ma main, celle qui a retrouvé sa liberté et est encore parcourue de petits picotements, alors je serre le poing.

Callan me scrute sans relâche, silencieux. Il attend quelque chose, mais quoi ? Aucune idée.

Lorsque je relève enfin la tête, son regard me transperce.

– Alors, tu es sortie ? Tu as fait du tourisme ? demande-t-il d'une voix que le vent rend à peine audible.

– Je suis allée à l'Art Institute. Mais il me reste beaucoup de choses à découvrir. Je ne suis presque jamais sortie de mon Texas natal. Et avec ma phobie du vide, l'idée de prendre l'avion à elle seule me flanque des crises d'angoisse. On dirait qu'il n'y a qu'à bord du jet de mon frère que… enfin…

Je peine à trouver mes mots.

– J'ai beau savoir que tout se passera bien, mon corps ne veut rien entendre et c'est la panique totale.

Difficile de faire abstraction de son air si attentif.

– D'où te vient cette peur ?

– Quand nous étions petits, nous avions une cabane, dans un arbre. Je crois…

J'hésite à poursuivre, mais un seul coup d'œil à son visage suffit pour que je cède.

– Je crois qu'on devrait fumer, dis-je.

Il éclate de rire, puis sort une cigarette et l'allume. Nous la partageons tandis que je continue mon récit.

– C'est mon frère qui l'a construite, mais quand il l'a achevée, il était devenu trop grand pour grimper dedans, alors j'ai décrété qu'elle m'appartenait et je m'en suis vantée devant mes copains. Un jour, Jeremy Seinfield est passé la voir et il en a profité pour essayer de m'embrasser. J'ai refusé, je lui ai dit que nous n'étions qu'amis et il s'est mis très en colère.

Je ris en repensant à son visage rouge de fureur et à ma peur.

– Il s'était imaginé que je l'invitais dans ma cabane pour que nous sortions ensemble. Il est redescendu de l'arbre et m'a ordonné de le rejoindre, mais comme il criait et qu'il me fichait la trouille, je lui ai demandé de partir. C'est là qu'il a jeté l'échelle. Au début, j'ai cru que c'était une blague et qu'il allait revenir.

J'arrête de rire, avale ma salive. Callan me tend la cigarette et me regarde aspirer la fumée pour reprendre des forces. Je la lui rends.

– Mes parents n'étaient pas là ce jour-là. Mon frère venait d'avoir sa première voiture, une Jeep, et il était sorti avec ses potes. Alors je suis restée là-haut toute seule pendant des heures, en détresse, jusqu'à ce que Tahoe rentre et m'entende pleurer. J'ai tellement appelé à l'aide que j'ai eu mal à la gorge pendant des jours. Il m'a dit que ça allait se régler en deux secondes. Il est allé récupérer l'échelle et m'a aidée à descendre. J'aurais voulu qu'il ne me lâche plus jamais.

Je ris de ma naïveté de l'époque.

Callan rit aussi, mais un rire tendre, un peu comme Tahoe lorsque nous évoquons cet épisode.

– Je suis désolé. J'espère qu'il a réglé le compte de ce Jeremy après ça.

– Oh oui, il m'a bien vengée. Tout le monde a vécu une histoire comme ça, non ?

Je lui jette un coup d'œil.

– Toi, par exemple ?

Un éclat mauvais luit dans son regard.

– Oh, j'en ai quelques-unes. J'ai un frère aîné, moi aussi. On se bagarrait tout le temps. Il était plus fort que moi, mais j'étais le plus rapide de nous deux. Un jour, j'ai décidé qu'il ne me battrait plus jamais. Je me suis mis à lever des poids, à boire des boissons protéinées, à m'entraîner sans relâche… j'étais convaincu qu'il me suffisait de devenir plus fort pour y arriver. Non seulement j'ai ramassé la raclée de ma vie, mais le pire, c'est que je n'étais plus aussi rapide pour me sauver. Moralité : ce n'est pas toujours le plus fort qui gagne. Alors j'ai décidé que je préférais rester le plus rapide, conclut-il en riant.

– À propos de rapidité, je n'en reviens pas d'avoir mis aussi longtemps à comprendre qui tu étais.

– Tu es indéniablement la femme la plus lente que j'aie jamais rencontrée.

– Et tu oublies mes taches de rousseur. Je suis vraiment unique.

– Je ne peux qu'approuver.

Nous pouffons tous les deux. Ses lèvres sont si belles, et plus encore lorsqu'il rit.

Allez, c'est le moment où je me lève et m'en vais.

– Bon…

– Dis-moi ce qui te tracasse dans notre relation, lance-t-il, arrêtant net le cours de mes pensées.

J'écarquille les yeux d'effroi.

– Je ne regrette rien, m'assure-t-il.

Je soupire.

– Toi si ? demande-t-il.

– Moi ?

– Tu regrettes ce qu'on a fait la nuit dernière ?

J'ai l'impression qu'il retient son souffle tandis qu'il attend ma réponse.

En tout cas, moi, il y a longtemps que j'ai cessé de respirer.

Je déglutis. Olivia, ma vieille, tu sais que c'est peine perdue, ça ne mènera à rien. Je devrais lui sortir le couplet sur l'erreur que nous commettrions, lui dire qu'entre nous, c'est impossible, mais comment le pourrais-je alors que je me sens si bien avec lui ?

Je crois que je hoche la tête, à moins que je ne la secoue, ou… bref je fais un truc entre les deux.

– Je suis un peu paumée. En fait, je ne comprends même pas pourquoi tu m'as accordé ne fût-ce qu'une minute de ton temps, ce jour-là, sur le toit.

Il esquisse un petit sourire tendre.

– J'aime parler avec toi, Olivia. C'est un crime ? Parce que si c'est le cas, je devrais enfreindre la loi plus souvent.

Je n'ai jamais été aussi crispée, j'ai conscience de tout le réseau de nerfs qui parcourt mon corps. Pitié, aidez-moi. Je détourne la tête.

– Et j'aime aussi te regarder, ajoute-t-il avec la même douceur.

Je me cabre.

– Je croyais que c'était ma franchise, qui te plaisait ?

Ses yeux sont lourds de promesses, *et de tellement plus*.

Je relève le menton. Il veut de la franchise ? Alors autant être claire :

– Si j'avais su qui tu étais, je n'aurais pas agi de la même façon, dis-je en le défiant du regard.

Il croise lentement les bras, songeur.

– C'est une honte. Non, en fait c'est décevant.

– Pourquoi ?

– Parce que celle que j'apprécie, c'est la fille que j'ai rencontrée sur le toit. Celle qui a dansé pour moi, qui m'a séduit, qui m'a fait perdre le contrôle.

Je rougis.

– Je suis toujours la même, juste un peu plus intimidée.

Son rire viril retentit dans le silence.

– Pourquoi ?

– Parce qu'il y a des rumeurs qui circulent.

– Comme ?

– Eh bien, il paraît que tu es un Casanova. Je ne savais pas que je couchais avec quelqu'un qui… possède autant d'expérience. Et puis, tu es mon patron.

– Pas ton supérieur direct, argue-t-il. Et c'est vrai, j'aime les filles et les coups d'un soir, ça a toujours été comme ça. Je ne cherche pas une relation sérieuse. Mais toi non plus, si je me souviens bien. En tout cas, pas avant… quel âge déjà ?

– Vingt-huit ans.

Il sourit.

– C'est ça, vingt-huit ans.

– Seulement, vois-tu, j'aimerais atteindre vingt-huit ans sans avoir trop souffert. Et un type comme toi, ça ne part pas sans laisser de cicatrices.

– Qu'en sais-tu ?

– Parce que c'est déjà trop tard. Ça a commencé la nuit dernière.

Devant mon aveu, un éclair de douleur traverse son regard et il contracte les mâchoires. Il lève la main, puis la baisse, comme s'il avait eu l'intention de me toucher mais s'était ravisé.

– Je suis désolé.

– Callan ! appelle quelqu'un depuis l'intérieur.

Il jette un coup d'œil en direction de la porte, le visage assombri par la déception. Autour de ses yeux et de sa bouche, les ridules provoquées par la concentration se creusent.

– Je ferais mieux d'y aller.

J'acquiesce.

Il se lève, puis semble hésiter.

– Tu as toujours l'intention de faire un peu de tourisme ?

– Toujours.

Il me considère avec un sourire tendre, puis pince les lèvres, comme s'il se retenait d'ajouter quelque chose.

Je ferme les yeux et, lorsque je les rouvre, Callan est toujours en train de m'observer. Je suis prisonnière de son regard.

L'éclat doré de ses iris vacille, comme si à l'intérieur, un débat faisait rage.

– Que comptes-tu visiter ?

Je hausse les épaules.

– Millennium Park, Navy Pier. Je comptais proposer à un autre stagiaire, Janine ou George, de m'accompagner.

– Tu dois être impatiente de tester la grande roue à la Navy Pier…

Je ris.

– Oh bien sûr, tu sais à quel point j'adore prendre de la hauteur.

Il rit aussi.

– Je vais t'emmener en balade.

– Non. S'il te plaît, ne fais pas ça. Je t'assure que tout va bien. On pourra continuer à fumer ensemble à la fin de la journée.

Il fronce les sourcils et me dévisage comme s'il me voyait pour la première fois. L'air est lourd, chargé de… je ne sais pas quoi.

Je meurs d'envie de l'embrasser.

J'aimerais tant ne pas avoir envie de l'embrasser.

Ça ressemble à un au revoir.

Seulement, je ne suis pas encore prête à le laisser partir.

Je n'ai pas le choix. Je souris. Un petit sourire faible que j'espère assez enjoué malgré tout pour donner le change. Il me dévisage encore longuement, puis rentre.

Je m'attarde à l'extérieur quelques minutes avant de rentrer à mon tour. Je rejoins Gina et Rachel sur un canapé. Deux autres filles que je ne connais pas s'approchent et elles se mettent à bavarder toutes ensemble, à énumérer les derniers couples qui se sont formés, les cérémonies à venir, etc.

– Vous nous préparez le mariage de l'année ?

– Pas du tout, répond Gina. On pense plutôt faire ça en petit comité, ici ou au Texas.

Je sirote un martini en étudiant les convives de la soirée. Bien sûr, je *le* repère au milieu d'un groupe d'hommes ; il est en train de rire. Il est si sexy.

Une fille lui tape sur l'épaule et lui pose une question. Elle le dévisage avec des yeux de merlan frit, mais il se contente d'acquiescer d'un air absent.

Elle lui tend sa cigarette, il prend une bouffée, recrache lentement la fumée. Le voir partager une clope avec quelqu'un d'autre suscite en moi une horrible pointe de jalousie. Il s'avance vers le bar et se met à préparer un cocktail, la mine concentrée, la cigarette dansant entre les lèvres.

La petite brune ne le lâche pas d'une semelle, sans cesser de parler, un vrai moulin à paroles. Ça y est, il sourit. Je détourne la tête. Il faut que j'oublie ce type au plus vite.

Dimanche, j'appelle tout le monde pour donner et prendre des nouvelles.

Maman et papa (fous de joie pour le mariage à venir).

Farrah et Veronica (exigent un comparatif détaillé des boîtes de nuit de Chicago par rapport à celles de San Antonio ou d'Austin).

Et enfin, ma grand-mère (juste contente de m'entendre).

Plus tard, je fais un peu de ménage, puis décide de sortir m'aérer. Je me rends au Millennium Park pour faire un peu de course à pied en écoutant de la musique. Lorsque je m'arrête enfin, je suis pliée en deux, les mains sur les genoux, la gorge en feu, à bout de souffle. Je m'affale sur un banc et engloutis ma bouteille d'eau. Ma queue-de-cheval est trempée, mes vêtements me collent à la peau. Sur une impulsion, j'envoie un texto à Wynn pour lui proposer de m'emmener à la Navy Pier histoire de se changer les idées.

CHAPITRE 5
Boulot, boulot, boulot

Wynn m'a avoué qu'elle nous avait vus en train de parler sur la terrasse, chez lui.

– Il se passe un truc entre vous ? a-t-elle demandé tandis que nous nous baladions sur la jetée de la Navy Pier grouillante de monde.

– Oui. Non.

Je soupire.

– Je ne sais pas.

Le conseil de Wynn a été sans appel : « ne te lance surtout pas là-dedans ».

Elle m'a aussitôt pris par la main et m'a entraînée dans les toilettes publiques de la jetée.

– Voyons voir… Aha ! s'est-elle écriée en me désignant le mur.

Au milieu des graffitis, une inscription a retenu toute mon attention :

« Callan Carmichael, le plus enfoiré des séducteurs, pour vous servir. Élu pire Don Juan de la terre. »

– Ils étaient trois célibataires endurcis : Saint, Tahoe et lui. C'est le dernier homme debout, Livvy. Je t'assure que tu n'as pas envie de te lancer là-dedans.

Bouche bée, je me suis sentie si outrée que j'ai sorti mon rouge à lèvres pour couvrir le graffiti.

– Tas de pétasses, ai-je grommelé.

– Tu es de son côté ?

– Oui.

– Merde, Olivia ! Callan n'est pas seulement le célibataire le plus riche et le plus séduisant de la ville, c'est aussi le bad boy par excellence.

– Ne t'inquiète pas, Wynn, je sais ce que je fais. J'ai de l'attirance pour lui, je n'y peux rien, mais je ne suis pas un pauvre petit animal esclave de ses pulsions. Je peux tout à fait me maîtriser. Callan est… mon ami. Il t'a quand même bien aidée, l'autre soir. Ne me dis pas que tu n'as aucune estime pour lui.

– Oh si, beaucoup même. Tout ce que je dis, c'est que rien ni personne ne pourra dompter ce mec.

– Ça tombe bien, ça ne m'intéresse pas et je ne suis pas disponible sur le marché, ai-je affirmé avec une assurance feinte.

Nous voici la semaine suivante et, depuis lors, je fais profil bas. Je me plonge avec ferveur dans toutes les tâches que monsieur Lincoln me soumet et je n'ai plus mis un pied sur le toit-terrasse. Cela dit, faire comme si Callan n'existait pas relève de l'exploit ; il est tout de même le PDG de l'entreprise qui m'emploie.

Aujourd'hui, il est bien plus de 18 heures lorsque j'arrête de travailler. Les portes de l'ascenseur qui descend s'ouvrent et *il* est là, vêtu d'une chemise noire et d'un jean noir, debout entre deux cadres en uniforme.

Mon estomac se tord. À la seconde où il me repère, la teinte de ses iris change, allant du miel à l'or en passant par une nuance plus ambrée.

Son regard s'attarde un peu trop sur le mien, alors je fixe un point derrière lui et monte dans la cabine.

Celle-ci s'immobilise au dix-septième étage et deux autres personnes grimpent à bord. Une main protectrice se pose sur moi. Je sursaute, ouvre la bouche, mais devant l'expression sur son visage, mes protestations meurent dans ma gorge.

Lorsque nous atteignons enfin le hall d'entrée, je le salue d'un très professionnel :

– Monsieur Carmichael.

– Livvy, rétorque-t-il sur un ton mi-professionnel mi-amusé.

Je me dépêche de sortir et de rentrer chez moi.

Plus tard dans la semaine, je le croise encore deux fois.

Une première fois à la cafétéria. Il est en train de déjeuner avec un membre de son CA, Malcolm Saint, et jette de temps en temps un coup d'œil dans ma direction. Malcolm, mon frère et lui sont de très bons amis, mais serait-il du genre à parler de moi avec ses potes ?

C'est peu probable, puisque je suis la sœur de Tahoe.

La deuxième fois, c'est en fin de journée, devant l'immeuble de Carma. Je sors par la porte-tambour et m'arrête pour lever la tête, comme si j'allais l'apercevoir sur la terrasse, tout en haut.

À cet instant précis, il jaillit à son tour de la porte-tambour et me surprend le nez en l'air.

– Bonsoir, Livvy, se contente-t-il de dire, un petit sourire aux lèvres.

– Bonsoir, monsieur Carmichael.

Bon sang, si seulement le sol pouvait s'ouvrir sous mes pieds et me faire disparaître.

Ce vendredi-là, lorsqu'il pénètre dans la cafétéria, on dirait que l'énergie qui règne dans la salle fait un bond.

– J'ai toujours le cœur qui bat plus fort quand Carmichael entre dans la pièce, glousse Janine.

Nous sommes en train de déjeuner dans l'aile ouest de la cafétéria.

Carrie, une autre stagiaire, jette un coup d'œil dans sa direction.

– C'est vrai, dès qu'il est là, on ne voit plus que lui. Impossible de le louper.

Je fais mine de farfouiller parmi les notes de mon dossier de recherches en cours.

– Il n'y a que Livvy qu'il n'intéresse pas, se moque gentiment Carrie en jouant avec sa paille. Elle, elle est toujours trop occupée.

Je lui souris bêtement, pour la simple et bonne raison que je ne sais pas quoi faire d'autre.

En tout cas, pas question de le regarder.

Je me dépêche de terminer mon assiette et de regagner mon étage pour assister monsieur Lincoln. Il est en train de rédiger sa prochaine proposition de rachat.

Il passe en revue les notes qu'il a rapportées d'une réunion avec la direction et nous ne tardons pas à faire des heures supplémentaires. Ces derniers temps, monsieur Lincoln étudie le cas d'iBots, une entreprise basée à Los Angeles qui a développé une application et que Callan a dans le collimateur.

Mon boulot consiste à reporter les corrections de Lincoln dans le fichier principal. Je suis absorbée par les nombreux détails du dossier lorsque le téléphone sonne. Je décroche et lance distraitement la formule habituelle.

– Carma Inc. Bureau de monsieur Lincoln.

– Mademoiselle Olivia Roth ? Ivonne Miller à l'appareil, l'assistante de monsieur Carmichael. Il souhaiterait vous voir dans son bureau tout de suite.

Je manque de m'étouffer avec ma propre salive mais finis par parvenir à articuler un petit « très bien ». Dès que j'ai raccroché, je prie de toutes mes forces pour que le sol s'entrouvre et m'avale pour de bon avant qu'il ne soit trop tard. Hélas, rien ne se produit.

Je frappe à la porte de monsieur Lincoln.

– Monsieur Lincoln, monsieur Carmichael a demandé à me voir, mais si vous avez besoin de moi, je serai heureuse de faire savoir à son assistante que…

Il lève brusquement la tête de l'écran de son ordinateur.

– Callan vous a convoquée ? Vous devez monter sur-le-champ. Rien ici ne doit vous empêcher de répondre à ce… à cette marque d'intérêt inattendue. Foncez, jeune fille ! Zou !

Et d'un geste de la main, il me chasse. Lorsqu'il s'aperçoit que j'ai les joues cramoisies, il se met à rire. Je crois que ce n'est un secret pour personne : je n'ai aucune envie d'y aller. Je me dirige vers la porte, la mort dans l'âme. Lincoln m'arrête.

– Livvy. Il n'est pas aussi mauvais qu'on le prétend.

Je déglutis avec peine.

– Je ne suis pas sûre que ça me rassure, monsieur.

Je prends la direction des ascenseurs.

Lorsque je grimpe dans la cabine, j'ai les jambes qui flageolent. J'examine mon reflet.

Est-ce si mal, à ce stade, de me préoccuper de mon apparence ?

Je porte l'uniforme noir et blanc de rigueur, jupe noire, petite veste blanche, escarpins noirs. Mes cheveux sont rassemblés dans une tresse sage qui me descend dans le dos. Je ressemble à n'importe quelle employée de Carma, même si je passe mon temps à me demander si j'appartiens bien à cette entreprise.

Tout le monde ici semble avoir un égo surdimensionné, comme si le fait de travailler pour Carmichael nous rendait supérieurs au reste de l'humanité. Moi, je n'ai pas du tout cette impression, parce que si je suis ici aujourd'hui, on ne va pas se mentir, c'est uniquement grâce à… eh bien, grâce à Tahoe.

Les portes s'ouvrent sur le dernier étage, celui qui se trouve juste avant le toit-terrasse. Une belle femme d'une trentaine d'années se lève de son bureau. Ses cheveux noirs sont rassemblés dans un chignon impeccable.

– Mademoiselle Roth ?

Elle est enceinte et se donne visiblement beaucoup de mal pour faire croire au monde que travailler à temps plein en portant un enfant est aussi naturel que respirer.

Je hoche la tête et lui souris.

– Vous pouvez entrer.

Elle appuie sur un bouton et un « bip » retentit tandis que les deux battants de l'immense porte en métal argenté rutilant s'ouvrent.

Je m'avance.

Il est déjà debout, comme s'il m'attendait.

Nos regards se croisent. Son prénom vibre dans tout mon corps, petit tremblement de terre dont l'épicentre se trouve au beau milieu de ma poitrine et s'amplifie vers l'extérieur.

Callan.

– Livvy.

Sa voix est éraillée. Il plonge les mains dans ses poches et m'étudie.

Je ne suis pas très à l'aise.

À cet instant, le mec du courrier me manque terriblement. Il est si intimidant maintenant. Je tire sur ma jupe et sur ma veste, puis me dépêche d'aller m'asseoir sur l'un des deux fauteuils qui font face à son imposant bureau.

La pièce semble flotter dans le vide ; trois murs sont entièrement vitrés, offrant une vue imprenable sur la ville. Le quatrième, celui où se situe la porte, sert aussi de support au plus grand écran géant que j'aie jamais vu. Sur ce dernier, plusieurs dizaines de fenêtres fourmillent et clignotent, branchées en continu sur les indices boursiers mondiaux et les chaînes d'infos économiques.

Au lieu de s'installer à son bureau, Callan reste debout derrière son fauteuil, les bras appuyés sur le dossier.

– Je pensais te voir débarquer en robe rouge, pour me tester, me taquine-t-il, un sourire diabolique aux lèvres.

– Tu t'es trompé, mais il faudrait que quelqu'un le fasse. Tu imposes un code à tes employés et toi, tu portes ce que tu veux. Ce n'est pas juste.

– La vie est injuste.

Il contourne son fauteuil, s'y affale et se penche en arrière, bras croisés derrière la tête.

– La discipline. J'ai compris son intérêt et c'est elle qui m'a mené où je suis : au sommet. Toujours au-dessus de la mêlée.

Cet homme est si sexy.

Et sans scrupule, Olivia !

Surtout, ne pas penser à cette lueur spéciale qui brille dans ses yeux ni à son sourire amusé.

Ni à toutes les sensations incroyables qu'il me procurait lorsqu'il allait et venait en moi.

Nous nous observons, de part et d'autre du bureau. Est-il en train de penser à la même chose que moi ?

Et lorsque nous avons baisé à moitié endormis…

– Lincoln m'a dit que c'était toi qui avais proposé Alcore.

J'ouvre de grands yeux abasourdis.

– Je ne m'attendais pas à ce qu'il en parle. C'est une idée que je lui ai envoyée comme ça, par e-mail, dimanche.

– Il l'a fait pourtant, et je suis impressionné.

Malgré moi, mon cœur exécute une petite danse de la joie.

– Il est très satisfait de ton travail, ajoute Callan.

– Merci.

– Alors, j'ai beaucoup réfléchi.

Il remue, se frotte le menton avec le pouce. Son fauteuil grince.

– Tahoe m'a demandé de te prendre sous mon aile ici, chez Carma. Il m'a expliqué que tu voulais apprendre. Et je crois que le moyen d'en apprendre le plus ici, c'est de devenir mon assistante personnelle.

Le choc me laisse sans voix. D'abord un peu confuse, je prends peur et me sens flattée à la fois.

– Ivonne part en congé maternité avec un peu d'avance, m'explique-t-il. J'aimerais que tu la remplaces, ce serait l'occasion pour toi de passer à la vitesse supérieure.

Tout mon corps est sillonné de milliers de petits picotements nerveux. Fébrile, je remue sur mon fauteuil.

– Je… je ne suis pas sûre d'avoir envie d'abandonner monsieur Lincoln.

– Tu n'as pas envie d'abandonner monsieur Lincoln, répète-t-il, perplexe.

– C'est juste qu'il est très désordonné quand il est livré à lui-même. Il a besoin que quelqu'un l'aide à mettre de l'ordre dans ses pensées.

D'abord vaguement amusé, Callan semble tout à coup très frustré avant que l'amusement ne l'emporte pour de bon.

– Je veillerai à ce que monsieur Lincoln bénéficie de toute l'aide nécessaire pour organiser ses pensées.

Il hausse un sourcil, dans l'expectative.

Visiblement, il attend un « oui » de ma part. Peut-être même aimerait-il me voir exulter de bonheur. Mais la perspective de passer mes journées si proche de lui me trouble. Quelque chose me dit que Callan me pousserait jusque dans mes derniers retranchements.

Travailler avec Callan Carmichael sera une véritable épreuve, et je le sais jusqu'au plus profond de mon âme.

Non seulement parce qu'il est obsédé par les résultats et peut se montrer implacable en affaires. Mais aussi parce que, sous ce superbe costume de grand couturier, se cache un être humain bien réel avec lequel j'ai couché, ce qui pourrait s'avérer très problématique. J'ai un gros faible pour ce type, mon petit gars du courrier, et c'est flippant. Je lui ai fait des confidences, je l'ai… désiré, alors que ce n'était pas du tout le mec auquel je pensais.

À cet instant précis, cet homme assis en face de moi, avec sa chemise blanche, son pantalon gris et son beau visage à la mine réservée, cet homme me plonge dans la plus grande confusion. C'est très ambigu ; j'ai envie à la fois de me confier à lui et de fuir, aussi vite et aussi loin que ces saletés de talons requis par le code vestimentaire de l'entreprise me le permettraient.

Je désigne les symboles boursiers qui clignotent sur ses écrans.

– Pourquoi fais-tu ce métier ?

– Et toi ? rétorque-t-il.

– C'est Tahoe qui m'a transmis le virus des affaires. Ma famille n'a pas toujours été riche, mes parents avaient même du mal à joindre les deux bouts. Tahoe s'est mis à travailler dans des exploitations pétrolières et puis un jour, il a rencontré un type qui avait beaucoup de mal avec sa concession. Tahoe y a investi le peu qu'il avait, il a racheté des parts, foré son premier puits, et il a aidé cet homme à s'en sortir. Trois ans plus tard, il est tombé sur une véritable mine d'or qui les a rendus riches, lui et son partenaire. À partir de là, il a commencé à voler de ses propres ailes. Grâce à ça, il a pu offrir à nos parents la sécurité financière qu'ils n'avaient jamais eue. Ça m'a intriguée et j'ai eu envie de marcher sur ses traces, pas pour moi ou ma famille, puisqu'il prend déjà soin de nous, mais pour les autres. Plus tard, je voudrais aider les entrepreneurs à reprendre leur exploitation en main et à la rendre florissante.

– Moi, je fais ce métier parce que je suis doué, c'est tout. Et, pour ta gouverne, sache que je suis le meilleur.

Je lève les yeux au ciel.

– Tu es tellement prétentieux… c'en est presque sexy.

Une lueur taquine allume son regard.

– Presque ?

Je fronce les sourcils.

– Oui, presque.

Il sourit.

– Alors, je peux l'avoir, ton « oui », maintenant, puisque je suis *presque* sexy quand je suis prétentieux ? Je sais aussi me montrer très persuasif.

Je me tais.

Il se penche au-dessus de son bureau.

– Tu es si têtue que c'en est presque follement séduisant.

– Presque ?

Il hoche la tête.

– Presque.

Soudain, il se rembrunit et je ne tarde pas à l'imiter. Grosse prise de conscience : nous sommes en train de flirter.

C'est comme si son bureau avait disparu et que nous n'étions plus qu'un mec normal et une nana quelconque sur le toit d'un immeuble.

Un sourire sardonique se dessine peu à peu sur ses lèvres.

– J'étais persuadé que tu accepterais, Livvy.

Il me défie du regard, exactement comme mon Mystérieux Fumeur l'aurait fait.

Alors, parce qu'au fond il reste le mec que j'ai rencontré sur le toit, et parce que j'ai envie d'être honnête avec ce mec-là, je lui dis la vérité.

– Je… merci, mais je ne suis pas sûre que ce soit une bonne idée.

J'hésite avant de poursuivre, mais il semble lire dans mes pensées. Merde, nous étions encore en train de flirter il y a quelques secondes à peine. Vraiment, ce ne serait pas sérieux. Non !

– Après ce qui s'est passé…

Il me coupe la parole.

– J'ai juré à ton frère de t'épauler et je ne fais jamais de promesse en l'air. Je lui ai garanti que tu apprendrais énormément, alors, je suis désolé, mais le meilleur moyen pour ça, c'est de te prendre comme assistante.

Il se redresse.

Bien sûr, il ne lui aura pas échappé que je n'ai toujours pas accepté.

Cette pièce paraît tout à coup beaucoup trop intime… on dirait que la température ne cesse de grimper. Son regard ardent… me donne beaucoup trop chaud. Il faut absolument refroidir l'atmosphère, et vite.

– Je regrette que tu fasses tout ça uniquement pour rendre service à mon frère.

– C'est faux, rétorque-t-il, très calme. Quand j'ai commencé à travailler pour mon père, il m'a fait démarrer tout en bas de l'échelle et m'a poussé à bout. C'est ce qui a fait de moi ce que je suis aujourd'hui. Je travaillais douze heures par jour, je suis passé par tous les postes dans sa boîte, tous. Sans cette expérience, je n'aurais jamais pu bâtir l'empire Carma. Dans une entreprise, il y a toujours une part de sale boulot, que personne ne veut se taper. J'ai vite compris que les employés s'en chargeaient beaucoup plus facilement s'ils savaient que le patron était capable de la faire et l'avait faite avant eux.

– Je veux travailler, mais j'aimerais le faire en aidant les gens. Alors, je ne pense pas être capable de collaborer aussi étroitement avec toi, sachant tout de même que tu es le roi du démantèlement d'entreprises. Je suis venue ici pour apprendre, c'est vrai, mais je veux garder mes distances avec tout cet aspect peu reluisant du métier.

Une ombre traverse son regard et sa voix baisse d'un ton.

– Alors pour toi, c'est ça que je fais ? Prendre une grosse bouchée, mâcher le tout et recracher les morceaux, c'est bien ça que tu crois, Olivia ?

Il semble à la fois déconcerté et amusé.

– Si c'est ça, tu n'as rien compris du tout à ce qui se passe chez Carma et tu as encore beaucoup à apprendre.

– Je sais, dis-je dans un murmure.

– Je ne suis pas le diable, Livvy. Par contre, je laisse certains penser que je le suis.

Il m'adresse ce sourire qui fait battre mon cœur un peu plus vite à chaque fois.

– Callan… Monsieur Carmichael, ce n'est pas la bonne personne qui se tient devant vous. Chez Radisson Investments, à Austin, on n'a même pas voulu m'accorder un stage. Je manque tellement d'expérience que…

– Je me fie à mon jugement plus qu'à celui de n'importe qui d'autre, Olivia, me rappelle-t-il avec un soupçon de colère dans la voix. Tout le monde démarre au bas de l'échelle. Bon sang, c'est même mille fois mieux. Tôt ou tard, on fait tous connaissance avec le sol. Démarrer par le sol, c'est le meilleur moyen de s'assurer des fondations solides.

Bon, c'est un dur à cuire, et ce n'est pas péjoratif. Je crois qu'il plairait à ma grand-mère.

Oh, bien sûr, elle le traiterait de bandit.

C'est incroyable, si jeune, il a pourtant déjà tellement de choses à enseigner. Il pourrait devenir mon mentor. Mais à quel prix ?

Je ne suis même pas fichue de le regarder sans être assaillie de frissons. RAAAH ! Il faut que je m'accroche.

– C'est juste que… je ne suis pas sûre d'être la bonne personne pour ce poste.

Il se lève et enfile sa veste.

– Ça, c'est à moi d'en juger.

Je hoche la tête, me lève à mon tour et le suis, comme un automate.

– Nous sortons, annonce-t-il à son assistante en passant devant son bureau. Vous pouvez rentrer vous reposer.

Dans l'ascenseur, je l'observe en douce, envahie de regrets.

Si seulement Callan était le vieux Daniel Radisson de soixante-dix ans. Un Daniel Radisson sans danger, qui porte secours aux entreprises, comme j'aimerais le faire plus tard, un vieux monsieur gentil qui serait l'ami de mon père plutôt que de mon frère. Alors là, oui, j'aurais accepté d'emblée.

– J'ai faim, lance Callan d'un ton désinvolte. Et toi ?

– Je… moi aussi.

Il sourit.

Je m'efforce de faire abstraction de ce sourire ravageur.

Nous nous dirigeons vers un vendeur de hot-dogs, à quelques rues de Carma. Je n'aurais pas dû lui avouer que j'avais faim.

– Parle-moi de ce Radisson.

– Je voulais aller chez Radisson Investments parce qu'ils ne pratiquent pas de grosses liquidations. C'est une entreprise avec un cœur, vois-tu, alors… ils investissent dans des sociétés en faillite qu'ils parviennent parfois à sauver. Ils sont très renommés, à Austin. Bon, le nom n'est pas aussi prestigieux que le tien, mais… Enfin bref, s'il n'a pas voulu de moi, c'est qu'il y a une raison.

– Et le patron est au courant que tu fais ton stage chez moi ?

– Bien sûr.

Je mords dans mon hot-dog et le savoure, sans ketchup, comme les vrais habitants de Chicago.

– J'ai débarqué dans le bureau de Radisson et je lui ai balancé que j'avais décroché un stage chez toi. Ça m'a fait un bien fou, dis-je en riant.

Il tend la main comme pour me caresser le visage, mais je l'esquive, nerveuse.

Il m'adresse un clin d'œil.

– Si je voulais, je ne ferais qu'une bouchée de sa petite boîte.

Puis son regard se porte sur mes lèvres et se trouble.

– Et il n'y a pas que de Radisson, dont je ne ferais qu'une bouchée, me nargue-t-il en souriant.

Avec la langue, je tente de récupérer la moutarde qui s'est déposée sur les commissures de mes lèvres, mais cette fois, c'est lui qui me devance avec son pouce. Je crois que je n'ai jamais rien vu de plus sensuel que Callan en train de sucer son pouce maculé de moutarde. Mon cœur est sur le point d'exploser. Il me prend une furieuse envie d'attraper le pot de moutarde et de m'en badigeonner tout le corps afin qu'il puisse me lécher tout entière.

Ce mec me rend complètement folle.

Mes hormones sont folles.

Mon cerveau est fou.

Alors que nous sommes à la moitié de notre hot-dog, une voix féminine s'élève sur ma gauche.

– Callan !

Une femme, essoufflée. Tandis qu'elle s'approche, je m'essuie la bouche avec une serviette en papier. Callan me présente, un peu agacé.

– Voici Olivia.

– Salut.

Elle me considère, tout à coup dépitée, puis plaque un sourire sur son visage et s'adresse à lui.

– Callan, l'être humain que je préfère sur cette terre ! On pensait aller te supporter à ton prochain match de polo !

– Rendez-vous là-bas dans deux semaines, alors.

Cette femme est magnifique, avec ses longs cheveux noirs et ses yeux plus noirs encore. Elle attend qu'il ajoute autre chose, mais rien ne vient.

Je frotte mon tailleur, tout à coup très consciente des regards qu'elle me jette.

– Bon, eh bien… salut.

Elle s'en va rejoindre une amie.

Nous achevons notre hot-dog en silence.

S'il avait envie d'elle, il n'aurait qu'à claquer des doigts. Cette idée ravive ma jalousie. Si seulement je pouvais effacer cette folle nuit de sexe de ma mémoire.

– Tu obtiens toujours tout ce que tu veux ?

– Tout.

Il jette sa serviette, puis la mienne, dans une poubelle. Je m'attends à ce qu'il me dise au revoir, mais non, nous continuons à marcher côte à côte.

– Je sais ce que tu te dis : que je suis idiote et que je devrais accepter ta proposition. Mais non, je préfère rester où je suis. J'aime ma place.

– Ce n'est pas du tout ce que je me dis.

Nous nous arrêtons.

Il glisse une main dans mes cheveux.

– Demande-moi de t'embrasser, Livvy.

– Pourquoi ferais-je une chose pareille ?

– Parce que tu n'arrêtes pas d'y penser.

– C'est faux.

– Eh bien, moi si, je n'arrête pas d'y penser, avoue-t-il en me caressant la joue. Et si tu m'embrassais quand même ? Pour mon bien ?

– Oh, arrête. Je parie qu'on t'embrasse très souvent.

– Oui, mais ce n'est pas toi.

Je soupire et m'appuie contre le mur, derrière moi ; j'ai besoin de soutien. Le coin est plutôt discret, à l'entrée d'une ruelle. Sur le trottoir, les gens passent leur chemin sans nous prêter attention.

– Tu pourrais m'embrasser comme tu l'as fait l'autre soir ?

Il me soulève le menton.

– Ou me laisser t'embrasser comme je l'ai fait l'autre soir… suggère-t-il.

– Mais tu m'as embrassée partout !

– Alors laisse-moi au moins goûter à ces lèvres excitantes. Pour l'instant.

Je bats des paupières, bien décidée à secouer la tête – pour un grand « non » – et sans m'en apercevoir, je me surprends à hocher la tête – ce sera un grand « oui », donc.

Un sourire séducteur se dessine lentement sur ses lèvres, il plaque une main derrière ma nuque et m'attire contre lui.

Son regard s'assombrit.

Son odeur est chaude, virile, puissante.

Il se penche et s'empare de ma bouche avec douceur. Je sens ses doigts enlacer les miens, il m'attire contre lui et m'entraîne un peu plus loin dans la ruelle. Son autre main se pose sur ma joue. Plus aucun mot ne sort, nos bouches entament un dialogue d'une autre nature.

Je me hisse sur la pointe des pieds pour aller à la rencontre de son baiser, déboussolée, effrayée, mais incapable de lui résister.

Sa langue caresse mes lèvres, puis les franchit pour aller chercher la mienne.

Une exploration humide, chaude et douce à la fois.

Mes doigts s'enfoncent dans ses épaules. Il presse mon corps contre le sien.

Pantelante, je me cambre contre lui, tandis qu'une sensation familière, qui confine à la douleur, m'envahit l'entrejambe. C'est comme si tout mon corps le suppliait. Il m'agrippe les hanches et me plaque contre lui, me donnant un aperçu de ce qui pourrait se passer ; il est déjà si dur.

Le premier baiser passionné cède la place à un second, cette fois plus sensuel, plus charnel.

Une main déployée sur ma joue, l'autre dans mes cheveux, Callan aspire ma langue dans sa bouche.

Mon cœur tambourine comme un fou et je crois que je perçois le sien aussi.

Nous nous écartons. Il pose le front contre le mien, les yeux fermés.

Le goût de sa bouche s'attarde sur mes papilles. J'ai beaucoup de mal à redresser la tête pour soutenir son regard perçant, mais lorsque je le fais enfin, il est en train de me dévisager d'un air très viril.

– Ça t'a plu ? demande-t-il d'une voix de velours.

Mon désir est si puissant que je suis obligée de serrer les poings, de m'enfoncer les ongles dans la paume des mains, pour m'empêcher de plonger les doigts dans sa crinière malmenée par le vent. J'ai tellement envie de prendre à nouveau ses lèvres, envie qu'il me goûte avec cette avidité qui l'habite.

Un petit rire nerveux m'échappe.

Ses lèvres caressent les miennes.

– Dis-moi que ça te plaît, que tu veux continuer.

Je suis foudroyée sur place. Il saisit mon visage à deux mains et, d'autorité, m'entrouvre la bouche. Un geste ferme, affamé, comme s'il était incapable de se maîtriser, comme si c'était vital pour lui.

Je réponds à son assaut avec la même ardeur. Tout ce dont j'ai conscience, c'est de la chaleur de son corps et du sang qui s'affole dans mes veines. Je m'accroche à lui de toutes mes forces, presque au désespoir, et il grogne comme si ma réaction le comblait. Chaque grognement de Callan me met au supplice.

Soudain, il s'interrompt, le souffle haché, et caresse mon visage.

– Dis-le, Olivia. Dis que tu veux que je t'embrasse partout, même là-dessous, m'implore-t-il en tirant sur mon haut.

J'ai le tournis. Il m'empêche de réfléchir. Tout ce que je sais, c'est que je ne voudrais être nulle part ailleurs que là, dans ses bras ; on y est si bien, la sensation est incomparable.

Malgré ma respiration chaotique, je parviens à articuler quelques mots.

– Flirter… c'est vraiment… pas une bonne idée.

Un grand sourire éclaire son visage, contaminant même ses yeux.

– C'est vrai, mais le pire, c'est de s'embrasser. Là, ça va carrément trop loin.

Je pousse un soupir tremblant.

– Bon, alors on est d'accord : plus de flirt, plus de baiser, surtout au bureau.

Il s'accroche à mes hanches, comme s'il ne voulait pas prendre le risque que je lui échappe.

Je noue les mains autour de son cou et plonge mon regard dans le sien.

– Si on couche encore ensemble, ce sera juste pour évacuer toute cette tension sexuelle, aller au bout de notre petite aventure et passer à autre chose sans regret. Ce soir et puis basta. Lundi sera un lundi comme les autres, comme si rien ne s'était passé. Rien.

Un éclat sauvage brille dans ses yeux.

– Oui, mais nous ne sommes pas encore lundi.

– J'ai envie de toi, chuchote-t-il.

Il prend mon visage entre ses mains et m'entraîne dans un baiser profond.

Je jette un coup d'œil au panier de préservatifs planqué sous ma table de chevet.

– Comme tu peux voir, je suis parée. J'ai assez de capotes pour toute une vie.

Il secoue la tête en émettant un « tss-tss » sonore.

– Non, sûrement pas pour toute une vie, Olivia, rectifie-t-il en repoussant mes cheveux.

– Oui, enfin…

Je rougis. Il me soulève et me dépose sur mon lit. Son pantalon est déjà ouvert, son torse magnifique est nu.

– Je n'avais jamais eu d'orgasme avec un homme avant toi.

Voilà, c'est dit.

Son sourire s'estompe, il recule et me dévisage en haussant les sourcils.

– Tu es sérieuse ?

– Je suis toujours sérieuse. Tu me traites de menteuse ? Pourquoi as-tu l'air si choqué ? Ce n'est pas comme si je t'avouais que j'étais pucelle… je ne t'ai tout de même pas offert ma virginité.

Figé, il m'observe.

Puis il retrouve le sourire et me couve du regard. Il se penche et, doucement, si doucement, effleure mes lèvres puis les goûte.

– Oh… c'est si bon.

Je rejette la tête en arrière, laisse courir mes doigts sur ses pectoraux tandis qu'il m'enlève mon haut.

Il m'embrasse dans le cou et descend lentement.

– Callan, dis-je dans un souffle.

J'empoigne ses cheveux et me cambre.

Il caresse mon buste, mon ventre.

– J'adore, déclare-t-il.

Il examine ma bouche pendant une minute entière. Dans ses yeux, la faim rivalise avec l'amusement et la tendresse. Enfin il se penche, m'embrasse, m'explore avec sa langue, sans se presser, comme si j'étais irrésistible, comme si j'avais été conçue pour être dégustée.

Il dégrafe mon soutien-gorge, me l'enlève, puis, du pouce, caresse la pointe toute dure de mes seins.

Je promène mes mains sur ses abdos. Il possède un corps athlétique, magnifique. Callan est le genre de mec qui a été gâté par la génétique.

Je poursuis mon chemin vers son sexe, palpant chacun de ses muscles.

Je plonge dans son pantalon, lui arrachant un petit grognement, et le trouve dans son boxer, brûlant et déjà si dur.

Je le caresse. Qu'est-ce que j'aime l'entendre grogner comme ça.

Il m'embrasse et plonge à son tour la main dans son caleçon. Il en sort son membre plus tendu que jamais et m'effleure la cuisse avec.

Bon sang ! Je suis tellement prête que j'en tremble littéralement sous l'effet du contraste entre la chaleur de mon corps et la fraîcheur de la pièce. Il se débarrasse de son pantalon. Ça y est, il est nu.

– Oooh.

Le gémissement m'a échappé, il me gratifie d'un petit coup de langue.

Je glisse mes pieds nus le long de ses mollets, prends une profonde inspiration lorsqu'il remonte ma jupe sur mes cuisses.

Déterminées, entreprenantes, ses mains s'aventurent à l'intérieur de mes cuisses.

Mes hanches se soulèvent au contact de ses doigts à travers ma culotte.

Cet homme est un bonbon vivant, et, là tout de suite, il m'appartient.

Tout en m'embrassant, il écarte ma culotte et caresse la chair humide de mon sexe. Impossible d'identifier les sensations qui m'assaillent, je ne sais plus comment réagir, le monde bascule et se met à tourbillonner à toute vitesse, il n'y a plus de lit sous moi, il ne reste que mes bras accrochés à son cou, sa bouche chaude et ses doigts experts.

D'un bras puissant, il m'enlace la taille et me redresse sur le matelas. Il m'ôte ma jupe et ma culotte.

– Tu pourrais cacher des taches de rousseur par ici, il faut que je vérifie.

Il me tourne et étudie mes omoplates.

Je ne connais rien de plus divin que le contact du bout de ses doigts sur ma peau nue. Tout à coup, il incline la tête, fond sur la base de ma nuque et entreprend de sucer ma peau en douceur. Je me tortille de plaisir.

– Mais ce que je préfère, lance-t-il en me faisant pivoter face à lui. C'est ça.

Il s'empare de l'un de mes seins et en gobe le mamelon.

– À moins que ce ne soit ça, ajoute-t-il en aspirant l'autre mamelon.

Mon Dieu, je ne survivrai peut-être pas à cette nuit, mais au moins, je mourrai en ayant un orgasme. Jamais je n'avais perdu la tête comme ça pour un mec. Pour lui. J'écarte les jambes, un peu comme une invitation, empoigne ses cheveux, enroule mes jambes autour de sa taille.

– S'il te plaît, Callan.

– Olivia, c'est vrai ce que tu as dit ? Aucun homme ne t'a jamais fait jouir avant ? demande-t-il, la voix chargée de convoitise.

Pitié, Callan, arrête de prononcer le mot « jouir ».

Je me plaque contre lui, lutte contre la vague de désir qui menace de me submerger.

– Je le pensais à ce moment-là, mais j'ai changé d'avis.

Une lueur tendre brille dans ses yeux, il écarte une mèche rebelle de mon front.

– Si tu savais tout ce que j'ai envie de te faire. Je veux te voir te tordre de plaisir toute la nuit. Je veux que tu jouisses pour chaque fois qu'un homme t'a touchée sans te donner d'orgasme.

– D'accord, défi accepté, dis-je, pantelante. Il doit y en avoir eu une centaine.

– Une centaine de partenaires ?

Il sait très bien que j'exagère, par gourmandise.

J'acquiesce en me mordillant les lèvres.

Il esquisse un sourire sensuel et se place au-dessus de moi.

– Tu sais, à une certaine époque, on torturait les menteurs…

À cet instant précis, il glisse sa langue dans ma bouche et me pénètre avec ses doigts.

Des éclairs de plaisir fusent dans tout mon corps, le feu se propage en moi. Enveloppée dans un cocon vaporeux de délectation, je prends conscience qu'il a des mains incroyables, que personne ne sent aussi bon que lui, que je n'ai jamais rien goûté de meilleur que lui et que sa peau est la plus douce de la terre. Jamais je n'ai été dans un tel état.

Je voudrais que ça ne s'arrête jamais.

Je suis sur un nuage et je voudrais y rester pour toujours.

Je plane.

Si haut que c'est sans doute dangereux, ou en tout cas pas très bon pour moi… mais j'en ai envie quand même. J'en veux plus.

Il me lèche les lèvres, les suce.

– Cette nuit, tu vas jouir si vite, si fort et si souvent que plus jamais tu ne pourras baiser sans penser à moi.

Avec sa langue, il trace des sillons brûlants et humides sur ma peau tandis que ses doigts me propulsent vers l'extase.

– Ouvre-toi à moi, Olivia, chuchote-t-il contre ma bouche.

Soudain, son sexe remplace ses doigts.

Je lâche prise et accède à sa demande.

Samedi soir, allongée dans mon lit, j'ai encore le goût de Callan sur les lèvres et le corps bourdonnant d'excitation, lorsque mon téléphone se met à sonner.

Je m'en empare. Un numéro inconnu s'affiche à l'écran. L'angoisse : et si c'était lui ? En même temps, j'ai tout aussi peur que ce ne soit *pas* lui.

Ce matin, il est parti alors que je dormais encore, ce qui, souvent, n'augure rien de bon.

Je décroche sans prononcer un mot.

Pendant un moment, seul le silence occupe la ligne, puis sa voix s'élève, si chaude, si intense. Je ferme les yeux.

– Ça t'a plu, cette nuit ?

– Oui.

– Moi aussi.

Je jette un coup d'œil par la fenêtre.

– Ah oui ? Alors pourquoi t'es-tu sauvé ?

– J'avais rendez-vous avec mon père pour le petit déjeuner.

– Ah. Dis-moi… cette… cette attirance qu'il y a entre nous. On va finir par s'en débarrasser, pas vrai ?

Il se contente de rire.

– Callan. Je devrai bientôt rentrer au Texas. Je ne cherchais rien du tout, à la base. Quand je t'ai séduit, j'étais soûle et toi, tu étais ce bel inconnu si mystérieux avec lequel j'adorais parler.

– Ah bon, tu n'aimes plus parler avec moi ?

Sa voix trahit son amusement ainsi qu'une note de tendresse un peu enrouée.

– Si, mais je préférerais ne pas me sentir aussi attirée par toi. Je dois me concentrer sur le boulot, la dernière chose dont j'aie besoin, c'est de distraction. Baiser jusqu'à plus soif pour se désintoxiquer une bonne fois pour toutes me semblait une bonne idée.

– Et ça a marché ? demande-t-il.

– Je ne sais pas.

– Préviens-moi quand tu sauras.

– D’accord.

– Bonne nuit, ma belle.

– Bonne nuit, Callan.

Je raccroche, mais garde les yeux rivés sur le téléphone. « Ma belle » ? Qu’est-ce que ça veut dire ? Que nous allons continuer ? Non. On ne peut pas, c’est impossible. Le lendemain matin, très tôt, au terme d’une nuit d’insomnie, je lui envoie ce texto :

Je n’ai aucun regret. Par contre,
demain, tu redeviens monsieur Carmichael.
Et tu le resteras jusqu’à nouvel ordre.

À demain, mademoiselle Roth.

CHAPITRE 6

Sortie en boîte

Le week-end suivant, d'autres stagiaires me proposent une virée en boîte et ça tombe bien, je suis on ne peut plus partante. Je sors le grand jeu : petite robe noire très courte, paire de talons rouges, long collier doré et quelques bracelets. Je laisse mes cheveux lâchés.

– J'ai trop hâte de danser, dis-je.

Danser comme une possédée, pour oublier Callan et évacuer toute ma frustration sexuelle.

– Attention, changement de programme, déclare solennellement Janine dans le taxi. Le frère de George peut nous faire entrer au Havoc, un club hyper select. C'est bien simple il n'y a que les VIP de la ville qui le fréquentent. Souvent des beaux mecs célibataires.

Elle remue les sourcils avec un petit air entendu.

– Du moment qu'il y a de la musique, une piste de danse et de l'alcool, ça me va, dis-je.

– Je danserai avec toi, lance George.

– C'est sympa, merci.

L'expression de Janine m'informe qu'elle n'est pas ravie de l'apprendre.

Le taxi nous dépose devant le Havoc. Le nombre de bagnoles de luxe garées aux alentours est impressionnant.

Et là, rangée sur le bord du trottoir, mais non, je ne rêve pas, c'est la Rolls-Royce Ghost de mon frère !

Putain, mais c'est pas possible ! C'est la panique.

J'attrape Janine par le bras.

– Attendez !

– Il y a un problème, Livvy ? s'inquiète George.

J'hésite. Je ne veux pas décevoir mon frère, c'est vrai, mais je suis certaine qu'il m'a interdit d'aller en boîte pour me protéger, pas pour m'empêcher de m'éclater. Et puis, j'ai le mal du pays. J'ai toujours vécu avec mes parents et ici je me retrouve seule la nuit dans un appartement désert. Zut, j'ai besoin de me changer les idées, d'arrêter de ressasser mon histoire avec Callan.

Alors je souffle un grand coup, rassure mes amis et leur emboîte le pas. La boîte a l'air grande, je n'ai qu'à me trouver un petit coin tranquille, à l'abri des regards, pour danser.

George donne le nom de son frère au videur qui nous laisse entrer sans broncher. Tout de suite, je scrute la foule. Tahoe est bien là, debout devant une table à laquelle tout un groupe est installé. Il jette un coup d'œil à sa montre tandis que Regina salue une de leurs amies, puis il passe un bras autour de la taille de sa dulcinée et la guide vers la sortie.

Ouf, ils s'en vont. Soulagée, je continue mon examen de la salle.

Mon attention est attirée par un homme aux cheveux sombres, installé sur une banquette. C'est lui. L'inconnu de mes rêves érotiques, celui qui n'avait pas de visage avant que Callan débarque dans ma vie.

Une nana tourne autour de lui. Je réprime la grosse bouffée de jalousie qui menace de m'étouffer. Elle peut se le garder, je m'en contrefiche.

Je tourne les talons et me dirige de l'autre côté de la discothèque. Derrière moi, Janine passe en revue tous les beaux mecs disponibles.

– On prend une table ou on va danser ?

– On va danser, répond George en me prenant par la main.

Je le rappelle à l'ordre.

– Pas sans passer par le bar.

Armés de nos cocktails, nous prenons possession d'un petit morceau de la spacieuse piste de danse, sous les stroboscopes et les lustres baroques. Les premières notes d'une chanson géniale d'Adam Lambert retentissent et je me mets à bouger en rythme, les yeux fermés, prenant de temps en temps une gorgée d'alcool.

Soudain, de petits frissons se mettent à parcourir tout mon corps.

Je rouvre les yeux. Il est toujours à sa table. Je l'ai repéré parmi toutes ces épaules, tous ces coudes, toutes ces silhouettes en mouvement. Il est en train de m'observer.

Aussitôt je me revois en train de danser pour lui, le soir où nous avons couché ensemble pour la première fois, à l'époque où j'ignorais encore qui il était. Ça ne m'arrête pas pour autant. Sans lâcher son regard, je continue à onduler de tout mon corps.

Je vois un sourire poindre sur ses lèvres tandis qu'il me décortique des yeux, tel un biologiste face à une espèce animale rare.

Je pousse un soupir et porte mon verre à mes lèvres. Zut, il est déjà vide.

Il m'observe toujours. Soudain, il se lève et s'avance lentement dans ma direction.

Oh non ! Merde !

Il me faut un truc. Je m'empare du verre de George et le vide d'un trait.

– Euh, j'aime les filles qui ont le sens de la fête, commente-t-il, visiblement sous le choc. Tu veux que j'aille nous en rechercher un ?

– Oui. Plusieurs, même, dis-je en criant pour couvrir le bruit ambiant.

Mais il est déjà parti vers le bar.

Je comprends alors ma bêtise. Je me retrouve seule, sans rien à boire ni à faire alors que Callan se rapproche inexorablement, plus séduisant que jamais. Aux abois, je me tourne brusquement vers le couple qui se trémousse à ma droite et m'incruste auprès d'eux pour danser sur *King of Sabotage*, de Ferras.

– Olivia.

Je retiens mon souffle et pivote lentement.

– Derek, dis-je avec un petit sourire crispé.

– Drake.

D'un geste circulaire, je désigne la salle.

– Drake ! Toi ici, dans ce lieu de perdition ? Ça alors, quelle surprise !

– Ce n'est pas un endroit pour les petites filles sages, c'est sûr.

Il prend ma main comme si celle-ci lui appartenait.

Et, à en juger par la façon dont mes doigts épousent les siens, on dirait bien que c'est le cas.

À ma grande stupéfaction, il s'éloigne en m'entraînant dans son sillage. Je devrais reprendre ma liberté sur-le-champ, je le sais, mais j'en suis incapable. Il me jette un coup d'œil par-dessus son épaule, je me focalise sur le col de sa chemise.

Nous nous retrouvons dehors, sur une terrasse.

Il s'installe sur un canapé d'extérieur et me fait asseoir à côté de lui. Alors seulement, il daigne lâcher ma main.

Sauf que maintenant, je ne sais plus quoi en faire. Elle fourmille encore d'avoir été en contact avec la sienne. Je serre le poing pour tenter d'éliminer la sensation.

Silencieux, il m'étudie de profil. On dirait qu'il attend quelque chose, mais quoi ?

Baiser avec moi ? Déjà fait.

Je soutiens son regard interrogateur pendant quelques instants, mais ses yeux sont si perçants que je n'ai d'autre choix que de détourner la tête.

Nerveuse, je scrute la terrasse.

– Je ne veux pas que mes amis m'aperçoivent avec toi.

– Pourquoi ?

– Parce que ce sont aussi mes collègues et que tu es notre patron.

– Je ne suis pas votre supérieur direct.

– Nous sommes stagiaires, toi et moi faisons partie de castes complètement différentes. Je compte bien profiter de mon séjour ici pour me faire des amis. Et au cas où tu ne l'aurais pas remarqué, tu fiches la trouille à pas mal de gens, chez Carma.

Il hausse un sourcil.

Sans me laisser démonter, je subtilise son paquet de cigarettes et son briquet dans sa poche.

– Pourquoi as-tu arrêté de venir sur le toit ? demande-t-il, l'air contrarié, tandis que j'allume une cigarette.

– Tu y es allé, toi ?

– Tous les jours. Qu'est-ce qui m'en empêcherait ? C'est *mon* toit-terrasse, Olivia, me rappelle-t-il dans un murmure.

Son regard est si intense.

– Je croulais sous le boulot… C'est fou que tu te sois aperçu de mon absence, dis-je en souriant, faussement épatée.

– Oh à peine, rétorque-t-il avec humour. Il faut avouer que tu parles si peu que ta présence passe presque inaperçue.

Sa voix est beaucoup trop sensuelle.

Callan se passe une main sur la mâchoire en me dévisageant, songeur.

– Est-ce que tu m'évites ? insiste-t-il d'un ton plus autoritaire, même si ses yeux restent rieurs.

Il se rapproche un peu.

– Aurais-je tout à coup attrapé des canines redoutables et un horrible penchant pour les proies couvertes de taches de rousseur ?

– Je ne sais pas, mais ce qui est sûr, c'est que ton appétit est particulièrement vorace.

– Je ne suis pas le seul, si j'en crois l'avidité avec laquelle tu m'as englouti l'autre soir.

J'ouvre la bouche, mais aucun son n'en sort.

– Écoute, c'est impossible, dis-je lorsque je reprends enfin mes esprits. Mon frère nous tuerait.

– On ne souffre pas de ce qu'on ignore.

Il se penche et ponctue sa phrase d'un petit coup de langue sur mes lèvres.

Ce qu'aucun homme n'a réussi à me faire ressentir, celui-ci y parvient. À deux doigts de l'explosion, je sens crépiter des étincelles électriques dans tout mon être.

– Tu es vraiment sans scrupule.

– C'est vrai.

– Irresponsable et arrogant.

– Tout à fait. Mais ce que je veux, c'est apprendre à te connaître, Olivia, me murmure-t-il à l'oreille, paupières mi-closes. Et je veux aussi plus de ceci.

Il pose une main sur ma nuque et m'embrasse. J'entrouvre la bouche et laisse ma langue se mêler à la sienne.

Je glisse mes doigts dans ses cheveux et chuchote :

– Je ne sais jamais si tu te moques de moi ou si tu es sérieux.

Bon sang, ce qu'il m'avait manqué !

– Tu vois ? Il est grand temps que tu apprennes à me connaître aussi.

Il prend mon visage entre ses mains avec une telle douceur que j'ai l'impression d'être en cristal.

Il me donne un nouveau baiser, plus doux, plus prudent. Je fonds, gémis de plaisir, enfonce mes ongles dans sa nuque.

– Tu es fascinante, Livvy.

Il s'écarte en souriant. Son regard est si tendre, presque protecteur.

– Callan…

Que dire ?

Comme s'il devinait ma peur, il me lâche et s'allume une cigarette. Il me la tend. Je la considère avec envie, mais finis par secouer la tête.

Non. Je ne veux pas partager sa cigarette. Le simple fait de le regarder tirer dessus me donne chaud. Mon sexe est déjà trempé et il ne me faudrait pas grand-chose pour que je le supplie de me prendre avec ses doigts.

Sans attendre qu'il tire une deuxième bouffée de cette cigarette, je me lève pour partir.

– Il faut que j'aille retrouver les autres avant qu'ils ne nous surprennent ensemble.

Il se lève à son tour, écrase le mégot et plonge les mains dans ses poches tandis que je me dirige vers la porte.

– Livvy.

Je fais volte-face. Le vent joue dans ses cheveux comme j'aimerais tant le faire, colle sa chemise à son torse et son pantalon à ses jambes musclées.

– Je te ramène chez toi, m'annonce-t-il d'un ton buté.

Je pousse un grognement.

– Non merci, Callan, tu m'as déjà servi de chauffeur.

Je tourne de nouveau les talons.

– Viens ici.

Sa voix m'arrête net.

– Pardon ?

Il pousse un soupir exaspéré, passe une main dans ses cheveux, puis tend son superbe bras musclé et me fait signe d'approcher.

– J'ai dit viens ici. Donne-moi ton téléphone.

Je me renfrogne, mais obéis. Il me le prend et se met à pianoter sur l'écran.

– Envoie-moi un texto quand tu seras rentrée chez toi.

Je récupère mon téléphone en pestant.

– Tu peux toujours courir.

– Je veux que tu me le promettes, sinon tu repars tout de suite avec moi.

Menton levé, il me défie, comme s'il était inenvisageable qu'il n'obtienne pas ce qu'il veut.

– C'est bon, tu as gagné. Je t'écrirai.

Je regagne la salle en riant sous cape. Il peut toujours attendre de mes nouvelles. Cela dit, le sourire qui a éclairé son visage lorsque j'ai accepté ne m'arrange pas du tout.

Pour finir, je commande un Uber, m'excuse auprès de mes amis stagiaires et rentre tôt. Absorbée dans mes pensées, je me brosse les dents et me prépare à aller au lit. Il faut que je mette le holà à ces petits apartés intimes. Pour commencer, je ne le contacterai pas. Pourtant, quelques secondes plus tard, je me surprends à fouiller la liste de contacts de mon téléphone.

Je retrouve son numéro enregistré sous le nom « Pas Drake ».

Je ne peux m'empêcher de sourire. Je cède et lui écris.

Je suis rentrée. Satisfait ?

Pour l'instant.

Et TOI, où es-tu ?

Chez moi. Je bosse.

Ah bon ? Wahou.
Alors je vais m'y mettre aussi.

Au départ, c'était du bluff, mais mon esprit de compétition a été attisé et je finis par sortir mon ordinateur.

Quelle ardeur au travail !
Ton patron a de la chance.

Question ardeur,
il est plutôt pas mal non plus.

Sa réponse tarde un peu et je me rends compte avec effroi de ce que je viens de lui écrire.

Tu ne crois pas si bien dire.

Mon estomac se contracte.

Pitié, sortez-moi de là.

Je lâche mon téléphone comme s'il m'avait brûlée, puis le reprends et l'éteins. *Olivia Roth ? Interdiction de rentrer dans son jeu et de réagir à ses bouffonneries. Compris ?*

Je m'efforce de me convaincre que c'est l'alcool dont je suis imbibée qui me met dans un tel état.

Callan n'était qu'une toquade ; entre lui et moi, c'est bel et bien terminé. C'est vrai, je ne suis plus la petite fille naïve qui a besoin de son grand frère pour se sortir du pétrin, et encore moins le nouveau joujou de Callan, je suis une femme active qui travaille à temps plein.

J'ai une fâcheuse tendance à me dévaloriser, mais je vaux quand même bien plus que ça. D'ailleurs, ne suis-je pas venue ici pour faire mes preuves ?

Trop de gens me rangent d'emblée dans la catégorie des petites blondes écervelées. Trop de gens me sous-estiment, à tel point qu'ils ont fini par me convaincre que j'étais nulle.

En fait, seul mon frère a toujours cru en moi et j'ai beau idéaliser le vieil ami de mon père, Daniel Radisson, c'est quand même ce bad boy de Callan Carmichael qui m'a donné ma chance.

Cette chance, je compte bien la saisir, mais pour ça, il faut que je reste concentrée sur l'essentiel.

Si je parvenais à surmonter mes préjugés sur la cruauté de Callan en affaires, je lui demanderais de m'apprendre les ficelles du métier au lieu de continuer à me tourner autour.

Finalement, c'est Janine qui a été sélectionnée pour poursuivre son stage aux côtés de Callan. Inutile de dire que les déjeuners sont devenus pénibles. Je suis obligée de l'écouter s'extasier sur lui, sur son charme, sur son physique de rêve, sur tout ce qu'elle apprend auprès de lui. Elle me confie aussi qu'elle doit traiter des tonnes d'appels de filles qui cherchent à le contacter, supplient Janine de le convaincre de les rappeler, veulent s'assurer qu'il a bien reçu telle ou telle invitation, j'en passe et des meilleures. Bon sang !

– Je te jure, tu n'imagines pas tout ce que j'apprends, rien qu'en répondant au téléphone ou quand je dois faire un saut dans la salle de réunion. La cerise sur le gâteau, ce serait de réussir à coucher avec lui avant la fin du stage. Oh là là, Livvy, la taille de son… de sa… bref, tu vois de quoi je parle, on devine tout à travers ses pantalons. De toute façon, il a de grandes mains et de grands pieds, alors forcément elle doit être énorme. Oh et sa bouche… Tout est parfait chez lui !

Elle est toute rouge.

Je remue la nourriture dans mon assiette sans y toucher ; ça m'a coupé l'appétit. Elle se tait et le brouhaha de la cafétéria se referme sur nous, mais tout ce dont j'ai conscience, c'est de la douleur lancinante qui m'accable.

Je suis venue à Chicago pour travailler, pour apprendre. Suis-je passée à côté d'une formidable occasion d'acquérir de l'expérience à cause de mes préjugés et de mes sentiments confus ?

Je la salue et remonte auprès de monsieur Lincoln. Installé à son bureau, il est en train d'étudier un rapport que je lui ai remis ce matin, mais lorsqu'il relève la tête, il ne semble pas très concentré. Dès qu'il m'aperçoit, il me réclame le dossier de recherches que j'ai réalisé sur Alcore.

– Callan a demandé une mise à jour.

Mon cœur fait un bond dans ma poitrine. Je hoche la tête et rejoins aussitôt mon bureau.

– Tout de suite, monsieur.

Ce soir-là, après une journée de boulot bien remplie à m'efforcer de ne pas ressasser les deux nuits que j'ai passées avec le patron – franchement, ça suffit maintenant ! Il n'y aura pas de troisième fois ! –, je décide d'appeler ma grand-mère.

– Salut, Nana !

– Qui est à l'appareil ? Est-ce que je vous connais ?

– Non seulement tu me connais, mais en plus tu m'adores !

Je me pelotonne sur le canapé et jette un coup d'œil à la tasse de thé vert fumant que je viens de poser sur la table basse (je le bois amer, sans sucre, exactement comme ma grand-mère).

– Je voulais juste prendre de tes nouvelles, Nana. Comment vas-tu ?

– Je vais bien, mais ma petite-fille préférée me manque *vachement* !

– Je suis ta seule petite-fille. Et tu me manques vachement aussi.

Elle rit et je distingue un grincement en fond sonore. Je l'imagine installée dans son fauteuil à bascule, sous le porche de sa maison.

– Parle-moi de Chicago.

Je souris.

– C'est pas mal.

Mon sourire vacille.

– Mais j'ai un peu le mal du pays, dis-je en dessinant du doigt un motif invisible sur mon jean. Et chez toi, quoi de neuf ?

En fait, j'ai juste envie de l'entendre me raconter sa routine, celle à laquelle elle ne déroge presque jamais. Tailler ses rosiers, remplir les mangeoires pour oiseaux suspendues au gigantesque chêne de son jardin, cuisiner une douceur à offrir, regarder ses vieux albums photos et se replonger dans les souvenirs de l'époque où mon père était enfant et mon grand-père, encore en vie.

Autant de petites habitudes qui me rappellent mes racines, me sont familières, réconfortantes.

J'ai besoin de ça. C'est comme si j'avais grimpé beaucoup trop haut, dans la cabane de Callan Carmichael, et que j'avais besoin que ma famille me tende une échelle pour pouvoir redescendre.

CHAPITRE 7
Dans l'ascenseur

Nouvelle nuit agitée. Je rêve que je suis dans ma cabane avec Jeremy Seinfield. Nous sommes en train de fumer, et tout à coup, il essaie de m'embrasser. Sauf que cette fois, je ne le repousse pas. Je me penche et entrouvre la bouche, en proie à un désir pour lui jusque-là inédit. Je glisse les mains dans ses cheveux. Il a le goût du café et du tabac. C'est fou ce qu'il embrasse bien, je n'en reviens pas. Lorsque je m'écarte, je le dévisage, abasourdie. Ce n'est pas Jeremy qui se trouve devant moi. Une tempête dorée fait rage dans ses yeux et sa voix est celle d'un homme, pas d'un jeune garçon.

– Moi, c'est Callan.

Vendredi matin, les hurlements de mon réveil m'arrachent au sommeil. Je l'éteins en grognant et en profite pour vérifier l'heure. Déjà 7 heures !

Tout commence à devenir familier : la vue, le lit. Et dire que je repars dans moins de deux mois ! Je ne fais qu'un stage d'été.

Je pense à lui, allongé sur mon lit, à son odeur qui s'attarde sur mes draps. Vite, il faut que je me prépare !

Je pense au toit-terrasse de l'immeuble de Carma. À nos petits rendez-vous secrets, qui n'auront plus jamais lieu. Ces moments restent gravés dans ma mémoire, jusque dans les moindres détails, comme les chemises qu'il portait ou son odeur. Ce n'est pas le seul homme dont l'odeur me plaît, mais la sienne a quelque chose de particulier, de familier, de chaud, de rassurant. Et puis, je n'oublierai jamais son regard et nos conversations, si naturelles, comme si nous nous connaissions depuis toujours.

Pas de regrets. Tu te rappelles, Olivia ?

Je pousse un long soupir, puis sors de la douche, enfile mon uniforme et coiffe mes cheveux en un chignon bien net. Lorsque j'ai terminé, j'observe mon reflet dans le miroir. Une jeune femme blonde aux yeux bleus pleine de détermination : voilà comment je veux que mon patron me voie.

Pas nue en train de jouir et de gémir – ça, c'était réservé au Mystérieux Fumeur.

– Retenez l'ascenseur, lance une voix que je ne connais que trop bien, lorsque j'arrive chez Carma, ce matin-là.

Aussitôt, je me redresse et appuie sur le bouton qui contrôle l'ouverture des portes d'une main légèrement tremblante.

Callan plonge dans la cabine tout en pianotant sur son téléphone. Il se place à côté de moi, sélectionne son étage, puis range son téléphone dans sa poche.

Aujourd'hui, il porte un costume. Et moi, j'ai les jambes en coton sous ma jupe.

S'est-il seulement aperçu que j'étais seule avec lui dans cet ascenseur ? Je ne tarde pas à avoir la réponse.

– Comment vas-tu ?

Voyons voir. Figure-toi que je me suis retrouvée plusieurs fois dans les bras d'un mec canon et maintenant, je n'arrive plus à me le sortir de la tête. Mais sinon, ça va. Ça, c'est ce qui m'est venu à l'esprit. En réalité, je réponds :

– Super. Et toi ?

– Mieux maintenant.

Du coin de l'œil, j'aperçois le petit sourire qui étire ses lèvres. Il m'observe, mais pas moyen de me résoudre à me tourner vers lui. Chaque fois que je me suis retrouvée face à lui, je crois que j'ai fini par l'embrasser. J'ai dévoré ses lèvres incroyables. Sans oublier tout ce que je lui ai raconté sur moi. La facilité avec laquelle cet homme me pousse à lui déballer ma vie sans retenue m'épatera toujours.

– J'ai bien reçu la mise à jour concernant Alcore. Beau boulot.

Bon sang.

Je ne sais pas quoi faire. Ma famille me manque. J'aurais bien besoin des précieux conseils de ma grand-mère. Je ne peux pas en parler à mon frère.

Farrah et Veronica me diraient sûrement de lâcher prise et de vivre à fond mon coup de foudre. Parce que c'est bien de ça qu'il s'agit, le premier coup de foudre de mon existence. Elles ne comprendraient pas mes scrupules, ma crainte de trop m'impliquer dans cette relation.

Et voilà, malgré mes efforts, j'ai de nouveau le mal du pays.

Nous arrivons à mon étage. Je lui adresse un petit sourire.

– Bonne journée, monsieur Carmichael.

– Callan, rectifie-t-il d'un air badin.

– Je t'appelle Callan en privé. En dehors de ça, c'est monsieur Carmichael.

– Heureusement pour toi, je réponds aux deux noms, plaisante-t-il en tendant la main pour retenir les portes. Tu as toujours envie de visiter la ville ?

– Toujours.

Zut, ça m'a échappé. C'est la deuxième fois qu'il me pose la question, et la deuxième fois que je lui donne la même réponse, sans réfléchir.

Comment fait-il ça ?

Et ce regard, oh, ce regard.

– Où comptes-tu aller ? demande-t-il.

– À la Navy Pier. J'y suis déjà allée avec Wynn, mais j'adorerais y retourner.

Une étincelle de malice jaillit dans ses yeux.

– Je parie que tu es tombée amoureuse de la grande roue.

– On ne peut rien te cacher, dis-je en riant.

Il se penche.

– Je t'y emmène demain.

– Quoi ? Ce n'est pas une bonne idée. Je crois qu'on...

– Je passe te prendre à 17 heures.

Il appuie sur un bouton et, tandis que les portes se referment, se met à remuer les sourcils, comme pour me défier.

CHAPITRE 8
Navy Pier

Il est là, il m'attend dans sa Range Rover noire. Je me dépêche de rejoindre la voiture, mais il se précipite pour m'ouvrir la portière côté passager.

– J'ai pris une casquette, dis-je, nerveuse, en guise de bonjour.

Il reprend sa place derrière le volant.

– Ah bon, pour éviter les taches de rousseur ? demande-t-il avec un petit sourire.

– Celles qui me recouvrent le visage dès que je m'expose au soleil, oui, dis-je en coiffant ma casquette des Dallas Cowboys.

Callan se penche pour attraper une mèche qui s'est aplatie devant mes yeux et la coincer derrière mon oreille. Le contact de ses doigts se répercute comme une onde sur ma peau et dans tout mon corps. J'en frissonne.

Ma réaction ne lui a pas échappé et il sourit tandis qu'il s'engage dans la rue et rejoint la circulation.

Je contemple ses mains sur le volant. Non, il faut que je me concentre sur autre chose. Je n'arrête pas de me répéter, à la limite du lavage de cerveau, que ce n'est qu'une petite sortie entre amis, alors je ne vais pas tout gâcher en me pâmant devant son physique. Et puis, s'il me surprend en train de reluquer ses mains comme une pauvre idiote, ça ne va pas le faire.

– Tu es prête à t'éclater un peu ? me demande-t-il.

J'adopte un ton outré.

– Dans cet endroit dédié à la vitesse et à l'altitude ? Tu veux te débarrasser de moi, c'est ça ?

– Et risquer de perdre à tout jamais tes anecdotes croustillantes ? Jamais de la vie.

– Tu préfères éviter de m'assassiner parce que mes histoires t'amusent, c'est ça ?

Il sourit.

Une fois garés, nous nous engageons à pied sur la longue jetée animée, la célèbre Navy Pier. Je désigne un manège et ses chevaux de bois colorés.

– Ça, ça me convient. J'oserais même monter dessus.

– Alors tu devrais plutôt aller à Disney World.

Il soulève ma casquette, m'ébouriffe les cheveux, puis la repose en riant.

Nous nous promenons le long des restaurants, boutiques et baraques foraines.

– Maintenant, je me sens vraiment à Chicago, dis-je en avisant la grande roue qui se dresse au loin.

– Ah. Pourquoi, jusque-là tu te croyais encore au Texas ?

Je lui tire la langue et ris.

– Non, j'avais l'impression d'être dans un rêve. Mais tu sais, je ne suis pas très futée. À l'école, j'ai toujours dû fournir le double d'efforts par rapport à mes copains de classe.

– La plupart du temps, les efforts l'emportent sur le talent.

– C'est vrai. Et toi, tu as bâti l'empire Carma tout seul ?

Il acquiesce.

– Je n'en reviens toujours pas de tout ce que tu as déjà accompli, et seul. Tu es encore si jeune.

Nous nous asseyons sur un banc. J'embrasse la jetée d'un regard circulaire.

– Pour les années à venir, je veux me consacrer exclusivement au travail. Et en même temps, je n'ai jamais été aussi épuisée que depuis que je travaille. C'est comme si Carma et toi aviez aspiré toute ma vie.

Il s'esclaffe, puis s'empare de ma casquette et la repose à l'envers sur ma tête, visière dans la nuque.

Je proteste en riant.

– Eh, ne fais pas ça ! Mes taches de rousseur vont ressortir.

– C'est le but.

Je lui décoche un regard noir, mais la tendresse qui luit dans le sien ne m'a pas échappé. Je remets mon couvre-chef à l'endroit en rougissant, puis adopte un air soupçonneux.

– Tu es comme ça avec toutes les femmes que tu rencontres ?

– Comment ?

– Ça, je ne te le dirai pas.

– Oh allez, me nargue-t-il en plaçant un bras derrière moi.

– Je te laisse faire, mais seulement parce qu'on n'est pas au bureau, que tu portes un polo et que tu as l'air toi-même.

– Mais je suis toujours moi-même.

– Faux. En costume, tu as un petit côté inaccessible.

Je pousse un soupir et capitule.

– Je voulais dire : *attirant*. Apparemment, toute la semaine Janine reçoit des appels de tes nombreuses admiratrices. « Est-ce que Callan est là ? S'il vous plaît, dites-lui que x, y ou z a appelé. » Elles sont toutes raides dingues de toi.

– Je t'assure que non. Ce ne sont que des amies pour la plupart. Et le reste, des connaissances, sans plus. Je n'ai aucune attache.

J'étouffe un petit toussotement moqueur.

Il croise les bras et me dévisage, dubitatif.

– Je devrais les rappeler, d'après toi ?

Je reste muette.

– Olivia. Tu penses que je devrais les rappeler ? insiste-t-il, très attentif.

– Si tu en as envie.

– En gros, tu es en train de me dire de faire ce que je veux ?

– Si tu as envie de leur parler, alors oui, fais-le.

À ce stade, je suis verte de jalousie.

– Voyons voir.

Il sort son téléphone, sélectionne un contact et l'appelle.

J'inspire douloureusement. Soudain, mon téléphone se met à vibrer et le nom « Pas Drake » apparaît à l'écran.

Déconcertée, je décroche en le fusillant du regard.

– Qu'est-ce que tu fiches, Drake ?

– Pas Drake.

Il raccroche, les yeux rivés sur moi.

– Ni le mec du courrier, dis-je dans un murmure.

– Très juste.

Il saisit mon menton et incline mon visage vers le sien. Ses yeux magnifiques aux reflets cuivrés semblent lire en moi.

– C'est moi, et rien que moi.

Troublée, je détourne la tête et range mon téléphone.

Callan se lève et enfonce les mains dans ses poches, le sourire aux lèvres.

– Olivia ?

– Mmh ?

– Je ne veux pas t'effrayer, mais ton joli visage commence à se couvrir de taches de rousseur.

– Rah ! Tais-toi !

Je rougis.

Nous poursuivons notre balade sur la jetée en silence.

J'ai envie de l'embrasser, de lui tenir la main, et de plein d'autres choses, mais ce qui me désarçonne le plus, c'est la force de ce désir.

– Parfois, j'ai peur d'arriver au bout de ma vie sans rien avoir accompli, dis-je.

Il me jette un regard furtif et amusé, comme pour dire : « Ah, une nouvelle confession intime ? »

– Et qu'as-tu envie d'accomplir ?

– Je voudrais voyager, monter ma propre boîte, aider d'autres entreprises, mais j'ai peur de ne pas réussir à sélectionner celles qui bénéficieront réellement de mon intervention. Je ne serai d'aucune utilité pour personne si j'entraîne ma propre société à la ruine.

Je marque une pause et lui souris.

– Je voudrais aussi profiter de ma grand-mère. Je veux dire, elle ne sera pas là éternellement. Et profiter de mes parents, et puis je voudrais fonder une famille, comme eux, mais pour ça, il me faut un partenaire. Parfois, j'ai l'impression que la réussite de nos projets ne dépend pas de nous ni des autres… Parfois, le destin nous réserve autre chose, c'est tout.

Il fronce les sourcils.

– Je ne suis pas, mais alors pas du tout, d'accord. Moi, je ne laisse jamais rien au hasard. Si tu veux quelque chose, c'est à toi de tout faire pour l'obtenir, sinon tu risques d'attendre longtemps.

– Ce n'est pas vrai. Il y a tant de gens qui passent leur vie entière à se battre sans jamais obtenir ce qu'ils veulent. Et tant d'autres qui obtiennent tout sans rien avoir demandé. Moi, par exemple. Je suis née dans une famille aimante, j'ai toujours été à l'abri du besoin, tous mes problèmes se sont réglés très vite, et pourtant j'ai l'impression que ma vie n'est qu'une succession de petits drames. Depuis l'humiliation de cour de récré jusqu'au refus de Daniel Radisson de m'engager, en passant par l'épisode de la cabane, sans oublier ma fâcheuse tendance à ouvrir la bouche à tort et à travers. Quand on a la chance d'avoir l'amour inconditionnel de sa famille, on oublie les petits malheurs. En m'éloignant de mes proches, j'ai compris à quel point j'avais besoin d'eux pour me sentir en sécurité. C'est aussi valable pour ma peur du vide et celle de mourir jeune sans connaître le bonheur de me marier ni de devenir mère.

– Merde, ça va loin. Je ne perds jamais mon temps à ressasser mes angoisses comme ça, et je ne les laisse surtout pas influencer mes décisions.

Il me gratifie d'un petit clin d'œil avant de poursuivre.

– Tu sais ce qu'on dit : il y a en permanence deux chiens qui aboient derrière ton épaule, la peur et la détermination. Leur vigueur dépend de ta façon de les nourrir. Il ne tient qu'à toi de ne pas alimenter le chien qui incarne tes peurs.

– Et le chien qui te persuade que tu n'es pas fait pour une relation longue durée ? Celui-là aussi disparaîtra le jour où tu décideras d'arrêter de le nourrir ?

– Alors je n'arrêterai jamais. Je continuerai à le soigner pour qu'il reste en forme.

– Ce n'est pas possible d'être aussi têtu. Je plains vraiment les filles qui tombent amoureuses de toi, ne fût-ce qu'un peu.

– Toi incluse ?

Je lève les yeux au ciel.

– Évidemment. Regarde à quoi j'en suis réduite : maintenant, je suis persuadée que je mourrai seule, que je ne serai jamais ni l'épouse ni la mère de personne.

– Mais comblée sur le plan sexuel chaque soir.

Une grosse vague de chaleur me submerge. Je dois avoir les joues écarlates.

Que cherches-tu, au juste ?

– Ma copine Lisa, dis-je. C'est une fille que j'ai connue… En fait, elle a même été comme une sœur pour moi pendant une courte période. C'était la première petite amie de Tahoe.

Pendant un bref instant, le souvenir de l'épreuve qu'a traversée mon frère ravive ma douleur.

– Elle est morte avant même d'avoir atteint l'âge légal pour boire de l'alcool. Ça m'a bouleversée. Je me rappelle à quel point elle était pâle et faible sur la fin, et à quel point j'étais triste à chaque fois que je pensais à tout ce qu'elle ne connaîtrait jamais, à cette vie qui s'éteignait beaucoup trop tôt. On s'est tous donné à fond pour égayer un peu ces horribles murs blancs d'hôpital, mais c'était… ce n'est pas censé se passer comme ça. Je te défends de dire que le destin n'y est pour rien, que c'était son choix.

Ses traits s'adoucissent.

– Je ne dirai rien. Je suis désolé.

– Merci.

Je garde la tête baissée pendant un moment, concentrée sur nos pieds, puis je m'arrête et le dévisage.

– Merde, Callan, raconte-moi une de tes peurs. Rien qu'une seule. Sinon je ne t'adresse plus jamais la parole. Plus jamais, tu m'entends ? Sinon je vais finir par croire que tu n'es pas humain, c'est flippant.

– Oh si, je suis humain, tu n'as pas idée, répond-il en riant.

– Prouve-le.

Il se rembrunit et nous recommençons à marcher.

– J'ai peur de me sentir pris au piège, finit-il par avouer.

– Tu veux dire, physiquement ?

– Dans tous les sens du terme.

– Mmh, dis-je, songeuse, tandis que les rouages s'activent dans mon esprit. Tu crois que c'est pour ça que tu ne parviens pas à t'engager à long terme avec une entreprise ? Tu prends ce dont tu as besoin et tu jettes le reste, comme ça, tu ne te mouilles pas trop, tu n'es pas freiné par tout l'aspect émotionnel et tu ne te sens pas obligé de t'investir dans le sauvetage. Je parle de tes rachats.

Il tire sur ma queue-de-cheval.

– Mademoiselle Roth, lance-t-il d'un ton moqueur. Dois-je vous rappeler que je ne laisse pas la peur dicter mes choix ? Je fais ce métier parce que je suis doué pour ça, et n'oublions pas que je suis le meilleur dans le domaine.

– Tout le monde, sur terre, a la possibilité de donner ou d'ôter la vie. Ce n'est pas pour ça qu'il faut le faire.

– Très bien. Alors je fais ça parce que c'est tout ce que je connais, et que je ne sais pas comment m'y prendre autrement.

Il se renfrogne, puis hausse un sourcil.

– Tu te souviens que je t'ai parlé de mon frère et de son comportement violent ?

– Oui.

– Eh bien, il y a cinq années d'écart entre nous. J'ai dû ruser pour obtenir les mêmes choses que lui, pour gagner sans devoir me battre physiquement contre lui.

– Tu as développé un réflexe de survie. Je serais curieuse de rencontrer cet horrible frère.

– Il n'est pas horrible, juste l'aîné d'une fratrie. C'est une vieille rivalité pour devenir le mâle alpha de la maison.

– Et qui a gagné ?

– Nous n'avons pas encore été départagés.

– Ah ah. Alors, c'est sûr, je veux le rencontrer.

– Surtout pas. Je ne veux pas qu'il fasse ta connaissance.

La lueur possessive qui s'allume dans ses yeux me fait rougir. Bon sang. Et cette façon qu'il a de m'accorder toute son attention.

– C'est un bad boy, c'est ça ?

– Disons plutôt que tu serais capable d'enflammer de l'eau bénite.

Nous nous offrons une boisson fraîche et la savourons assis sur un autre banc. Même si j'ai gloussé, ses paroles ont effleuré certaines de mes cordes sensibles, et toutes mes zones érogènes.

– Je ne sais pas ce que tu me fais, mais tu réussis toujours à m'arracher des confidences, dis-je d'un ton accusateur.

Penché en avant, les coudes appuyés sur les genoux, il me lance un clin d'œil.

– Et toi, je ne sais pas ce que tu me fais, point.

– On devrait éviter de flirter, ce n'est pas très pro.

Ses yeux noisette s'assombrissent.

– Tout à fait.

– Parfait, alors restons-en là.

– Et me priver de ce joli rose qui apparaît sur tes joues ? Ça, jamais. D'ailleurs, je reprendrais volontiers un peu de ce rose aux joues, mademoiselle Roth, s'il vous plaît.

– Quel mufle !

– Oh arrête, c'est comme ça que tu me préfères.

– C'est faux.

– On parie ? Je pourrais te dire ce que je veux, là tout de suite, et tu rougirais. Tu vas avoir beaucoup de mal à me prouver le contraire.

– Je plains les pauvres filles qui craquent pour ça. Il faut vraiment être cruche. Je ne tomberai pas dans le panneau.

– Ce n'est pas ce que je te demande.

– Alors qu'est-ce que tu demandes ?
– Je veux juste passer un peu de temps avec toi.
Il plonge son regard dans le mien, mais j'éprouve tout à coup le besoin d'examiner mes chaussures.
Je ne suis pas sûre qu'il me fasse des avances. En fait, je ne suis plus sûre de rien, pas même de mon nom.
Soudain, son téléphone se met à sonner. Il décroche.
– Carmichael.
D'un signe de la tête, il m'indique qu'il faut qu'on y aille. Je jette ma bouteille d'eau vide dans une poubelle et lui emboîte le pas vers sa Range Rover.
Vers 21 heures, plusieurs heures après m'avoir déposée chez moi, Callan m'envoie un texto dans lequel il me demande d'annuler la soirée que j'avais prévue avec Wynn. Il veut que je le rejoigne à son domicile pour travailler. Lincoln a été convié aussi, armé d'un dossier d'un millier de pages imprimées consacré à la nouvelle marotte de Callan. Je suis plutôt soulagée qu'Alcore – et moi aussi, par la même occasion, puisque c'est moi qui avais attiré l'attention sur cette société – soit tiré d'affaire, pour l'instant du moins.
À 23 heures, Lincoln prend congé et rentre se reposer chez lui, nous laissant, Callan et moi, le nez dans les documents.
À 1 heure, je me lève, prête à partir, moi aussi.
– Reste, s'il te plaît.
Il semble presque déçu que j'abandonne déjà.

– Pour risquer de croiser une de tes pétasses au petit matin ? Non merci.

– Il n'y aura pas de pétasse, m'assure-t-il.

Je lui décoche un regard « je-n'y-crois-pas-une-seule-seconde », mais je cède et vais nous préparer du café.

Vers 3 heures du matin, je capitule et m'assoupis tandis qu'il est au téléphone avec un interlocuteur d'un autre continent.

Au bout d'un moment, je me sens enveloppée d'une délicieuse chaleur. Des mains me soulèvent la tête, la posent sur une surface plus moelleuse et se mettent à me caresser les cheveux. Je remue et prends conscience que ma joue est posée sur ses genoux.

Dimanche matin, le son de plusieurs voix masculines m'éveille. Désorientée, je balaie la pièce du regard. Le soleil coule à flots par les impressionnantes baies vitrées, mes yeux mettent un peu de temps à s'adapter.

Quelqu'un a placé un oreiller sous ma tête et posé une couverture sur mon corps.

Il me faut quelques secondes pour comprendre où je suis et encore quelques autres pour prendre conscience que je dois avoir une tête affreuse. En me dirigeant vers l'escalier qui mène à l'étage, où se trouvent les chambres et les sanitaires, je passe devant la salle de réunion du rez-de-chaussée. C'est de là que proviennent les voix qui m'ont tirée du sommeil. Un groupe d'hommes est en train de discuter avec animation dans un jargon juridique. L'équipe du service juridique de Carma, sans doute.

Je risque un coup d'œil par l'entrebâillement de la porte. Sept hommes installés autour d'une table de réunion et, debout devant eux, Callan, vêtu de la même chemise qu'hier soir et les joues assombries par une barbe naissante. Deux doigts posés sur le menton, il toise ses collaborateurs avec une expression qui semble vouloir dire « pas de conneries, les mecs ».

Qui aurait cru que mon petit gars du courrier vivait dans un endroit pareil ? Et dire qu'il y a une éternité, je l'ai imaginé dans un appartement bordélique d'une seule pièce ! J'étais loin de me douter qu'il possédait une luxueuse villa, avec barrière et gardiens à l'entrée, et si propre que l'on pourrait confondre le sol en marbre avec un gigantesque miroir.

La pièce est saturée de son énergie. Il est clair que ces hommes se démènent pour le satisfaire, pour trouver réponse à toutes ses questions. Grand, ténébreux, solennel, il jette autour de lui des regards menaçants et aussi assoiffés que ceux d'un vampire prêt à fondre sur sa prochaine victime, en l'occurrence, une entreprise proche de la banqueroute.

Le téléphone coincé entre l'oreille et l'épaule, il se retrousse les manches. On a l'impression qu'il ne remarque pas la présence des autres hommes dans la pièce ni la mienne dans l'entrebâillement de la porte. Devrais-je saluer tout le monde ? Ne ferais-je pas mieux d'aller me rafraîchir et de m'éclipser ?

D'un geste chargé de frustration, il défait le premier bouton de sa chemise, au niveau du col. A-t-il caressé mes cheveux cette nuit ou est-ce le fruit de mon imagination ? Ses grandes mains sont douces et bronzées, dotées de longs doigts élégants. Ses cheveux coupés ras s'arrêtent pile à l'endroit où démarre son col.

Qui peut bien se trouver à l'autre bout du fil ? Sans doute un génie des finances, comme lui. Je donnerais cher pour entendre leur conversation.

Soudain, Callan interrompt brusquement la communication et se tourne vers ses employés. Son regard se pose sur chacun d'eux, un à un, avant de s'arrêter sur moi. Il m'a repérée ! Je suis mortifiée ; mes cheveux doivent être dans un état pitoyable, sans parler de mes vêtements de la veille.

Les joues en feu, je tourne les talons et grimpe quatre à quatre à l'étage. Je fonce dans la première salle de bains que je croise, m'asperge le visage, dégote du dentifrice et du bain de bouche, rectifie ma coiffure et défroisse ma tenue. Une fois prête, j'appelle un taxi et quitte la maison sur la pointe des pieds.

CHAPITRE 9
À la galerie

Mercredi après-midi, Wynn m'invite à venir voir sa galerie. Elle est en train d'installer l'exposition d'un nouvel artiste. D'emblée, elle me demande comment ça se passe au boulot. Nerveuse, je décide de rester vague et pèse soigneusement mes mots.

– Très prenant.

– L'autre jour, il m'a posé des questions sur toi, m'avoue-t-elle.

– Quoi ! Quel genre de questions ?

Je reste figée au beau milieu de la galerie, entre un mur couvert de tableaux et l'autre encore vide.

– Il m'a juste demandé s'il y avait quelqu'un dans ta vie, au Texas.

J'écarquille les yeux.

– C'est une blague ?

– Oui, c'est ce que j'ai pensé aussi. Ça ne lui ressemble pas. Je veux dire, s'il s'encombrait de ce genre de détails, ça se saurait, depuis le temps.

Puis elle secoue la tête en émettant un petit « tss-tss ».

– Ça sent le sexe, Livvy. Et pas qu'un peu.

Je m'écrie :

– Non ! Enfin…

Je ne peux pas en parler à Wynn, même si je brûle de me confier.

– Il est le premier avec qui j'ai fait connaissance dans cette ville et, même si c'est un peu compliqué pour l'instant, je crois… que j'ai un petit faible pour lui. Je ne saurais pas t'expliquer, c'est bizarre.

– Et moi, je crois qu'il a un petit faible pour toi, déclare Wynn.

Elle m'adresse un sourire affectueux, puis s'empare d'une toile peinte à l'huile et l'installe sur le mur.

– Tahoe péterait un plomb s'il l'apprenait, Livvy.

– Je sais ! Et comment, que je le sais. Raison pour laquelle je me démène pour ne pas sortir du cadre professionnel.

– Je n'aimerais pas être à ta place en ce moment. Ils savent se montrer tellement irrésistibles, ces mecs.

Ne sachant trop quoi répondre, je me contente d'un petit regard impuissant.

– Il faut que tu te trouves un autre dealer de plaisir. Ou que tu t'achètes un sex-toy, conclut Wynn.

CHAPITRE 10
Nuits blanches

Je n'ai le temps de trouver ni l'un ni l'autre. C'est bien simple, en dehors du boulot, je n'ai plus le temps de rien. Pas même de dormir. Il arrive désormais à Callan de m'appeler au beau milieu de la nuit.

– Tu penses quoi de HITT sur le Nasdaq ?

– Hein ?

– Tu penses quoi de High Intelligence Tech Transformation ? L'entreprise.

– Callan, il est 3 heures du matin.

– Tu sais ce que ça veut dire, quand tu t'éveilles en pleine nuit sans raison ? Que quelqu'un est en train de t'observer.

– Très drôle. Crétin. Maintenant j'ai la trouille.

– Parfait. Allume ton ordinateur et dis-moi ce que tu en penses…

– Mais pourquoi ?

– Parce que j'ai promis que j'allais t'apprendre. Et la première règle, dans ce métier, c'est qu'on ne compte pas ses heures. Bon, j'attends, Livvy.

Entre les coups de fil au beau milieu de la nuit, le rachat en cours et son intérêt croissant pour Alcore, sans compter l'absence de Lincoln pour cause de grippe intestinale, je croule sous ses requêtes pendant toute la semaine. Ce type m'épate : chaque jour, il réussit à accomplir tout ce qu'il a à faire.

Comment parvient-il encore à caser des soirées en boîte dans son emploi du temps ? Dès qu'il se trouve quelque part, on dirait qu'il a déjà un pied ailleurs.

Vendredi après-midi, Callan a un match de polo mais il m'a demandé de lui apporter l'épais dossier que je viens d'imprimer ; il souhaite le lire pendant le week-end.

Je débarque au beau milieu du match et m'installe dans les gradins, plutôt en retrait. Il monte un cheval noir appelé Kaz. Afin de m'empêcher de baver sur mon patron, je feuillette les documents que je lui ai apportés.

Après le match, je retrouve Callan dans l'écurie. Il descend de selle et raccompagne son étalon jusque dans son box. À côté des joueurs de polo avec leurs bottes d'équitation et leur pantalon moulant, les joueurs de baseball et leur beau petit cul peuvent aller se rhabiller.

– Sara me manque, dis-je en le regardant flatter le cou de son cheval.

Il déboucle la selle, admire le mouvement de l'animal. Je suis une fille du Sud. J'apprécie qu'un homme sache prendre soin d'un cheval et le monter.

Il hausse les sourcils.

– Sara ?

– Ma jument pie.

Il m'indique une adorable jument blanche dans le box voisin de celui de Kaz.

– Voici Clochette.

– On peut les monter ?

Quelques minutes plus tard, nous sommes lancés au galop dans l'un des enclos. J'épuise la pauvre Clochette tandis que Callan et Kaz nous prennent en chasse. Je me revois sur Sara, dans le pré derrière chez moi, me rappelle le sentiment de liberté qui me gagnait. C'est cette même sensation de liberté qui m'enivre en ce moment même, tandis que je fonce avec la jument, le grondement des sabots de Kaz aux trousses.

Lorsque nous mettons pied à terre, je suis à bout de souffle et en proie à une exaltation étrange. Après avoir nourri les chevaux, nous nous dirigeons vers la Range Rover garée sur le parking. Il me raccompagne chez moi avant d'aller se changer pour un dîner d'affaires.

Samedi matin, je le retrouve chez lui, comme il me l'a demandé. Je m'attends à tomber nez à nez avec une greluche à moitié nue, mais non. Il est seul dans son lit, son corps nu couvert par un drap.

Pendant un instant, je reste debout dans l'encadrement de la porte de sa chambre, indécise. La climatisation tourne à plein régime et, je ne sais pas pourquoi, je ressens le besoin d'aller remonter le drap sur ses épaules.

Il roule sur lui-même, s'étire et commence à s'éveiller. Je recule sur la pointe des pieds, déjà rouge pivoine à l'idée d'être prise la main dans le sac.

– Je devais veiller à ce que ceci te parvienne aujourd'hui, dis-je en désignant un dossier sur sa table de chevet.

Il se redresse sur un coude, ses beaux muscles roulent sous sa peau.

– J'ai aussi apporté du café.

Sur mes joues, l'incendie redouble d'intensité.

Il prend la tasse que je lui tends en plissant les yeux.

– Merci.

Sa voix est encore éraillée par le sommeil. Est-il rentré chez lui « en bonne compagnie » après son repas d'affaires ? Cette idée me donne presque un haut-le-cœur.

– Callan, il faut absolument que tu me donnes plus de travail.

Après tout, si je dois m'infliger la vue de son corps à moitié nu, avec toutes les tentations que ça implique, autant que ça en vaille la peine.

– Je veux être dans l'action !

Il semble surpris par mon audace, mais il sourit.

– Si tu te retrouvais dans le feu de l'action, tu serais complètement larguée.

– Non.

– Bien. Alors voilà : je suis une entreprise spécialisée dans la fabrication de téléphones mobiles et ce n'est pas la grande forme. Toutes mes rentrées dépendent de mes ventes. Que fais-tu ?

– Facile. Je mets au point un nouveau modèle de téléphone et je m'arrange pour que les clients se sentent obligés de l'acheter.

– Les banques refusent de te prêter le moindre centime, tu es déjà endettée jusqu'au cou.

– Oh. Hum… Tu vois ? C'est exactement pour ça que je veux apprendre ! Et je veux apprendre auprès des meilleurs. Je ne veux pas rester là à attendre que l'une des entreprises que tu as rachetées fasse un carton, il me faut des mises en situation réelles. Ça me permettrait de faire la différence entre un cheval boiteux et un cheval mort.

Il émet un rire franc et sonore – ce qui me fait rougir encore davantage. Il rejette le drap et se lève pour aller s'habiller, m'offrant au passage une vue à couper le souffle sur son divin postérieur.

Il me propose de faire un saut au bureau. Sur la route, je ne suis pas encore tout à fait remise de la vision enchanteresse de ses fesses parfaites. Puis je me rappelle qu'elles sont inaccessibles et tente de revenir à l'essentiel.

– Quitte à passer autant de temps avec toi, tu pourrais au moins me donner quelques bons conseils. Des vrais, solides.

– Très bien, dit-il avec une lueur de défi dans les yeux. Commençons par la tenue vestimentaire. Au quotidien, tu peux t'habiller comme tu veux, mais pas les grands jours. Ta tenue doit refléter ton activité, il faut avoir la gueule de l'emploi.

– D'où l'uniforme ? C'est pour aider tes employés à avoir la mentalité des affaires ?

– On ne fait pas n'importe quoi, ici. Nos activités sont sérieuses.

– D'accord, d'accord.

Visiblement, c'est un sujet sensible.

– Ceux qui se contentent de suivre le troupeau finissent par s'y perdre, poursuit-il avec un regard éloquent. Ne parle pas, agis. N'explique pas, montre. Ne promets pas, fais tes preuves. Tes actes doivent toujours refléter tes paroles. Dis-moi que je n'y arriverai pas, et je travaillerai dix fois plus pour te prouver que tu as tort.

Au-delà du message, c'est ce ton sans concession, cette détermination chevillée au corps qui m'ébranlent. J'ai l'impression de recevoir une grande claque et ça me donne envie de passer à l'action sans plus attendre.

– Quand tu as une boîte dans le collimateur, tu dois avoir une vision globale. Ne te focalise pas sur ce qu'elle vaut à elle seule, mais sur ce qu'elle peut nous rapporter à nous, Carma. Prenons par exemple l'agence de pub en ligne EXR. Elle perd de l'argent et ne peut pas capitaliser davantage sur ses clients. À première vue, aucun intérêt. Pourtant, si nous en prenons le contrôle, nous mettons le grappin sur sa base de données d'utilisateurs et nous pouvons l'intégrer à notre propre base de données, c'est-à-dire la mettre au profit des clients qui font appel à nos services publicitaires payants. Cela nous permet par la même occasion de proposer à nos clients plus de visibilité grâce aux sites internet d'EXR. Avec une vision globale, cette entreprise prend donc tout de suite de la valeur à nos yeux. Bien sûr, EXR n'a pas envie d'être rachetée, mais quand tu es dans la mouise, tu n'as pas le choix. Dans une tentative désespérée pour se maintenir à flot, EXR a revendu une partie de ses actions à une entreprise plus petite. Si tu rachètes EXR, tu es donc quasiment certaine d'acquérir une participation majoritaire dans les deux entreprises. Quand ils nous verront approcher, ils feront tout pour trouver un autre acheteur, un acheteur qui acceptera leurs conditions plutôt que les nôtres. Notre boulot, c'est de faire en sorte que ça n'arrive pas, de les coincer, si j'ose dire.

– Je vois, mais tu pourrais aussi former une alliance, échanger quelques actions de Carma…

– Pas question de toucher à Carma.

– D'accord, alors juste les faire profiter un peu de ton expérience et de ton savoir-faire, en contrepartie des participations majoritaires.

– Mais c'est ce qu'on fait. Ils peuvent conserver leurs locaux et leur enseigne, je ne fais que les remettre dans le droit chemin.

– Pas toujours. Parfois, tu les fais disparaître.

– Parfois, c'est vrai.

Je ne peux m'empêcher de faire la grimace.

– Olivia, je ne suis pas un connard. Je ne fais que dire tout haut ce que tout le monde pense tout bas, et je suis le seul à avoir le cran de faire ce que personne n'ose faire.

Je hoche la tête, puis la détourne vers la fenêtre, le temps de digérer toutes ces informations.

– Tu procèdes de la même façon avec les femmes, n'est-ce pas ?

C'est sorti tout seul.

Je croise son regard.

Je vois les muscles de sa mâchoire se contracter, mais il se concentre sur la route ; nous approchons du centre-ville.

– Peut-être que j'agis comme ça avec les femmes, oui, finit-il par répondre.

– Tu les ramènes chez toi ?

– Non. Je vais dans des hôtels, dans ma villa de Miami, dans mon appart à Cabo ou dans celui de Londres.

– Jamais chez toi ? C'est un principe ?

– Je cloisonne ma vie. Je suis très fort pour ça, même s'il m'arrive parfois d'avoir du mal à respecter mes propres règles.

– Parce qu'elles sont débiles, ces règles, dis-je pour le taquiner. Je crois que si tu n'amènes pas tes conquêtes chez toi, c'est aussi parce que tu as un petit côté individualiste et que tu protèges ton territoire.

Il esquisse un sourire en coin et une lueur amusée se met à danser dans ses yeux.

– Ouais. Il doit y avoir de ça.

– En tout cas, *moi*, tu m'as laissée entrer une fois, j'y suis j'y reste. Pour le moment, du moins.

Et je me dépêche de préciser :

– Pour des raisons strictement professionnelles, bien sûr.

Son regard s'attarde sur mes lèvres, puis croise le mien.

– Bien sûr.

Et il détourne la tête avec un petit sourire énigmatique.

Je prends une profonde inspiration. Quelle serait sa réaction si je lui avouais qu'il me plaît tellement que je suis jalouse de toutes ces nanas, que je ne sais pas si je pourrai supporter la frustration de le voir embrasser et posséder d'autres filles, les unes après les autres, toutes sauf moi, l'intouchable ?

Soudain, il se tourne vers moi et éclate de rire, un rire un peu gêné. Aurais-je touché une corde sensible ? Puis il attrape les épais dossiers consacrés à Viktor, sa nouvelle proie, qui attendent sagement sur la banquette arrière et me les tend en secouant la tête, comme s'il niait l'alchimie qu'il y a entre nous.

Je me mets à lire, absorbant les détails comme une éponge tandis qu'il m'explique avec passion les aspects positifs de l'entreprise, ses points faibles et ce qu'il en fera lorsqu'il aura mis la main dessus.

Jusque-là, je croyais que Callan détruisait tout sur son passage, mais à la fin de la journée, il m'apparaît qu'en réalité, c'est un réparateur. Son truc, c'est de trouver la faille et de la colmater. Je crois que j'aime cette révélation autant qu'il aime son métier.

CHAPITRE 11

Conseil d'administration

Mercredi, j'accompagne monsieur Lincoln dans la salle de réunion. Les douze membres du conseil d'administration de Carma Inc. sont installés autour d'une longue table en acajou.

À notre arrivée, Callan se tourne vers moi.

D'un air approbateur, il avise la bretelle rouge de mon soutien-gorge qui dépasse de mon chemisier.

Nous échangeons un petit coup d'œil amusé.

Que dire ? Je n'ai pas eu le temps de faire ma lessive cette semaine, c'est tout.

Il me dévore du regard. J'étudie son visage lentement.

Je m'installe derrière monsieur Lincoln tandis qu'ils commencent à discuter du cas Alcore. Mon cœur s'emballe lorsqu'on me demande des précisions sur le profil de l'entreprise, que je connais désormais sur le bout des doigts.

La réunion est très courte. Monsieur Lincoln s'attarde ensuite pour bavarder avec quelques membres du CA, mais Callan me fait signe de le suivre dans un bureau voisin.

J'obéis et referme la porte derrière moi.

Je m'avance. Son regard s'accroche de nouveau à la bretelle rouge qui dépasse de mon chemisier en soie.

– Je sais, cette couleur n'est pas réglementaire, dis-je en le défiant. Tu comptes m'arracher mon soutien-gorge aussi ?

Je fais allusion au foulard qu'il m'a confisqué au début de mon stage.

– Viens t'asseoir ici, dit-il en tapotant une table à sa droite.

Mon cœur bat la chamade. Je ravale une bouffée de désir.

Il faut être fou pour taquiner un jaguar, n'est-ce pas ?

Je prends la place qu'il m'a désignée.

– Tu as envie que je te l'arrache ? demande-t-il en posant une main sur ma hanche.

Je déglutis.

– Oui.

Il repousse mes cheveux derrière mon épaule, saisit mon visage, se penche vers mon oreille.

– Tu me provoques, Olivia.

Il effleure mes lèvres avec les siennes, sans plus, peut-être en guise de punition. Ce contact, aussi éphémère soit-il, n'en électrise pas moins tout mon être. Je me penche en avant, la bouche entrouverte.

Il sort les pans de mon chemisier de ma jupe, glisse une main dessous et, de ses doigts chauds, dégrafe mon soutien-gorge.

– Enlève-le, me murmure-t-il à l'oreille.

– C'est *toi*, qui me provoques, dis-je, le souffle haché.

Ce qui ne m'empêche pas de rentrer les bras sous mon chemisier afin d'accéder à sa requête.

Ensuite, je me lève et, armée d'un sourire espiègle, jette mon soutien-gorge au milieu de la pièce avant de quitter les lieux dans un silence électrique.

Je regagne mon bureau en jubilant, mais lorsque mes seins nus frôlent l'étoffe soyeuse de ma blouse, je ne peux réprimer un gémissement.

Bon sang, je ne vaux pas mieux que ses petites pétasses. Qu'est-ce qui m'a pris ? Et pourquoi m'a-t-il entraînée dans ce bureau et pas ailleurs, dans un endroit plus intime, où il aurait pu m'enlever tout le reste ? Merde, c'est le coureur de jupons le plus difficile à séduire que j'aie croisé de ma vie. Il n'a même pas essayé de tirer parti de mon petit moment de faiblesse.

C'est bien ma veine.

CHAPITRE 12

Chez lui, après la réunion

Ce soir-là, nous nous retrouvons tous les deux chez lui, dans l'atmosphère chaleureuse créée par les lampes de son salon. Il est en train de réviser les rapports qu'il a réclamés à monsieur Lincoln après la réunion du conseil d'administration.

– Alors le rachat d'Alcore se concrétise, dis-je.

Ni lui ni moi ne sommes revenus sur l'incident du soutien-gorge.

Dieu merci.

Je n'arrive toujours pas à croire que j'aie fait ça.

Un moment d'égarement qui ne se reproduira plus (j'ai pris soin de remballer tous mes vêtements et accessoires de couleur rouge, pour être sûre).

À quel moment me suis-je transformée en groupie de Callan ? Mon frère serait si fier de moi…

Concentré, Callan continue à parcourir ses documents.

– Disons que je suis intéressé, répond-il distraitement.

Il s'humecte le pouce et tourne la page.

– Comment ça, « tu es intéressé » ? Je croyais que tu étais en train de te positionner pour racheter l'entreprise !

Il relève la tête, ferme le dossier et le jette sur le côté, puis se glisse sur le canapé pour se placer face à moi.

– C'est mon intention, mais certains facteurs doivent encore se mettre en place. Il faut qu'Alcore n'ait vraiment plus d'autre choix.

– Mais alors, tu es bel et bien un connard.

– Un connard très riche, mademoiselle Roth.

L'ombre d'un sourire sardonique passe sur ses lèvres.

– Olivia, on ne réussit pas dans le monde de la finance avec ça, déclare-t-il en se tapotant le torse au niveau du cœur. Il faut avant tout te servir de ça, ajoute-t-il, le doigt sur la tempe, et de ça.

Cette fois il désigne son ventre, à travers cette chemise qui, je le sais, dissimule des abdos parfaits.

– Avec les tripes, insiste-t-il.

Il m'observe comme lorsqu'il s'attend à me voir le bombarder de questions. Devant mon silence, il continue de lui-même :

– Le bénéfice net d'Alcore ne reflète pas l'état réel de la société. Leur trésorerie est une calamité et ils évoluent sur un marché très compétitif, mais…

– Mais ?

– Nous avons les moyens nécessaires pour renverser la vapeur. Mon frère est un joueur invétéré et, d'une certaine manière, moi aussi. Sauf que moi, je ne laisse jamais rien au hasard. Dans le cas d'Alcore, comme pour le reste, je préfère mettre les points sur les I et les barres sur les T avant de m'engager.

Songeuse, je considère le dossier fermé sur la table basse.

– Toute situation comprend un risque d'échec.

– L'échec n'est pas une option.

Il pose les coudes sur ses genoux et se penche dans ma direction.

– Un petit contretemps, à la rigueur. Les regrets, c'est pour les mauviettes. Si ton plan foire, tu te démerdes pour tourner la page fissa. Tu tires les conclusions qui s'imposent et tu vas de l'avant. Fin de l'histoire. Tu comprends ?

J'acquiesce.

Merde, ce type est impitoyable.

– Il ne faut jamais perdre la rage de vaincre, peu importe que tu gagnes ou que tu mordes la poussière.

Il doit penser que je suis trop sensible pour ce secteur d'activité. Dès qu'il est question de rachat, si j'ai le malheur de m'inquiéter du sort de l'une des parties, il se renfrogne.

Il y a toujours des dégâts collatéraux, Olivia. Le tout, c'est d'effectuer une coupure bien nette, pour pouvoir repartir sur une base saine.

Alcore sera la prochaine cible de Carma, j'en ai la boule au ventre.

– Je ne me sens pas bien. Je m'en veux d'avoir attiré ton attention sur Alcore.

– Tu as fait ton boulot.

– C'est plus difficile que je ne le pensais.

Il laisse pendre un bras derrière le dossier du canapé et me dévisage sans exprimer le moindre remords ni le moindre doute. C'est une force tranquille.

Je n'ai plus honte de l'avouer :

– J'ai peur que ce secteur soit trop dur pour moi.

Il écarte une mèche rebelle de mon front. Un contact si inattendu que tout mon corps se crispe.

– Tu te débrouilles très bien, m'assure-t-il.

Une lueur bienveillante, presque tendre, s'installe dans son regard.

– La fille qui est assise devant moi en ce moment a du courage à revendre. Sensible, intelligente, elle a la tête sur les épaules et ne se laisse pas embobiner par mes conneries. Elle est généreuse aussi, et ça, ce n'est pas très courant chez Carma. Elle est jeune, elle a encore beaucoup à apprendre, mais ce n'est pas une dégonflée.

Il secoue la tête, l'air sévère.

– Ce dont elle a surtout besoin, c'est de surmonter ses peurs. Le jour où elle aura compris que ces fameuses peurs sont insignifiantes, le monde lui appartiendra.

– Euh, tu veux que je demande à ton assistante intérimaire de te prendre rendez-vous chez ton ophtalmo ? Je crois que tu as besoin de lunettes. Et peut-être d'un psy aussi ? Je suis inquiète pour ta santé mentale. Finalement, tu n'es peut-être pas aussi intelligent qu'on le prétend.

Il éclate de rire.

– Merci, dis-je pour finir, tout à coup intimidée.

Il ouvre sa main géante devant moi.

– Ça fera six cents dollars la consultation.

– Waouh, sérieux ? Si j'avais su, je serais allée faire du shopping. Ça m'aurait fait le même effet et, au moins, je serais rentrée chez moi avec de nouvelles chaussures !

Il s'esclaffe. Lorsque le silence retombe, je comprends qu'il est temps que je m'en aille.

Je commence à rassembler mes affaires, enfile mes chaussures, bien consciente que le regard de Callan ne me quitte pas pendant tout ce temps. Il ramasse son dossier et se remet à le compulser. En fait, c'est comme si nous nous efforcions tous les deux de faire croire à l'autre que nous n'apprécions pas plus que ça de bavarder ensemble, sans parler de coucher ensemble, alors là… surtout pas, quelle horreur.

– Bon, eh bien… Bonne soirée, monsieur Carmichael.

Pendant un instant, il me dévisage sans broncher. Je le sens sur le point de me demander de rester (et pas pour éplucher de la paperasse, si vous voyez ce que je veux dire). Mais pour finir, il répond avec douceur :

– Bonne soirée, mademoiselle Roth.

CHAPITRE 13
Réunion au sommet

Le reste de la semaine est emporté dans un tourbillon de labeur. En point de mire, la réunion de monsieur Lincoln à l'étage de la direction, vendredi. À 9 heures tapantes, il prend l'ascenseur, les bras chargés d'épais dossiers et de divers documents. Une heure et demie plus tard, il redescend et, d'un air absent, me réclame un café, des photocopies, d'autres recherches, des corrections. Plusieurs heures plus tard, il retourne s'entretenir avec le patron.

De quoi discutent-ils ? Que se passe-t-il ? C'est plus fort que moi, je suis curieuse comme un chat.

Ce soir-là, trop occupée à réorganiser les derniers dossiers mis à jour, je reste tard au bureau, bien longtemps après le départ de monsieur Lincoln. Je suis en train de reporter des corrections sur mon ordinateur lorsque mon téléphone sonne. Je décroche machinalement et récite la formule d'usage.

– Carma Inc. Bureau de monsieur Lincoln.

– Livvy.

Mon corps réagit aussitôt à cette voix masculine. Franchement, c'est déconcertant qu'une simple voix puisse m'affecter à ce point.

Que me veut-il ? Broyant le téléphone dans ma main, je hoche la tête bêtement.

– J'ai croisé Lincoln qui descendait. Je voulais savoir si tu étais toujours là.

Je déglutis.

– Oui, je suis là.

Il émet un son évasif, comme « mmh » ou « hum », puis raccroche.

J'ai repris mon travail depuis un moment lorsque de petits frissons agréables se répandent sur ma nuque.

Je relève la tête et repère aussitôt Callan qui se dirige vers moi. J'ai du mal à retrouver ma voix.

– Salut.

Il se penche au-dessus de mon bureau, l'air déterminé.

– Je vais m'en griller une sur le toit, ça te dit ?

– J'ai beaucoup de boulot…

Il se place de façon à avoir le regard à hauteur du mien et reformule.

– Viens sur le toit avec moi, Olivia.

Une lueur à la fois sensuelle et autoritaire brille dans ses yeux.

Le cœur battant à tout rompre, je verrouille mes tiroirs, éteins l'ordinateur et le suis.

Nous prenons l'ascenseur.

Ce n'est pas bien, n'est-ce pas ? D'attendre désespérément qu'il passe à l'action ? Non, c'est même scandaleux. Ce petit secret entre nous… C'est aussi un peu dangereux, je le sais très bien. Dans quoi nous sommes-nous lancés ? Je l'ignore, mais je suis impatiente de le découvrir.

Ma température ne cesse de grimper.

Nous nous installons sur la terrasse en silence. Tout mon être est en ébullition.

– Je n'ai pas beaucoup dormi la nuit dernière.

– Moi, comme un bébé, dis-je.

Je mens, bien sûr.

Il émet un petit rire incrédule.

Nous sommes bien trop éloignés l'un de l'autre.

Il se passe une main sur le visage, puis m'observe.

– Je veux plus de toi, Livvy.

Ses sourcils froncés trahissent toute la frustration qui l'habite.

– Je m'efforce de me comporter correctement, mais au fond je ne suis pas un mec bien.

– Si, tu l'es.

Il semble à la fois amusé et surpris par mon assurance.

– Je suis le genre de mec qui file en douce pendant que tu dors encore et qui te largue sans prévenir, me rappelle-t-il.

– Oh, les adieux, c'est toujours horrible, de toute façon.

Comme il ne réagit pas, j'ajoute :

– Tu es un mec plutôt correct. Dès la première fois que je t'ai vu, j'ai eu envie de te connaître. Je me suis posé tellement de questions. Mais maintenant que la situation est un peu plus claire, j'ai bien peur que ça ne nous amène que des ennuis, surtout après ce qui s'est déjà passé entre nous. Non, ce ne serait pas une bonne idée.

– Putain, mais on les emmerde, ces putains d'ennuis ! S'il te plaît, sors avec moi, Livvy !

Il sonde mon visage.

Que répondre à cela ? Je dois d'abord digérer ses paroles, mais le feu a pris dans mon estomac.

– Tu te souviens du soir où tu t'es endormie sur mon canapé ? Tu étais éblouissante de beauté.

– Oh pitié, ne m'en parle pas. Quand je me suis réveillée, j'avais les cheveux dans un état… Non. Je ne veux même plus y penser. Il faut dire qu'avec tes histoires d'uniforme, tu ne me laisses pas l'occasion de sortir mes plus beaux atours.

Il secoue la tête, les yeux brillants.

– Livvy, tu es fascinante. Même habillée en madame Tout-le-monde.

– C'est pour ça que tu t'intéresses à moi ? Parce que tu me trouves jolie ?

Mon côté femme futile voudrait que ce soit la raison, mais la fille qui a passé tous ses week-ends à étudier pour décrocher son diplôme universitaire, elle, préférerait que cette attirance prenne sa source bien plus profondément en lui.

– Non, répond-il, amusé, comme s'il avait lu dans mes pensées.

Une expression indéchiffrable sur les traits, il sort son paquet de cigarettes et en allume une. Il prend une lente et très longue bouffée qu'il souffle d'une façon incroyablement sensuelle.

Maudit sois-tu, Callan. Pourquoi faut-il que tu sois si beau ? Les nuits incroyables que nous avons passées me reviennent en mémoire…

Il me tend la cigarette et je tire dessus.

– Je veux qu'on passe plus de temps ensemble, en dehors du boulot. Je veux une relation de couple normale. De couple monogame.

J'écarquille les yeux. Quoi ? Je suis prise d'une quinte de toux.

Il me donne de petites tapes dans le dos pour m'aider à me reprendre.

– Tu vois quelqu'un d'autre ? m'interroge-t-il, la mine soucieuse.

– Non.

Il arque un sourcil.

– Et tu as envie de rencontrer quelqu'un d'autre ?

– Non.

– Moi non plus. C'est bien ça, le problème.

– Pourquoi serait-ce un problème ?

– Olivia. La femme que j'ai devant moi m'obsède vingt-quatre heures sur vingt-quatre, sept jours par semaine – ça m'empêche même de travailler et Dieu sait que j'ai du boulot. Je ne me suis jamais senti aussi frustré physiquement. Me retenir de te toucher, c'est un effort surhumain, ou en tout cas, qui dépasse largement mes limites. Je n'en peux plus !

Il me caresse la cuisse.

– Chaque nuit, j'ai envie de toi.

– C'est vrai ?

– C'est vrai.

Il m'effleure le visage.

– J'ai envie de toi tout le temps. Je rêve de sexe avec toi encore et encore et encore.

– Moi aussi, j'ai envie de toi, mais n'oublions pas que je devrai bientôt repartir.

– Je ne le sais que trop bien, crois-moi.

L'air contrarié, il tire sur la cigarette et me la rend.

– Je sais aussi que tu es la petite sœur de Tahoe, et que tu bosses pour moi. Mais ce que je constate surtout, c'est que nous sommes incapables de garder nos distances, que tu me déconcentres beaucoup trop, que tu es irrésistible à tout point de vue et que la seule idée que tu puisses fréquenter quelqu'un d'autre me rend dingue. Point.

– De toute façon, même si je le voulais, je n'ai pas la moindre minute à moi, je travaille non-stop. Ne le prends pas mal, mais tu es un véritable esclavagiste.

Il sourit.

– Je ne le prends pas mal.

Là tout de suite, je meurs d'envie de l'embrasser, mais ai-je les épaules pour me lancer dans cette aventure et en ressortir indemne lorsqu'il sera temps de rentrer au Texas ? Rien n'est moins sûr.

– Je ne veux pas gâcher la fin de mon stage parce que je serai restée confinée dans une chambre à coucher avec toi.

– On peut très bien joindre l'utile à l'agréable, m'assure-t-il en riant.

Il me soulève le menton.

– Mon intention, c'est de passer un temps monstrueux au lit avec toi, mais aussi en dehors, si tu es partante pour relever le défi bien sûr. Surtout, n'aie pas peur : les heures passées chez Carma seront exclusivement consacrées au boulot.

– Tu me laisses y réfléchir ?

Il jette un coup d'œil à sa montre.

– Tu as quinze secondes.

– Oh allez ! Donne-moi une semaine.

– Une semaine ? Mais tu repars dans quoi ? Un mois ? Tu imagines le temps que nous allons perdre ?

Il me caresse de nouveau la jambe en me regardant fumer, les pupilles dilatées, comme s'il adorait me voir faire quelque chose d'aussi subversif.

– Il n'est pas question de « nous ». Pas encore, du moins. Non mais, tu te rends compte que je t'ai consacré chaque seconde de chaque journée de cette semaine ?

– Je veux aussi profiter de chaque seconde de tes nuits. Et je suis très sérieux.

Je campe sur mes positions.

– Accorde-moi une semaine, Callan. Je ne suis pas encore tout à fait descendue de mon nuage depuis… eh bien, depuis la dernière fois.

Il se rembrunit et s'avachit contre le dossier de sa chaise longue, mais il accepte la cigarette que je lui tends. Il la plante entre ses lèvres et inhale avec force. Puis, les yeux pétillants, il déclare d'un ton très calme :

– Tu sais très bien que tu en as autant envie que moi.

– C'est possible.

Je baisse la tête pour dissimuler mon sourire.

– Accorde-moi jusqu'à lundi. Lundi dans dix jours, pas celui qui arrive.

– Tu connais les jours de la semaine. Bravo, Olivia.

Je hoche la tête et nous rions tous les deux.

Puis il m'attire contre son torse ; j'en profite pour attraper son paquet de Marlboro et en extirper une deuxième cigarette. Callan me la confisque, l'allume à l'aide du bout de la première, puis me la rend.

– Coucher avec mon patron, ce n'est pas du tout dans mes habitudes, dis-je.

– Tu parles de Lincoln ? Dieu merci.

J'éclate de rire.

– Callan ! Non, il semblerait qu'il n'y ait que toi qui me dévergondes.

Je lui tends la cigarette, mais, trop occupé à étudier mon visage, il ne semble pas s'en apercevoir. Il coince une mèche de mes cheveux qui entrave notre échange visuel derrière mon oreille. Bien sûr, il en profite pour m'effleurer la tempe et l'oreille.

Son geste a quelque chose de si intime.

Sans me lâcher du regard, il prend enfin la cigarette de mes mains tremblantes. Je m'efforce de ne pas détourner la tête.

Sans se presser, il prend une longue bouffée, puis laisse la fumée s'échapper entre ses lèvres à peine entrouvertes. Il me propose la dernière taffe, mais je secoue la tête, alors il écrase le mégot. Nos regards sont toujours vissés l'un à l'autre.

Il est si beau, avec son pantalon noir et sa chemise bordeaux.

Au bout d'un long moment, il se met à sourire.

– Et si on commençait par un rendez-vous ? suggère-t-il. Je n'en demande pas plus. Dans un premier temps.

– Ça a l'air si simple quand c'est toi qui le dis.

– Mais c'est simple.

Ah bon ?

Alors, pourquoi n'est-il pas le petit mec du courrier, comme je le croyais au début ? Pour le coup, oui, ce serait si simple. S'il était ce jeune gars sans histoire, nous pourrions avoir ce rendez-vous sans problème, et même plus si affinités. Mais il a fallu que je jette mon dévolu sur mon patron – si j'accepte de m'afficher avec lui, tout le monde s'imaginera que je couche pour y arriver –, je vois d'ici la déception dans les yeux de Tahoe. Sans parler de ce passé de Don Juan qui lui colle à la peau. Et moi, comme toutes ces groupies sans cervelle qu'il séduit à la pelle, je me suis retrouvée sous l'emprise de son charme.

Non, merde, je refuse d'être un trophée de plus à son palmarès. Ce serait trop pathétique.

Pourtant, voilà que je me surprends à lui sourire comme une dinde. C'est moi qui suis pathétique !

Je grommelle :

– D'accord.

Va pour la simplicité.

Il sourit. Un sourire resplendissant.

– Alors c'est dit, je passe te prendre demain.

J'acquiesce dans un soupir.

– Demain. Mais, une chose, Callan. Je ne veux pas qu'on nous voie ensemble – ça pourrait créer des problèmes et je n'ai surtout pas besoin de ça. Je me donne déjà tellement de mal pour prouver ce que je vaux et m'émanciper.

– Je comprends.

Je souris. Il pose une main sur ma taille, se penche et dépose délicatement ses lèvres sur les miennes.

Mon corps, qui languissait, réagit au quart de tour. Chaque parcelle de mon être se met à vibrer tandis que nos langues se rencontrent, se mêlent, jouent, formant le plus doux, le plus long, le plus délicieux des baisers de toute ma vie.

Ce soir-là, sur une impulsion, j'envoie un texto à ma grand-mère. J'ai besoin de me confier à quelqu'un. Mes parents me diraient que je commets une erreur, mon frère ne serait pas ravi (euphémisme) d'apprendre le nom de l'élu de mon cœur et mes amies ne comprendraient pas. De toute façon, personne ne peut me comprendre, à part deux personnes, et il m'est impossible de me confier à Callan, puisque c'est de lui qu'il s'agit.

Reste donc Nana, ma grand-mère, qui m'appelle aussitôt mon message lu. Il me suffit d'entendre le son de sa voix pour relâcher la pression ; je remercie l'Univers qu'elle soit disponible pour bavarder ce soir.

Ainsi, j'explique à Nana que depuis quelque temps je fréquente, sans vraiment le fréquenter, un homme de mon entreprise et que je suis un peu perdue.

– Et il porte un nom, ce jeune homme ?

– C'est Callan Carmichael, Nana…

– Oh ! L'ami de mon petit-fils et… ton patron, si je ne m'abuse ?

– Nana, ne me juge pas.

– Ce n'est pas du tout ce que je fais.

– Nana, s'il te plaît, pas un mot à Tahoe.

– Qu'est-ce que Tahoe vient faire là-dedans ?

– Il est protecteur, tu le sais. Et Callan et lui sont très proches.

– Alors il ne doit pas être si mal, ce garçon.

– C'est vrai, mais c'est un coureur de jupons notoire et…

Je lui dresse la liste des raisons qui font de lui l'homme à fuir.

– Il n'est pas aussi gentil qu'il y paraît. Il prend le contrôle d'entreprises sans vraiment leur laisser le choix, il les écrabouille, les démembre et revend les morceaux, ou se contente de les piller pour devenir encore plus riche.

– Un homme intelligent et sans pitié… C'est terriblement séduisant.

– Nana !

Je soupire et ajoute :

– J'avais besoin d'en parler à quelqu'un.

– Livvy, le moment où l'on rencontre l'homme de notre vie n'est inscrit nulle part, sur aucune ligne du temps. Et puis, ce n'est pas parce que tu es concentrée sur ta carrière que tu n'as pas le droit de tomber amoureuse.

Je monte sur mes grands chevaux.

– Mais je ne suis pas du tout en train de tomber amoureuse !

– Raison de plus pour ne pas se prendre la tête, alors.

Elle n'a pas l'air de me croire.

– Je ne me suis jamais montrée très intéressée par ma vie sentimentale jusqu'à présent, mais c'est parce que j'ai des projets, tu le sais bien. Je voyais tout en grand et… voilà qu'il déboule et fout tout en l'air !

– Céder à une tocade, ou je ne sais pas comment vous appelez ça aujourd'hui, vous les jeunes… Un plan cul ? se hasarde-t-elle en pouffant. Bref, ce n'est pas nécessairement mauvais.

– Oh, Nana !

Je suis prise d'un fou rire.

– Mais ce dont je suis sûre, continue-t-elle, c'est que la vie a son propre rythme. C'est elle qui décide du moment où surviennent les événements.

Après avoir raccroché, j'attrape mon coussin et me jette sur mon lit. Je vérifie mon téléphone, mais aucune notification concernant « Pas Drake » ne m'attend.

Je m'allonge en souriant.

J'aime son côté exaspérant, sa façon de me pousser dans mes derniers retranchements, de stimuler mon esprit de compétition.

J'aime ses caresses, ses baisers.

Bon sang, et j'ai adoré sa déclaration, tout à l'heure, lorsqu'il m'a annoncé qu'il voulait une relation plus sérieuse avec moi.

En revanche, je ne sais pas si j'aime me sentir bouillir à ce point de désir pour lui.

À l'époque où Nana était jeune, on attendait des femmes qu'elles soient de bonnes ménagères. Cependant, mon grand-père est décédé très tôt et elle s'est retrouvée toute seule pour élever cinq enfants, sans jamais avoir étudié ni obtenu le moindre diplôme. Et croyez-moi, ce n'est pas facile de s'en sortir avec cinq bouches à nourrir lorsqu'on est juste capable de vendre des cookies et de tricoter. Elle m'a toujours dit qu'elle regrettait de ne pas avoir appris à être autonome. Alors, je ne veux pas devenir femme au foyer. Bien sûr, je suis heureuse de voir Saint et Rachel former une belle famille et j'aimerais moi aussi en fonder une plus tard, j'en ai toujours rêvé, mais ce n'est pas encore le bon moment, voilà tout. Et ça m'étonnerait que ça fasse partie des projets de Callan, à court ou à long terme.

D'ailleurs, ce n'est pas du tout ce qu'il attend de moi.

Il veut juste approfondir un peu notre relation. Seulement, si je fais ce pas vers lui, j'ai peur qu'il m'attrape et m'entraîne dans le précipice.

Et le moins qu'on puisse dire, c'est que je n'aime pas les précipices.

Hélas, pour devenir adulte, il faut surmonter ses peurs et apprendre à lâcher prise.

J'éteins la lampe. Le sourire renversant de Callan se matérialise dans mon esprit, puis ses mouvements sexy. J'ai l'impression de sentir les caresses langoureuses de sa langue dans ma bouche et… sur tout mon corps. Je suis complètement accro. Il est si beau… Merde, ce n'est pas juste, une telle tentation.

Pour finir, je frappe mon oreiller pour lui redonner forme, y enfouis ma tête et pars à la recherche du sommeil.

CHAPITRE 14

Le rendez-vous

L'effervescence qui règne en moi est sans comparaison avec tout ce que j'ai pu vivre.

À croire que c'est mon tout premier rendez-vous. Or, ce n'est pas le cas.

C'est ridicule.

En fait, c'est mon tout premier rendez-vous avec un homme qui fait battre mon cœur plus vite et me trouble au point de ne plus tenir sur mes jambes. Oui, mon Mystérieux Fumeur est capable de ralentir mon souffle jusqu'à l'asphyxie, ou de l'accélérer jusqu'à l'hyperventilation.

Pourtant, il y a une énorme pancarte « interdit » collée sur son front, je le sais, mais mon corps refuse de comprendre le message !

Je viens de consacrer toute la journée à me préparer pour ce soir. Ce matin, j'étais si excitée que j'ai à peine touché à mon petit déjeuner avant d'aller chez l'esthéticienne pour me faire manucurer.

Ensuite, j'ai mentalement passé mon dressing en revue, en quête de la tenue idéale, et j'ai décidé de faire un saut dans une boutique de lingerie. Dentelle, satin, volants, sequins, motifs, rubans et petits nœuds, tout me faisait envie.

Pour finir, j'ai opté pour un ensemble sexy, mais sans chichis, un soutien-gorge et la culotte assortie, qui devrait rendre Callan complètement fou.

En rentrant, j'ai tout de suite essayé ma nouvelle culotte en dentelle noire ornée d'un joli nœud en satin à l'arrière, ainsi que le soutien-gorge, noir aussi, garni de dentelle. Le noir donne un aspect velouté à ma peau. Je me trouve un petit côté libertin dans cet ensemble, je savais que le rendu serait top.

Plus que top même ! Ivre de joie, je me suis mise à danser en sous-vêtements dans tout mon appartement sur une musique sensuelle, en m'autorisant à rêver ma soirée et sa conclusion, du moins celle que j'espère…

Mes pensées menaçaient de m'entraîner sur la pente de la luxure, alors je me suis changée pour ne pas gâcher ma belle lingerie avec, euh, mon excitation croissante. Déjà !

Pendant le reste de la journée, j'ai essayé de me distraire, de tuer le temps. J'ai regardé des bêtises à la télévision, essayé d'avancer un peu pour le boulot, mais pas moyen de m'ôter le rendez-vous de ce soir de la tête.

Ce matin, à mon réveil, un texto de Callan (oui, je me suis dit qu'il était temps de lui rendre son vrai nom dans mes contacts) m'attendait. Le bond qu'a exécuté mon estomac lorsque j'ai vu son prénom s'afficher pour la première fois sur l'écran est indescriptible. À côté, les papillons, c'est de la gnognotte, mais passons.

Son texto m'avertissait qu'il passerait me prendre chez moi à 19 h 30.

À 18 heures, j'ai décrété qu'il était temps de me préparer. Enfin !

J'ai pris ma douche sans lésiner sur le savon, me suis séchée et ai enduit mon corps de crème hydratante avant de m'envelopper dans mon court peignoir et de m'occuper de mes cheveux.

Dix minutes plus tard, ces derniers étaient secs, lisses et soyeux. Je me suis maquillée, ai mis des boucles d'oreilles – une paire de diamants offerts par ma grand-mère pour mon vingtième anniversaire – et me suis dirigée vers le dressing. J'ai opté pour une robe en satin rouge qui s'arrête aux genoux, plutôt ample, mais très fine, le tissu se collant à ma poitrine et à mes cuisses dès que j'avance. L'association parfaite entre élégance et séduction. Enfin, j'ai complété ma tenue par un fin collier et des sandales à talons hauts.

Pendant toute ma préparation, je n'ai pas arrêté de vérifier mon reflet dans le miroir, époustouflée.

D'ailleurs, je suis toujours abasourdie maintenant, tandis que j'applique une dernière touche de rouge à lèvres. Sincèrement, je rayonne.

Mes yeux pétillent, ma peau a l'air douce, la robe semble avoir été conçue pour moi et mon sourire reflète ce qui se passe en moi : je suis au comble de l'excitation, à tel point que j'en ai le tournis.

Je suis en train de glisser mon bâton de rouge et mon poudrier dans une pochette lorsque la sonnette retentit. Je tressaille et m'élance vers la porte. Je prends une profonde inspiration, puis ouvre.

Devant moi, l'homme le plus appétissant de cette planète.

Glups !

Avec son pantalon noir et sa chemise gris anthracite, il est sans aucun doute le péché mignon le plus dangereux.

Ses yeux aux reflets cuivrés s'enflamment. Il prend le temps de me dévorer du regard, de la tête aux pieds, en passant par mes lèvres, mes seins, mon ventre.

J'entends sa respiration s'alourdir et lorsque nos regards se croisent enfin, ce que je lis dans le sien me coupe le souffle.

Un désir à l'état brut y fait rage, indompté, ainsi qu'une autre note, plus possessive peut-être. En tout cas, quelque chose de sauvage, d'interdit.

On dirait aussi qu'un changement s'est opéré en lui, et ses beaux yeux semblent aussi renfermer une promesse.

– Olivia, murmure-t-il.

– Callan.

Il esquisse un sourire en coin, puis fait deux pas vers moi, pose ses mains sur mes hanches et m'attire contre lui. Je me laisse envelopper par son odeur délicieuse, grisante.

Il se penche, dépose ses lèvres douces, chaudes, dans mon cou et remonte en me couvrant de petits baisers. J'ai les jambes en coton. Il prend mon visage en coupe et continue son ascension vers ma joue, puis mon oreille, au creux de laquelle il chuchote :

– Tu es si belle, on te mangerait.

– Merci, dis-je dans un souffle.

– Tu es prête ?

Plus que jamais.

Je hoche la tête, puis la baisse.

– Alors on est d'accord, c'est juste un rendez-vous ? dis-je avec un petit rire nerveux.

– Un rendez-vous… pour l'instant.

Du pouce, il effleure ma lèvre inférieure, arborant un petit sourire triste.

– Tu as cru que tout ce que je voulais, c'était coucher avec toi, Livvy ?

Je déglutis.

– C'est ce que tu as compris que je te demandais ? insiste-t-il.

Le souffle court, je rougis, peut-être parce que, en effet, c'est ce que j'ai cru.

Il me regarde bien en face.

– Ce n'est pas ce que je veux. Je t'apprécie beaucoup trop pour ça. Ce que j'aime, c'est passer du temps avec toi.

Il replace distraitement une mèche de mes cheveux derrière mon oreille.

– Et là tout de suite, j'aime tout particulièrement cette jolie teinte rosée sur tes joues.

Je souris.

– Où va-t-on ?

– Ça dépend. Pour commencer, il faudrait réussir à décoller d'ici. Et là, je fais de gros, gros efforts pour ne pas t'entraîner dans ta chambre et fourrer ma tête entre tes cuisses tout de suite.

– Callan !

Je lui donne une petite tape sur l'épaule.

Il s'empare de ma main et l'embrasse en soutenant mon regard, sans la moindre trace d'embarras, sans le moindre scrupule.

– Allez, viens.

Il me guide vers l'ascenseur, puis jusqu'à sa voiture.

Dans la Range Rover, je tente de justifier mes actes. Callan, lui, semble tout à fait à l'aise avec ce qui se passe. De mon côté, j'ai perdu le contrôle de mes hormones et suis en proie à un maelström d'émotions.

Il pianote sur le volant ; nous sommes bloqués à un feu depuis un bon moment.

– Saletés d'embouteillages, grommelle-t-il.

Il tend la main et me caresse la joue du pouce.

– À quoi penses-tu, Olivia ?

– Tu le sais très bien.

Il sourit. En fait, il n'est pas aussi calme que je le pensais, ses yeux sont affamés. J'adore ce qu'il me fait ressentir en ce moment. Je me sens à la fois adulte et aussi vulnérable qu'une gamine, impatiente et en même temps effrayée, parce que je m'approche bien trop près du précipice. J'ai chaud, partout, comme si mon corps était branché sur une prise électrique. La pointe de mes seins est dure, ma petite culotte déjà humide.

– Parfois, je me demande si j'ai imaginé tout ce qui s'est passé les autres nuits. Je ne suis pas certaine que tu sois aussi doué au lit que ma mémoire le prétend.

Il me décoche un grand sourire.

– Je suis encore mieux que dans tes souvenirs. Cette fois, je suis impatient de te goûter, Livvy, de te lécher la chatte, en prenant le temps de faire ça bien.

– Du sexe oral ?

– Exactement. Ça me rend dingue de ne pas encore connaître ton goût.

Je serre les cuisses.

Oh. Mon. Dieu.

Mon sang bout littéralement dans mes veines. Vite, penser à autre chose.

Sa Range Rover est tout ce qu'il y a de plus élégant. Intérieur cuir sombre et lisse, et moteur qui vrombit comme un monstre prêt à bondir. Le genre de bolide qui a été « amélioré » afin de lui ressembler complètement – ça passe par des détails, comme une finition mate, une calandre personnalisée et des jantes customisées.

Les gens s'arrêtent pour nous regarder passer, impressionnés.

– Ne t'inquiète pas, me rassure-t-il, lisant dans mes pensées. Les vitres sont teintées.

J'avale ma salive et hoche la tête. J'ai l'estomac noué.

– Alors, où va-t-on ?

– Chez moi. J'avais envie de cuisiner pour toi.

Mon rythme cardiaque s'accélère. Mais alors, nous serons seuls ? Dans sa villa ?

Je n'ai pas le temps d'aller au bout de cette réflexion qu'il tend la main, réclamant la mienne en silence.

Callan Carmichael a envie de me tenir la main.

Je déglutis avec peine, tente de contrôler les battements puissants et chaotiques de mon cœur.

Il reste concentré sur la route, l'autre main posée sur le volant, un sourire arrogant aux lèvres. De profil, avec cette barbe de trois jours, il est renversant de beauté. Ses cheveux ont l'air soyeux, leur allure faussement décoiffée est hyper sexy. Et ce nez et cette mâchoire parfaitement dessinés, ces lèvres lisses et roses, promesses de milliers de plaisirs inavouables… Son visage semble avoir été sculpté par un ange.

Je vois les muscles de sa mâchoire tressauter, je tarde un peu trop à poser ma main dans la sienne. Sans se laisser démonter, il me fait signe du doigt, puis tend un peu plus le bras vers moi.

Nous rions tous les deux. Enfin, je cède.

Sa paume est chaude et énorme comparée à la mienne. Sa poigne est ferme, rassurante. Je me détends sur mon siège, tout à coup envahie par le sentiment d'être à ma place.

Oui, je suis à ma place, et comblée, dans cette voiture, à côté de cet homme qui me tient la main.

***

Arrivés chez lui, nous sortons de son gigantesque garage prévu pour dix voitures et pénétrons dans la villa.

Tandis que nous traversons le séjour, j'aperçois des bougies sur la table de la salle à manger ; cette dernière est dressée pour deux et une rose rouge est posée à la place qui, je suppose, sera la mienne. Je souris.

– Callan, c'est merveilleux.

Je me tourne vers lui. Il est déjà en train de m'observer.

Sans un mot, il sourit et m'embrasse sur le front, puis se dirige vers sa spacieuse cuisine.

– Tu as faim ?

Des plats de légumes taillés, poivrons de différentes couleurs et quelques légumes verts, ainsi que toute une variété d'épices, sont déjà prêts sur l'îlot central en marbre italien.

– Je ne savais pas que tu faisais la cuisine.

Il se tourne vers le piano de cuisson.

– Oh, tu sais, j'étais encore petit quand ma mère est partie. Mon père a essayé de rendre la préparation des repas amusante pour Cullen et moi, d'en faire un jeu. La cuisine était la seule pièce où nous avions l'impression de former une famille.

Je l'écoute en silence.

Dans une poêle chaude, il jette plusieurs sortes de légumes et des pommes de terre qu'il agrémente de quelques herbes. Il arrose le tout d'un filet d'huile, puis mélange. Je m'approche et jette un coup d'œil au plat qu'il nous concocte.

– Je ne me rendais pas compte que j'avais si faim avant de voir tout ça, dis-je sur le ton de la confession.

Il s'écarte de l'îlot, où il est en train de faire mariner deux steaks, et vient me serrer dans ses bras par-derrière. Une main posée sur mon estomac affamé, il dépose un baiser sur mon épaule.

– J'ai pris une longueur d'avance avant d'aller te chercher. Ce sera bientôt prêt, bébé. Tu ne devras pas attendre longtemps.

Bébé ? J'essaie de faire abstraction du petit nom, mais le son de sa belle voix grave me trouble comme jamais. Je serre les cuisses, supplie mon corps en silence de tempérer ses ardeurs. Nous n'avons même pas encore commencé à dîner que j'ai déjà la tête dans son lit.

– Alors, qu'as-tu fait de beau, aujourd'hui ? demande Callan.

– Oh rien. J'ai traîné à l'appart, un peu regardé la télé. Ah si, je suis allée me faire manucurer…

Je m'éloigne pour le regarder aller et venir dans la cuisine. Il vérifie de temps à autre la cuisson de ceci ou cela, règle la température, ajoute une pincée d'épices, mélange un peu.

Je lui retourne la question.

– Et toi ?

– Je suis allé courir, puis je suis passé chez Carma pour réviser quelques détails dans le dossier de notre prochain rachat, j'ai acheté un tableau à une vente aux enchères. La routine.

– Ça m'a plutôt l'air d'une journée bien chargée.

Il s'appuie contre le plan de travail et croise les bras.

– Sans doute. J'ai fait tout ce que j'ai pu pour me changer un peu les idées.

– Ah bon, pourquoi ?

– Parce que sans ça, je serais arrivé devant ta porte à l'aube.

Mon estomac se noue à cette idée et mon cœur se met à battre la chamade.

Je souris. Autant être sincère :

– Ça aurait été super.

Nous nous dévisageons tandis qu'un millier de non-dits voltigent entre nous. Soudain, la minuterie retentit, brisant ce moment pour nous annoncer que les steaks sont prêts et qu'il est enfin l'heure de manger.

Nous passons à table. Callan nous sert un vin rouge censé « rehausser les saveurs » de son plat.

Je me moque de lui et de sa façon pompeuse de présenter la chose, mais la première bouchée me cloue le bec. C'est simple, je n'ai jamais rien mangé d'aussi succulent de toute ma vie.

Je lui en fais part et il se contente de me remercier avec un petit sourire.

Nous parlons de tout et de rien, de Carma, de son obsession pour l'uniforme (je le taquine sur le soutien-gorge et le foulard qu'il m'a confisqués et qui doivent être planqués quelque part chez lui), de nos mets préférés, de ma peur du vide et du jour où il a commencé à fumer. La conversation coule toute seule, nous sautons du coq à l'âne sans le moindre effort.

Jamais je ne me suis sentie aussi bien, aussi à l'aise, en compagnie d'un autre être humain. J'ai l'impression d'être chez moi.

Il y a longtemps que j'ai perdu toute notion de temps. Tout chez lui me rend folle… ses yeux, son odeur, sa façon de me toucher, sa voix.

Après le repas, nous faisons la vaisselle ensemble. À un certain moment, je plonge la main dans l'eau et l'éclabousse.

– Tu viens de commettre une grave erreur, déclare-t-il d'un ton très solennel.

Je me mets à rire, mais, sans crier gare, il me soulève et me place sur son épaule, tel un homme des cavernes.

Je pousse des petits cris de plaisir tout en le suppliant de me reposer sur le sol. Sans le moindre effort, il m'emporte jusqu'au salon et me dépose sur le canapé, devant sa gigantesque télévision à écran plat.

Il place une main de chaque côté de mon corps. Je suis prise au piège.

Je me penche en arrière pour m'écarter.

– Farouche ? demande-t-il en me dévisageant d'un regard intense, mais joueur.

Je secoue la tête.

– Non.

– Non ? répète-t-il en me défiant.

Je déglutis, mais campe sur mes positions.

– Vous m'avez bien entendue, monsieur Carmichael.

Il rit, mais ses yeux ne renferment aucune trace d'hilarité. Il effleure mes lèvres avec les siennes.

– Embrasse-moi.

Je ne réponds pas.

– Au cas où tu ne l'aurais pas remarqué, Olivia, ce n'était pas une question…

Mon rythme cardiaque s'emballe, mon entrejambe est déjà trempé. Il s'approche de moi, son souffle caresse mes lèvres. Je fais mine de m'obstiner, mais la vérité doit se lire dans mon regard.

La vérité, c'est que je brûle de l'embrasser. Je brûle de le goûter. Et je brûle qu'il me goûte.

– Embrasse-moi, répète-t-il, avec plus de douceur, cette fois.

Ses mains encadrent mon visage. Il y a beaucoup de désir dans ses yeux, mais j'y décèle aussi de la douleur, de l'acharnement, de l'ambition et de la bienveillance.

Je vois un homme. Un homme qui a envie d'aimer. Un homme dont je veux recevoir l'amour…

Je sais que c'est impossible, que je suis trop jeune, qu'il est trop inaccessible, mondain, mais à cet instant précis, j'ai envie de lui malgré tout, et j'en tremble. Je veux qu'il m'appartienne, ce soir au moins. Cette nuit.

– Callan…

– Embrasse-moi, Olivia, insiste-t-il, la voix plus rauque à présent.

Je craque, je noue mes bras autour de son cou, presse ma bouche contre la sienne et me mets à l'embrasser avec tout ce que j'ai, avec tout ce que je ressens, avec tout mon cœur, tout mon désir, toute mon impatience.

Je lâche prise et me focalise sur lui, sur ses lèvres, douces et fermes à la fois, qui répondent à mon baiser avec autant de fougue, de passion.

Au bout d'un moment, il arrache sa bouche à la mienne, mais c'est pour mieux me dévorer le cou et entamer une descente insatiable jusqu'à mes seins, comme si mon baiser avait décuplé sa faim.

Je gémis.

Il se jette à nouveau sur mes lèvres et nous recommençons à nous embrasser, comme si nous ne pouvions plus nous arrêter.

Sa langue chaude, mouillée, glisse entre mes lèvres. Quel effet cela ferait-il de la sentir ailleurs ? Je gémis de nouveau.

Sans interrompre notre baiser, il me soulève pour changer de position. Il s'assied sur le canapé et me pose à califourchon sur ses cuisses.

Je me frotte contre lui, mes seins tendres s'écrasent contre son torse puissant.

Je le sens, plus dur que jamais, entre mes cuisses. Il m'en faut plus, et vite.

Comme s'il avait compris, il m'agrippe les fesses et me presse contre lui.

– Bon sang, ce que tu es belle, chuchote-t-il contre mes lèvres.

En guise de réponse, j'enfonce les doigts dans ses cheveux soyeux, attire son visage plus près encore et reprends notre baiser.

Soudain, il s'interrompt et glisse les mains sous ma robe.

– Qu'avons-nous là-dessous ?

– Quoi ? Comment ça « qu'avons-nous » ? Mes sous-vêtements.

Il caresse la partie dénudée de ma fesse en me défiant du regard.

J'affiche une moue exaspérée et il éclate de rire.

Je m'empare de sa main et la guide un peu plus haut, là où se trouve le petit nœud, à l'arrière de ma culotte.

Il écarquille les yeux.

– Il faut que je voie ça, déclare-t-il en jouant avec la fanfreluche de satin.

– Il n'est pas rouge, dis-je avec regret.

– Montre-moi, murmure-t-il en effleurant ma lèvre inférieure du pouce.

– Te montrer quoi ?

Je suis distraite par cette énorme érection qui patiente entre mes jambes, et par ses yeux magnifiques qui étudient ma bouche.

– Tes sous-vêtements.

Je ris.

– Non, mais quel âge as-tu ? Quinze ans ?

Il me presse contre lui, comme pour rappeler qu'il n'a plus du tout quinze ans.

Il plante un petit baiser sur ma joue, puis se laisse aller contre le dossier, les mains derrière la tête, attendant visiblement que je me lève et exhibe ma lingerie.

Je m'apprête à le rabrouer d'un ton moqueur, mais je me ravise en découvrant son regard.

On dirait qu'il est sur le point de déballer le plus beau cadeau de Noël jamais reçu. Le plus beau cadeau *de la vie* jamais reçu. On dirait aussi un lion affamé sur le point de dévorer son premier repas depuis des jours.

Le fauve est prêt à me bondir dessus.

Et j'adore ça.

Mais d'abord, je compte bien le mettre au supplice.

Je rassemble tout mon courage. Après tout, je m'apprête à m'effeuiller devant l'un des hommes les plus séduisants du monde, un homme qui est en train de me faire l'amour avec les yeux.

Je me lève, lui arrachant un grognement de protestation, et m'éloigne de quelques mètres.

Je souris, plante mon regard dans le sien et fais délicatement glisser les bretelles de ma robe.

Je vois sa pomme d'Adam monter et redescendre.

Sans me hâter, je descends la fermeture et délivre ma poitrine et mon ventre ferme.

J'effleure mon soutien-gorge en dentelle noire, joue avec les bretelles, en laisse tomber une de mon épaule, puis jette un coup d'œil à Callan. Ses pupilles sont tellement dilatées qu'il a les prunelles presque noires.

Je baisse l'autre bretelle et fais un pas vers lui.

– Tu ne m'as toujours pas montré ce que tu caches là-dessous… me taquine-t-il.

– Chhht. Un peu de patience.

J'achève d'ouvrir ma robe qui ne tarde pas à former une flaque à mes pieds.

J'entends Callan retenir son souffle, puis pousser un juron tandis qu'il étudie mon corps de haut en bas. Je suis à présent debout devant lui, dans mon ensemble de lingerie, en talons hauts.

Il se lève et s'avance vers moi, mais, d'une main impérieuse, je l'oblige à reculer.

Je dégrafe mon soutien-gorge et le jette par terre. L'air frais caresse ma peau et fait durcir la pointe de mes seins. Callan a les yeux exorbités.

– Tu aimes ce que j'ai là, Callan ?

Il s'avance de nouveau, avec un petit sourire en coin, mais je fais un pas en arrière.

– Bon sang, Olivia, laisse-moi te toucher, grommelle-t-il en faisant un pas de plus.

Je secoue la tête et m'éloigne encore. Puis, j'opère un demi-tour et me penche en avant pour ôter mes chaussures. Je défais les boucles, les enlève, une à la fois, bien consciente de la douce torture que j'impose à Callan. Je sais aussi qu'il est en train de profiter d'une vue très privilégiée sur ma croupe.

Lorsque je pivote à nouveau pour lui faire face, il n'en peut plus de me dévorer du regard, c'est évident.

– Ça suffit, maintenant, implore-t-il d'un ton brusque.

À ces mots, il fond sur moi, m'enveloppe de ses bras et m'embrasse comme un possédé. Ses mains sont partout sur mon corps. Il me soulève, enroule mes jambes autour de sa taille et m'emmène dans sa chambre.

Enfin...

Il m'allonge sur le lit, déboutonne sa chemise, la jette sur le sol, se débarrasse de ses chaussures, de ses chaussettes, déboucle sa ceinture et se retrouve presque nu. Il ne lui reste que son pantalon.

Il se penche sur moi, m'embrasse dans le cou, me lèche, suce ma peau.

Je gémis, frétille sous lui, j'ai déjà envie de le sentir en moi.

Ses lèvres rencontrent l'un de mes mamelons et l'aspirent, provoquant une explosion de picotements entre mes cuisses.

Il s'empare ensuite du second et je ne peux retenir un petit cri de plaisir.

Sa main se balade entre mes jambes, s'aventure sur ma culotte. Soudain, nos lèvres se retrouvent pour un baiser passionné, s'épousent à la perfection. Il fouille ma bouche avec sa langue, me mordille la lèvre inférieure. C'est un délice, une véritable drogue.

Il ne cesse de provoquer mon sexe avec les doigts, à travers ma culotte. S'il ne me donne pas plus très vite, je vais mourir.

– Callan, s'il te plaît.

Il m'embrasse dans le cou, puis sans crier gare, déplace ma culotte sur le côté et glisse un doigt en moi.

Le souffle coupé, je m'agrippe à ses épaules et enfonce mes ongles dans sa peau tandis qu'il se met à exercer un délicieux va-et-vient en moi.

– Bon Dieu, Olivia… tu es si douce.

De plus en plus mouillée, je gémis, lui mordille le cou.

Il pousse un grondement sourd, un son aphrodisiaque qui déchaîne mon désir.

Je laboure ses cheveux avec les mains. Je me sens ivre, espiègle, impulsive. Je n'ai jamais été du genre à succomber à un mec, à perdre complètement la tête, sans plus rien maîtriser, mais ce…

cet homme… ce moment… ce désir, je ne peux pas y résister.

Il caresse mon ventre, presse sa main experte contre mon sexe.

Oh.

Mon.

Dieu.

Je soulève les hanches pour me rapprocher de lui, m'accroche à sa nuque pour ne pas perdre l'équilibre.

– Tu es si sensible. Je pourrais continuer comme ça toute la nuit et jouir rien qu'en te regardant.

Sans cesser de remuer le doigt en moi, il m'embrasse, me mordille le cou. Lorsqu'il effleure mon clitoris, je ne réponds plus de rien, mon corps m'abandonne.

Je n'ai jamais connu ça, jamais embrassé comme ça. J'ai envie de décortiquer toutes ces sensations incroyables qui m'assaillent, pour en découvrir le contenu, pour mettre des mots dessus, pour ensuite mieux les oublier et juste me sentir vivante, connectée, désirée et tellement, tellement folle de désir. J'ai déjà éprouvé du désir, mais celui-ci est d'une intensité indescriptible, proche de la douleur, de l'obsession. Encore une sensation que je suis incapable de définir, alors autant m'abstenir et me laisser porter, haletante, en émettant des sons dignes d'une chatte en chaleur, tandis qu'il continue à jouer en moi avec son doigt.

Tout à coup, il m'enlace de ses bras puissants.

Bientôt, sa langue retrouve le chemin de mon mamelon, le lèche, s'enroule autour de celui-ci, suave, chaude. Puis il saisit mon sein, l'aspire goulûment, le suce, avant de s'arrêter et de redresser la tête.

Les lèvres retroussées, il effleure la zone la plus sensible de mon téton du bout du doigt, en me dévisageant.

Puis, du pouce, il happe ma culotte et la fait rouler sur mes jambes, libérant tout à fait mon sexe. Il agrippe mes fesses, penche la tête.

– As-tu seulement idée de ce qui t'attend ?

Un mélange de tendresse et de désir ardent luit dans ses pupilles dilatées.

Il imprime ses lèvres à l'intérieur de ma cuisse, puis remonte jusqu'à mon abdomen en dessinant le plus délicieux des sentiers.

– Ouvre la bouche et embrasse-moi, m'ordonne-t-il.

Je me redresse et enfonce ma langue dans sa bouche, lui arrachant un petit grognement approbateur.

– Tu es aussi partante que moi ?

– Mmmh…

Il se penche et torture à nouveau le point le plus sensible de mon sein dans un bruit de succion affamé.

Je m'accroche à ses épaules tandis qu'il me prend avec son doigt. Le plaisir déferle en moi, je commence à remuer frénétiquement sur sa main.

– Callan…

– Callan qui ?

– Callan Carmichael…

– C'est bien.

Nous replongeons dans un baiser impétueux, humide et chaud.

Tout à coup il retire son doigt, mais continue à caresser ma chair brûlante. Je ne peux plus respirer, l'anticipation m'étouffe. Vite, il faut qu'il revienne en moi. Je libère ma bouche et appuie le front contre sa joue, pantelante. Je n'en peux plus de retenir mon souffle tandis que j'attends qu'il me pénètre avec quelque chose, n'importe quoi, à ce stade tout pourrait faire l'affaire.

Il me caresse le sein, puis, lentement, insère son majeur en moi.

– C'est ça que tu veux ?

J'essaie d'articuler une réponse, mais ne parviens à émettre qu'un gémissement inintelligible. Je projette mes hanches en avant pour en réclamer plus.

Il ressort le doigt et sourit.

– Alors, tu veux ou tu ne veux pas ?

Il titille l'entrée de mon sexe.

Dans un souffle haché, je lance :

– Oui !

Il suce son doigt, découvrant mon goût, puis l'enfonce à nouveau en moi et se met à le remuer à une cadence de plus en plus folle, en rythme avec l'orgasme que je sens monter en moi.

J'ondule sur sa main.

Il s'empare à nouveau de ma bouche, de manière très possessive cette fois. Je n'ai pas encore l'habitude d'éprouver des sensations aussi puissantes avec le sexe.

Maintenant, je comprends. Je comprends pourquoi certaines personnes font des arrêts cardiaques pendant l'amour.

Toute mon énergie est concentrée en un point de mon corps, formant une véritable boule de feu, et je n'ai plus la force de respirer, encore moins de parler.

– C'est… incroyable… dis-je, à bout de souffle.

Je ne sais pas comment j'ai réussi à articuler ça.

– Tu en veux combien ?

Du pouce, il caresse mon clitoris tandis qu'il enfonce un deuxième doigt en moi.

Nos regards se croisent. Un air sauvage traverse ses traits juste avant qu'il ressorte ses doigts et les suce, lentement.

– Oh là là, c'est pas possible.

J'effleure sa mâchoire.

Il caresse l'intérieur de ma cuisse.

– J'adore t'embrasser. Partout, ajoute-t-il avec malice.

Il a une idée derrière la tête.

Il m'étudie, dans toute ma nudité, pendant une minute entière, puis d'une main saisit mon visage. Dans ses yeux, la faim se mêle à l'amusement et à la tendresse. Il se penche et introduit sa langue dans ma bouche, tout en douceur cette fois, comme si j'étais destinée à être dégustée avec délicatesse.

Puis il écarte mes jambes et se positionne de manière à goûter mon sexe.

– Oooh.

C'est moi qui ai poussé ce cri au moment où sa langue s'est aventurée à l'entrée de mon intimité.

Il me serre la cuisse et grogne comme s'il allait jouir rien qu'en me goûtant.

Il enfonce sa langue un peu plus loin en moi, m'arrachant des gémissements.

Sans cesser ses caresses buccales, les yeux fermés, il plaque ses mains sur mes seins et les masse. Je prends une courte inspiration. J'aperçois son visage entre mes cuisses, une vision si décadente qu'elle m'expédie presque au septième ciel.

Tout en continuant à embrasser et sucer mon sexe, il effleure mon clitoris du pouce et se met à dessiner de délicieux cercles sur celui-ci. Je ne sais plus ce que je ressens, comment réagir, mon monde est en train de basculer, il n'y a plus rien sous moi, il n'y a plus que mes bras accrochés à son cou, sa bouche chaude et ses mains expertes.

J'entends mon souffle dans l'obscurité, d'une rapidité folle. Soudain, il s'écarte et achève de se déshabiller, se retrouvant complètement nu. Tant de muscles, tant de perfection…

– De quoi as-tu envie, Olivia ? demande-t-il d'une voix rauque en se plaçant au-dessus de moi.

Il saisit mes hanches, écarte mes jambes à l'aide de son genou, titille une fois de plus la pointe de mes seins avec sa langue. Je me cabre de plaisir, je suis à l'agonie.

– De toi, Callan.

Tremblante, je m'agrippe à lui.

Il empoigne son érection et l'approche de l'entrée de mon sexe.

– Dis-le, maintenant.

Sa voix est possessive, déterminée à tout prendre.

Un son guttural s'échappe de ma gorge tandis que je soulève le bassin, j'ai désespérément besoin de lui.

– Callan.

Il m'oblige à redescendre les hanches, mais c'est pour mieux me clouer sur place. Lentement, il s'enfonce en moi, sur toute sa longueur.

– Callan, gémis-je.

Il pose le front contre le mien en émettant quelque chose entre le grognement et le rire et recommence à caresser mon clitoris du pouce.

– Oh là là, Callan…

D'abord tout en retenue et déterminé, il enchaîne les coups de reins et enfonce sa langue dans ma bouche, son corps effectuant des mouvements sinueux, aussi souple qu'un chat sauvage et aussi musclé qu'un mustang.

– Surtout n'arrête pas, s'il te plaît.

Mes seins rebondissent sous la force des impacts, ma tête roule sur le côté.

Il capture mes mains et les place au-dessus de ma tête. Tout à coup, il écarte mes cuisses avec les siennes et se retire.

Nous échangeons un long regard.

Il me pénètre à nouveau. Je ferme les yeux. Il susurre mon nom et je les rouvre. Oh mon Dieu. Jamais je n'ai vénéré le sexe d'un homme comme ça. Il est dur, épais, long et puissant. Il me relie à lui. C'est grâce à ce sexe qu'il me prend exactement comme je veux être prise, qu'il me remplit, là, maintenant. Il est tout entier en moi.

Je crois que je n'en aurai jamais assez.

Ses muscles gonflent lorsqu'il tend les bras pour enlacer mes doigts avec les siens. Je suis prisonnière, incapable de me servir de mes mains ; mon corps est déjà secoué de tremblements.

Qu'à cela ne tienne, je m'agrippe à lui avec mon sexe, avec ma bouche, avec tout ce que je peux.

Je couvre sa mâchoire de baisers, la mordille à certains endroits.

Il est si beau. Je n'en finis plus de mouiller. C'est si bon que je suis déjà sur le point de jouir.

Il me dit à quel point je suis magnifique, à quel point je suis parfaite. Mon corps se contracte, l'orgasme n'est pas loin. Soudain Callan se retire et attend l'espace d'une incroyable seconde avant de replonger en moi. Tenant toujours mes bras au-dessus de ma tête, il est cette fois lancé de toutes ses forces, toujours plus vite, toujours plus profond.

Ça y est. L'orgasme s'abat sur moi, je convulse. La voix bourrue teintée d'admiration de Callan me parvient tandis que je me tords sous lui.

– Bordel, Olivia, tu es un rêve éveillé.

Je veux qu'il me rejoigne, alors, avec une force surnaturelle venue de je ne sais où, je le repousse, le contrains à rouler sur le dos et m'empale sur son membre plus tendu que jamais. Il attrape mes hanches et serre les dents tandis que je le chevauche. Ses coups de reins redoublent, atteignent à présent une vitesse vertigineuse. Tout à coup, son corps tressaille et un grondement sourd remonte de son torse.

Un son savoureux qui accentue encore ma propre jouissance. Je sens ses muscles se contracter. Son orgasme est très puissant, son sexe palpite en moi. Il me fait basculer et nous nous retrouvons tous les deux sur le côté tandis qu'il continue à jouir, prolongeant ses sensations. Lorsque c'est terminé, il pousse un soupir rauque.

– Oh mon Dieu, dis-je en m'accrochant à lui. Oh mon Dieu, c'était incroyable.

Je ris de bonheur. Il émet un petit rire dans mes cheveux, puis roule sur le dos.

– C'est si intense avec toi. C'est toujours comme ça ?

– À toi de me le dire, réplique-t-il en haussant les sourcils.

Je plante mon regard dans ses magnifiques yeux aux éclats cuivrés. Il donne un petit coup de langue, puis suce mes mamelons. Bientôt son sourire s'évapore ; le désir reprend le pas. J'empoigne ses cheveux tandis qu'il continue à choyer mes seins. La chaleur de sa bouche se répercute jusqu'entre mes cuisses, à cet endroit délicieusement endolori par l'action.

Je suis obligée de l'admettre :

– Tu es si sexy quand tu me fais des choses.

Peut-être est-ce cette idée de rendez-vous, ou la frustration sexuelle accumulée au fil des jours qui ont rendu ça si intense. Je ne sais pas. Si ça se trouve, c'est tout simplement comme ça tout le temps avec lui. En tout cas, j'ai envie de recommencer.

Eh bien ! Bonjour, Livvy la nymphomane !

Remarquez, ça n'a pas l'air de déranger Callan l'obsédé sexuel. Une chance pour moi.

Il se lève et se dirige vers sa gigantesque salle de bains en marbre pour se nettoyer. Je reste allongée sur le côté et observe la porte. Lorsqu'il réapparaît – toujours nu et en sueur –, nos regards se croisent.

Je me redresse au moment où il se glisse sous les draps.

Il se penche, s'empare de mes lèvres et m'embrasse, tranquillement, sans se presser.

– J'aime beaucoup, beaucoup, t'embrasser, confesse-t-il dans un murmure rocailleux contre ma bouche.

– Vais-je passer la nuit ici ?

Je m'interroge tout haut. Je ferais peut-être mieux de me rhabiller et de rentrer chez moi.

Il passe un bras autour de ma taille et m'étreint, possessif, tandis que son rire fourmille en moi.

– Je ne sais pas si on aura le temps de dormir, mais moi, je ne vais nulle part. Et toi non plus.

Il fait noir. Les seuls sons qui résonnent dans la pièce sont nos murmures et le bruit humide, cru, rauque de nos baisers. Je le chevauche de nouveau. L'une de ses mains soutient mes fesses, tandis que le pouce de l'autre caresse mon clitoris.

Nos souffles saccadés se mêlent.

– Ça va… ?

Sa voix est éraillée. J'ai la respiration de plus en plus hachée. Il incline la tête pour lécher la partie charnue de l'un de mes seins écrasés contre son torse. Il grogne, lâche mes fesses et s'aventure un peu plus loin, effleurant mon sexe par-derrière. À présent, mon clitoris est écrasé contre son membre tendu. Mes mamelons n'ont jamais été aussi durs et j'éprouve du soulagement – en plus de l'exacerbation de tous mes sens – lorsqu'il les prend dans sa bouche et les suce, doucement d'abord, puis un peu plus fort en réaction à mes gémissements.

– Très bien. Plus que très bien même, dis-je en ondulant le long de son sexe.

C'est reparti, lentement d'abord, assis sur le lit. J'ai les bras et les jambes noués autour de lui. Il agrippe mes fesses et accentue les va-et-vient tandis que sa bouche prend le contrôle de la mienne. Il me saisit un sein. Je m'imprègne de son odeur.

Je jouis en poussant de petits cris qu'il avale dans un baiser. Il me chuchote que je suis belle, me renverse sur le dos et me rejoint avec les coups de reins les plus délicieux de ma vie.

Je ne tarde pas à dériver vers le sommeil.

– Viens ici. Tu peux être ma petite cuillère cette nuit.

– Ça t'arrive souvent de jouer les grandes cuillères ?

– Pas vraiment, mais tu es tellement petite que je pourrais en caler plusieurs comme toi contre moi. Allez, viens.

Je me place contre lui, sur le côté et il passe un bras autour de moi. J'adore cette position, ce contact.

Pour finir, je me tourne face à lui et enfouis ma joue dans le creux de son cou. J'ai toujours adoré que mon papa ou mon frère me prennent dans leur bras, je me sens en sécurité, aimée, protégée. Mais jamais un amant ne m'avait prise comme ça dans ses bras. Ça n'a rien de comparable. Il n'y a plus le moindre espace libre entre nos deux corps. Je réduis les derniers centimètres pour pouvoir humer sa peau, sentir son cœur battre sous ma joue – et tandis que je savoure cet instant, je passe presque à côté du fait qu'il a plongé le nez dans mes cheveux et semble lui aussi apprécier cette proximité.

– Avec combien de femmes as-tu déjà passé la nuit ?

– Si tu m'avais posé la question il y a deux mois, je t'aurais répondu « pas assez », grommelle-t-il en roulant sur le dos.

D'instinct, je me blottis contre son flanc.

– Alors que maintenant… ?

Il se redresse sur un coude et me dévisage, songeur.

– Je ne sais pas. Je crois que je commence à me dire que j'en ai eu assez.

– Quoi ? Tu penses que tu n'auras plus jamais envie de coucher avec une autre femme ? dis-je en riant. Un homme avec ta libido ? Impossible.

Il rit à son tour.

– N'exagère pas, Olivia. Non, ce n'est pas ça du tout. Je veux dire assez pour savoir quand j'aurai trouvé celle qui fera de toutes les autres de l'histoire ancienne.

– Ce ne sera pas moi, en tout cas.

– Pourquoi, pas toi ?

– Eh bien, je n'aurai vingt-huit ans que dans six ans. Tu te souviens ? Je veux d'abord travailler et monter ma boîte.

Aucune réaction.

– Callan ?

– Mmh, fait-il, perplexe, en me décochant un regard de braise.

– Pourquoi tu ne dis plus rien ? Ça me rend nerveuse.

– Arrête de parler, Livvy.

Il introduit sa langue dans ma bouche, me soulève et me place sur lui. Il me caresse, et je ne tarde pas à m'apercevoir qu'il est prêt à recommencer.

– Alors, qu'est-ce qu'il te fait faire, ton patron ?

L'aube pointe le bout de son nez.

Nous sommes toujours au lit, mais nous totalisons, en tout et pour tout, trente minutes de sommeil sur la nuit.

Nous sommes foutus.

Il est allongé, nu. Hanches étroites, larges épaules. Le relief de ses muscles est un véritable terrain de jeu pour mes doigts.

– À part m'envoyer lui chercher du café deux à trois fois d'affilée parce qu'il est trop occupé pour le boire tant qu'il est chaud ? Je dirais qu'il me paie pour mâchouiller la gomme de mes crayons.

– Il ne tire pas profit de ce petit cerveau redoutable ? Quel gâchis !

– C'est dingue hein ? Pfff.

Il soulève mon menton.

– J'ai passé une très bonne soirée.

J'ai un petit pincement au cœur lorsque nous nous écartons l'un de l'autre. Alors, c'est fini ? Ça se termine comme ça ? Voilà donc ce que ressentent les autres filles à la fin ?

– Quand est-ce qu'on se revoit ? demande-t-il.

– Pardon ?

– Dimanche, ça irait pour toi ?

– Je… euh, dimanche, c'est aujourd'hui.

Il se contente de me sourire.

J'éclate de rire, puis hoche la tête.

– Il est possible que je sois libre, dimanche.

– Je te dépose chez toi le temps que tu te changes et je repasse te prendre vers midi ? Mets une tenue confortable.

– Quoi ? Mais où va-t-on ?

– Déjeuner. Puis il se peut qu'on travaille un peu. Ensuite, dîner.

Dans mon ventre, les papillons sont déchaînés tandis qu'il me ramène chez moi. *D'accord, Livvy, ce n'est rien. Ce n'est rien, vraiment je t'assure.*

Mais chaque particule de mon corps enflammé sait pertinemment que ce n'est pas rien. La vérité, c'est que cet homme est incapable de faire quoi que ce soit qui s'apparente à du « rien ».

Seulement, si ce n'est pas rien, je suis morte de trouille à l'idée de découvrir ce que c'est.

CHAPITRE 15
Ma flamme

Lundi, j'arrive chez Carma avec plus d'entrain que d'habitude. C'est grâce au fabuleux dimanche que j'ai passé en compagnie de Callan.

Monsieur Lincoln a retrouvé toute son énergie et semble satisfait de mon travail.

– Je n'ai pris que quelques semaines d'arrêt maladie au cours de ma carrière, mais je n'avais jamais eu la bonne surprise d'être à jour dans mon travail en rentrant au bureau. Beau boulot, Livvy.

– Merci, monsieur Lincoln.

Il me demande d'étudier une nouvelle série de propositions de rachat pendant qu'il monte s'entretenir avec Callan. Plus tard, le même jour, je reçois un e-mail du grand manitou en personne dans ma messagerie pro.

RDV sur le toit @ 6 p.m.

Comme une idiote, je le relis plusieurs fois, le cœur battant.

Vous voyez, tous ces trucs dont on sait très bien qu'ils sont néfastes, mais qu'on ne peut s'empêcher de faire ? Comme fumer, boire trop d'alcool, manger trop de chocolat… ou s'enticher d'un bad boy. Eh bien, avec mon Mystérieux Fumeur, c'est exactement ça.

Le stade « je garde mes distances » est dépassé depuis longtemps. Il exerce sur moi une attraction irrésistible. Il est ma flamme et je suis ce minuscule et fragile papillon de nuit attiré malgré lui par la lumière. Je ne suis qu'une parmi les millions de femmes qui se brûlent les ailes de cette manière.

Je m'immerge dans le labeur jusqu'à ce que l'alarme de mon téléphone m'avertisse qu'il est 18 heures.

Je range mes affaires, ferme mes tiroirs et prends l'ascenseur, en proie à un tourbillon d'émotions contradictoires. Beaucoup d'excitation, mais aussi de l'appréhension.

Arrivée sur le toit, je prends une bonne bouffée d'air chaud, estival. Les rayons du soleil couchant colorent l'horizon de belles nuances orangées. Je reste à l'écart de la balustrade tandis que mes yeux fouillent la terrasse.

Il est là, dans l'un des petits espaces lounge, absorbé par son téléphone, une cigarette au coin des lèvres.

Une décharge électrique traverse mon corps lorsqu'il relève la tête et me repère, les cheveux décoiffés par le vent.

Difficile de me rappeler qu'il n'est plus mon Mystérieux Fumeur.

Difficile de me rappeler que je m'appelle Olivia Crétine Roth.

– Serait-ce très grossier de ma part de te demander une taffe ?

Son sourire s'élargit. Il me fait signe de venir m'asseoir à côté de lui et me tend sa cigarette.

Je le rejoins, prends une bouffée et recrache la fumée avant de lui rendre la cigarette. Nous échangeons un sourire de connivence.

Il est 20 heures et nous sommes toujours sur le toit. Devant nous, sur la table basse, deux mégots agonisent dans le cendrier. Soudain, il m'encercle la taille de ses mains puissantes, me soulève et me dépose sur ses genoux.

J'enroule mon bras autour de son épaule et plonge les doigts dans ses cheveux.

Un petit rire nerveux m'échappe.

– Pas ici, dis-je d'un ton suppliant.

– Olivia…

J'embrasse ses lèvres pleines, exigeant qu'il me rende mon baiser.

– … si je dois te faire jouir pour compenser les échecs de la centaine d'hommes avec lesquels tu as essayé, il va bien falloir qu'on le fasse partout.

Sa voix est chargée de désir.

– Tu y as déjà pensé ? insiste-t-il.

Je hoche la tête avec véhémence.

– Je t'ai vu à la cafétéria et j'aurais voulu que tous les autres disparaissent, pour pouvoir t'approcher, dis-je.

– Un des stagiaires, George je crois, n'arrêtait pas de te reluquer.

Je m'étrangle de surprise.

– Ah bon ? Je n'ai pas remarqué.

– Moi, oui. Et tu veux savoir ?

Il caresse la pointe de mes seins à travers mon chemisier. Je porte un soutien-gorge rose bonbon tout spécialement pour lui, et lorsqu'il l'aperçoit à travers la soie crème de mon haut, son regard s'assombrit.

– Avant, j'aimais ça, quand tu me provoquais, m'explique-t-il, mais je ne suis pas sûr de vouloir continuer ces petits jeux. Dès qu'un type pose les yeux sur toi pendant plus de cinq secondes, j'ai envie de le frapper.

Mon cœur s'emballe.

Il pose une main sur mon entrejambe et je vois un sourire poindre sur ses lèvres.

– Parce que j'ai encore envie de ton petit buisson humide et si doux.

– Callan !

– Quoi ? Tu ne veux plus que je touche à ton petit buisson ?

– Arrête d'appeler ça comme ça !

Il plante ses mains sur mes hanches et se penche plus près.

– Appeler ça comment ? Tu préfères que je parle de ta petite chatte toute douce ?

– Arrête.

– Ta chatte parfaite et rosée, alors ?

– Callan !

Je l'embrasse pour le faire taire.

– Allez, dis-le, roucoule-t-il.

– Non, ça t'amuse beaucoup trop. Si tu veux mon petit buisson doré…

– Bon sang, ça y est, tu me donnes chaud.

– Et ce n'est pas fini, dis-je en riant.

Voilà, j'ai envie de le taquiner maintenant.

– Si tu me sors que tu aimes le sexe, je ne réponds plus de rien, me prévient-il.

– Le sexe ? Oh oui, j'adore ça.

– Ça me rend fou d'entendre ça dans ta bouche.

Lorsque nous arrivons chez lui, nous sommes déjà ivres de désir. Callan brandit le foulard rouge que je portais dans les cheveux et se met à caresser mon corps, mes seins, avec. Je frissonne de la tête aux pieds. Il me bande les yeux.

Je ne le vois plus, ce qui intensifie chaque contact. Il me fait pivoter et me plaque contre un mur, dos tourné vers lui. Je sens sa bouche effleurer mes omoplates, embrasser mes taches de rousseur, les lécher. Je me cambre, la croupe en arrière tandis que, du bout de la langue, il joue avec ma peau, puis l'aspire, absorbant presque mon épaule entière. Il m'écarte les jambes.

– Laisse-moi de la place.

Paumes écartées sur le mur, je tourne la tête, et il est là, prenant ma bouche avec avidité.

Ça y est, il est en moi – sa chair palpite dans la mienne. Je gémis, je meurs à petit feu.

Il plonge une main entre mes cuisses, par-devant, et caresse mon clitoris tandis que ses coups de reins adoptent un rythme renversant.

– Alors, ça fait quoi, Livvy ?

Sa voix rauque déclenche des picotements de plaisir sur toute la surface de mon corps.

J'ai conscience de la rapidité de mon souffle, des lourdes inspirations de Callan. Je m'humecte les lèvres,

– Ça fait…

Je m'interromps. Je n'ai pas de mots pour décrire tout ce que je ressens

CHAPITRE 16
L'utile et l'agréable

Personne, *personne*, mieux que Callan ne sait comment jongler entre boulot et plaisir.

Chez Carma, toute notre attention est focalisée sur le travail, mais chaque soir, c'est le plaisir qui est à l'honneur.

Je suis devenue le loisir préféré de cet homme.

Ces deux dernières semaines, il a joué avec moi tous les soirs. En général, nous nous retrouvons chez lui, afin qu'il puisse répondre à ses appels professionnels pendant la soirée, mais il nous arrive aussi d'aller chez moi. Cela dit, où que nous allions, nous nous jetons l'un sur l'autre comme des sauvages.

Je n'ai qu'une chose à dire : coucher avec le patron, c'est sexy.

Se lever chaque matin pour aller travailler pour lui, c'est sexy. Parler boulot avec lui, c'est sexy.

Avec lui, même le danger est sexy.

Sauf parfois, lorsque ça devient un peu trop… angoissant.

Un soir, alors que nous étions chez moi, je lui ai fait part de mes craintes.

– Le seul point négatif, c'est que si quelqu'un découvre notre relation, tout le monde va s'imaginer que j'ai couché avec toi pour réussir.

Il a appuyé le bout du doigt sur le bout de mon nez.

– Le plus important, c'est que toi, tu saches qu'ils ont raison.

– Callan !

Il a ri, puis a déporté tout son poids sur moi.

– Allez, Livvy. Tu auras ta propre boîte. Toi et moi, on se battra pour régner sur le marché.

– Comme *Mr. et Mrs. Smith* ? Je n'aime pas trop ça.

– Alors qu'est-ce que tu aimes, hein ? a-t-il demandé avec un mouvement du bassin.

La chaleur de son regard a attisé tout mon corps et je me suis cambrée sous lui, frottant mon pelvis contre sa puissante érection.

– Ça, ai-je répondu dans un souffle.

– Ah oui ? Tu aimes… ça ?

Nous étions nus. Mon panier à préservatifs avait déjà pas mal souffert.

Il m'a donné ce que je voulais, tout en douceur d'abord, presque joueur, puis plus fort, de plus en plus fort… et je suis arrivée le lendemain au bureau avec le sexe en feu et un sourire béat.

Cette semaine-là, monsieur Lincoln m'a demandé d'apporter certains documents à Callan. Tandis que ce dernier les parcourait, je n'ai pas pu résister, je l'ai provoqué.

– Je suis déçue, ai-je déclaré, le souffle court.

Il a posé les documents.

– Ah bon, explique-moi ce qui te chagrine.

Debout à côté de lui, je me suis penchée à son oreille.

– Toi, le grand méchant bad boy, d'habitude tu es toujours en train de me narguer, et là, rien. Au lieu de profiter de la situation, de me sauter dessus, de me peloter, tu restes de marbre, tu joues les gentlemen.

– Nous sommes au bureau, mademoiselle Roth. Dois-je vous rappeler que nous avons du pain sur la planche ? Les projets d'extension pour GRT, entre autres. Et puis… je veux que vous restiez concentrée. Alcore nous tend les bras.

Toutefois, il a glissé la main sous ma jupe et est remonté jusqu'à l'arrière de ma cuisse.

– Mais les résultats du dernier trimestre ne sont pas très encourageants, ai-je protesté, un peu confuse, le souffle de plus en plus rapide tandis que du doigt, il dessinait des volutes à l'arrière de ma jambe.

Soudain, il m'a agrippé les fesses et m'a assise sur son bureau, puis il a repris ses documents et a continué à les passer en revue.

– Parfois, une entreprise financièrement mal en point, qui se noie dans les reports de crédit et les pertes, peut fusionner avec une entreprise en pleine forme et sortir la tête de l'eau, m'explique-t-il.

C'est ainsi que j'ai découvert qu'il venait de faire une OPA sur Alcore.

Ce vendredi soir, il y a une petite sauterie réservée aux membres du personnel et à leur famille chez Carma. La fête bat déjà son plein lorsque j'arrive, vêtue d'une robe argentée décolletée dans le dos, les cheveux relevés en une queue-de-cheval simple et élégante.

Dans la salle, les têtes familières pullulent. Je les salue et souris aux gens que je ne connais pas.

Bien sûr, depuis mon arrivée je scanne l'assistance à la recherche d'un visage en particulier.

Soudain, je repère une grande silhouette tout de noir vêtue, au fond de la salle.

Je reconnais l'arrière de sa tête. Aussitôt, ma bouche s'assèche. Ça me rappelle ce livre, *Les Apparences*. J'avais été frappée par la précision avec laquelle le mari décrivait l'arrière du crâne de sa femme. Je crois que c'est la première fois de ma vie que je me rappelle avec une telle netteté l'arrière de la tête de quelqu'un. Ici, en l'occurrence, ces cheveux très courts qui dégagent le bas de la nuque, et légèrement plus longs et ondulés au-dessus.

Je continue à évoluer parmi les employés de Carma et c'est un miracle que je ne trébuche pas, pas même lorsque Callan me remarque et se met à m'étudier de la tête aux pieds.

Suis-je bien sûre de porter une robe ?

Non, parce qu'à sa façon de me regarder, on en douterait.

Bien entendu, je m'abstiens de l'approcher.

Tout au long de la soirée, je me mêle aux autres employés de Carma, un verre à la main, même si je ne cesse de jeter des coups d'œil furtifs dans sa direction. Quel dommage de ne pas pouvoir me tenir à ses côtés.

Presque chaque fois que je m'autorise un de ces regards volés, je croise son beau visage tourné dans ma direction. Nous sommes justement en train de nous dévorer du regard lorsque George me tape sur l'épaule et me demande si je vais bien et pourquoi je suis aussi distraite.

Les yeux de Callan glissent sur lui et son sourire s'efface aussitôt. Les muscles de sa mâchoire se contractent même tandis que quelqu'un lui murmure quelque chose à l'oreille.

– Oh rien. Oui, oui, je vais bien ! dis-je.

Deux minutes plus tard, je me réfugie quelques instants aux toilettes et m'examine dans le miroir. J'ai les joues rouges rien que de le savoir si près. Je le voudrais encore plus près, beaucoup plus près.

Je prends quelques instants pour redescendre un peu sur terre et me laver les mains. Au moment où je ressors, Callan fait irruption dans le couloir.

Mon cœur fait une cabriole. Je plonge dans un petit recoin du couloir et nous échangeons un sourire.

Il me pince le menton.

– Tu as faim ? demande-t-il avec un regard qui m'embrase de nouveau les joues.

– Je meurs de faim.

Il s'empare de ma bouche et s'en délecte avec tendresse.

– Moi aussi, murmure-t-il avec un petit sourire.

Je suis sur le point de reprendre mon chemin lorsqu'il m'attrape la main et la serre. Un contact bref et rassurant.

– Retrouve-moi dans la voiture à minuit et demi.

– D'accord.

Pendant le dîner, nous sommes assis à des tables différentes et rions tous les deux, pris dans nos conversations respectives, ce qui ne nous empêche pas d'échanger des regards furtifs à n'en plus finir.

Cette soirée me paraît interminable. Jusqu'à ce que, vers minuit moins vingt, Callan me désigne la sortie avec un petit sourire malicieux à tomber par terre. Une douleur sourde pulse dans ma poitrine lorsque je pose mon verre. J'attrape ma pochette et annonce aux autres stagiaires que je suis épuisée et que je rentre chez moi.

Je me retiens de préciser que j'emmène le Big Boss.

Guidée par sa main dans mon dos, je pénètre dans sa villa. Nous avons à peine franchi le seuil qu'il claque la porte et m'embrasse.

Un baiser fougueux, possessif, avec la langue, aussi profond que son désir.

Les mains scotchées à mes fesses, il m'écrase contre la porte.

Je m'arrache à son étreinte. Nos regards se vissent l'un à l'autre. Le sien est incandescent. Je retiens mon souffle. Une main posée sur son torse, j'avance en l'obligeant à reculer, d'abord de quelques pas, puis jusqu'au milieu du salon. Là, je m'agenouille devant lui. À son tour de retenir sa respiration, les yeux plus scintillants que jamais.

Sans cesser d'étudier son visage, je sors son sexe de son pantalon et passe la langue sur toute sa longueur. L'acte est si intime que je finis par clore les paupières pour savourer sa peau veloutée, son goût unique. Je le prends tout entier dans ma bouche et me mets à le sucer, non pas pour son plaisir, mais pour satisfaire le mien, très égoïstement.

Il y a longtemps que mes scrupules se sont envolés.

Je suis raide dingue de son énorme sexe.

Revoici Livvy la nymphomane.

Soudain, il me prend par la main et m'emmène jusqu'au canapé. Il s'allonge sur le dos en m'entraînant avec lui, puis me fait exécuter un tour complet et nous nous retrouvons en position du 69. Il m'embrasse l'intérieur de la cuisse.

– Tu veux bien jouir sur mon visage ? demande-t-il dans un murmure. Tu ferais ça pour moi ?

Il ponctue sa question d'un petit coup de langue sur mon sexe brûlant.

– Oh mon Dieu, Callan.

– Penche-toi.

Je saisis son épaisse érection et redouble mes caresses buccales, rapides, intenses, l'enfonçant aussi loin que possible. De son côté, il s'applique à me rendre folle avec sa langue. Je ne tarde pas à onduler des hanches et j'atteins l'orgasme en un temps record, au moment où, en plus du mouvement si profond de sa langue dans ma chair, il pousse un gémissement, comme s'il n'avait jamais rien goûté de plus délicieux que moi. Pourtant, c'est loin d'être le cas.

Car la chose la plus délicieuse sur cette terre, c'est moi qui l'ai dans la bouche.

CHAPITRE 17

Discussion

Je n'ai pas fermé l'œil de la nuit, mais je ne suis pas du tout fatiguée. Comment le pourrais-je après tous ces orgasmes ? Je me sens merveilleusement bien, désirable. Et affamée. Et un peu gênée aussi.

Au petit déjeuner, je me régale. Café, viennoiseries et le plus incroyable thé vert que j'aie jamais bu.

Je fais du pied sans vergogne à Callan sous la table tandis que nous lisons tous les deux le journal.

J'adore voir ses lèvres s'incurver, comme si c'était plus fort que lui, lorsque je monte les orteils un peu plus haut. Il ne relève pas la tête pour autant. Lit-il le journal chaque matin ? Quel effet cela ferait-il, de m'éveiller tous les jours à ses côtés, avec la vue de ses cheveux en bataille si séduisants ?

– Que fait-on, aujourd'hui ?

Sourcils haussés, il me jette un coup d'œil coquin par-dessus son journal, puis replie celui-ci.

– Toi, je ne sais pas, mais moi, je te fais ton affaire.

– Callan !

Je râle pour la forme, mais me sens rougir de partout.

Il émet un petit rire, puis adopte un air des plus sérieux, presque comme s'il avait mal quelque part.

– J'ai longuement réfléchi et… demain je parle à Tahoe. Voilà.

Je laisse violemment retomber ma tasse sur la soucoupe.

– Quoi ? Comment ça ?

Je reçois un regard déterminé pour toute réponse.

Non, je ne peux pas laisser passer ça.

– Tu n'as pas besoin de lui en parler, enfin ! C'est une affaire entre toi et moi, et ce n'est qu'une petite aventure en plus. Inutile de tout compliquer… Écoute, il ne me reste plus que deux semaines ici.

– Et ?

– Et ensuite je repars pour de bon. Et toi, tu ne cherches pas de relation stable.

Je marque une pause avant d'ajouter :

– N'est-ce pas ?

– Et si elle se trouvait devant moi, la relation stable ? rétorque-t-il.

– Tu n'es pas sérieux. Je suis devenue ta petite obsession du moment, comme le serait n'importe quelle entreprise avec du potentiel : plus tu penses pouvoir en prendre le contrôle, plus tu en as envie.

– Olivia.

Il émet un léger « tss-tss », puis saisit mes mains et me fait faire le tour de la table avant de m'asseoir sur ses genoux.

– Te faire l'amour est une entreprise agréable, mais toi, tu n'as rien d'une entreprise.

J'ai bien trop peur de le croire. Je ne veux pas qu'il parle à mon frère ni qu'il fasse semblant qu'avec moi c'est différent. Et surtout, je ne veux pas placer autant d'espoir en lui.

Tout ce que je veux, c'est lui. M'empiffrer de lui, encore et encore, jusqu'à l'indigestion, jusqu'à ce que cette douleur dans ma poitrine disparaisse.

– Je n'ai pas envie de discuter.

– Moi non plus.

Il caresse mes fesses, moi ses cuisses.

– Profitons simplement du temps qu'il nous reste, d'accord ?

Il me regarde droit dans les yeux.

– Je veux que ce soit clair : je n'ai honte de rien qui te concerne. Je serais prêt à enfreindre toutes les règles pour toi. Il y a un truc chez toi qui me touche comme rien ni personne ne m'a jamais touché. Quand j'entends le mot « femme », je pense à toi. « Féminine », je pense à toi. « Sexy », je pense à toi. « Adorable », je pense à toi.

– Arrête ! Ne sois pas trop gentil avec moi. Ça va rendre mon départ plus difficile.

– Tu veux qu'il soit facile ? Pourtant hier soir, c'était tout sauf facile.

Tandis qu'il me dévisage, je prends conscience qu'il n'apprécie pas du tout la situation. Être le petit fruit défendu de quelqu'un, ce n'est pas son genre. Lui, il est plutôt l'homme dont on se vante ostensiblement.

Et il semblerait que je sois, pour ma part, le genre de fille pour laquelle il serait prêt à se ranger.

– J'en parlerai à mon frère quand je serai prête.

C'est une concession, parce que j'ai besoin de lui, chaque seconde un peu plus. Chose que je pensais impossible.

Mes paroles adoucissent quelque peu sa détermination, aussi dure que l'acier. Il plaque une main sur ma nuque et m'entraîne dans un baiser possessif, affamé. Pour l'heure, il n'est plus question de discuter de quoi que ce soit.

CHAPITRE 18
Dîner entre filles

Ce week-end-là, je retrouve Rachel, Wynn et Gina pour un agréable dîner. Cependant, je suis morte de trouille à l'idée que mon frère découvre ma relation avec Callan.

À ce stade, ma plus grande crainte, c'est que Tahoe et lui en viennent aux mains.

Je ne veux pas qu'ils se battent et je suis prête à en découdre avec mon frère si cela devait se produire.

Callan éveille en moi un instinct protecteur, même si notre histoire est temporaire. Le plus triste, si notre aventure s'ébruite, c'est que comme il a tout du bad boy, personne ne le soutiendra. Tout le monde l'accusera d'avoir profité de moi, comme si c'était le pire des crimes, alors que nous n'avons rien fait de grave. Rien du tout.

Cela dit, je dois bien avouer que je brûle de me confier à quelqu'un.

Je reste assise en silence alors que je rêve de le crier sur tous les toits. Hélas, à quoi bon semer la zizanie pour une histoire qui se termine très bientôt ? Je me risque néanmoins à raconter aux filles que je suis allée à la Navy Pier avec lui, ce qui produit son petit effet.

– Ah bon ! Il t'a invitée ?

– Disons que je me suis invitée toute seule, dis-je en riant avant d'aspirer une gorgée de mon verre avec ma paille.

Silence de mort.

Et soudain elles parlent toutes en même temps.

Rachel m'explique qu'on ne connaît pas réellement un homme tant qu'il ne nous a pas ouvert son cœur et vice versa.

Wynn affirme que les sentiments enfouis trop profondément ont besoin de temps ou d'un déclencheur pour refaire surface.

Gina me conseille de faire confiance à mon frère, car il veut ce qu'il y a de mieux pour moi.

Et moi ? Moi, je me contente d'écouter.

CHAPITRE 19
Carma

La semaine suivante, Callan est très occupé. L'une de ses récentes acquisitions nécessite finalement de nombreuses restructurations et Alcore lutte de toutes ses forces contre son rachat.

À 21 heures, j'ai beau m'être servi un septième café, je commence à piquer du nez sur mon clavier. Soudain, le tintement de l'ascenseur résonne et Callan en sort. Nous échangeons un sourire.

Nous sommes seuls dans l'immeuble.

– Tu devrais être chez toi.

– Pas si tu travailles encore, dis-je d'un ton opiniâtre.

Il arbore un sourire approbateur tandis que nous prenons tous les deux la direction des ascenseurs.

– Tu as le temps de surveiller mon emploi du temps ? Et moi qui croyais te donner assez de travail.

Il repousse distraitement une partie de mes cheveux derrière mon épaule.

– Oh j'en ai, ne t'inquiète pas.

Du pouce, il effleure mon cou désormais exposé. Un long frisson parcourt tout mon corps.

– Oui, mais apparemment ça ne suffit pas.

Il pose une main à la base de mon crâne et m'oblige à soutenir son regard.

– Il faut que je trouve de quoi occuper tout ce temps libre, ajoute-t-il, une lueur taquine dans les yeux.

J'esquisse un sourire ironique en rougissant.

– Peut-être.

Au moment où nous sortons, son chauffeur, Lou, gare la Range Rover devant l'immeuble.

Nous grimpons tous les deux à bord. Tandis que les rues de Chicago défilent par la fenêtre, Callan semble perdu dans ses réflexions.

Je lui prends la main, mais c'est comme s'il ne s'en apercevait même pas, alors je la serre, l'invitant en silence à partager avec moi ce qui le préoccupe.

Tout à coup, il se tourne et étreint enfin mes doigts. Il se passe l'autre main sur le visage.

– Pardon. Je suis distrait.

Il m'étudie d'un air à la fois provocateur et tourmenté.

– Prendre le contrôle d'autres entreprises, c'était bien plus drôle avant que je commence à me poser mille questions. Tout ça, c'est ta faute, déclare-t-il d'un ton bourru.

Je reste bouche bée.

Il me fait complètement craquer. J'ai envie de lui répondre : « Mon cœur t'appartient pour toujours. »

Il paraît qu'il ne faut jamais dire « jamais », pourtant je sais, j'ai la certitude que jamais plus je ne ressentirai pour quelqu'un d'autre ce que je ressens pour lui.

Qu'est-ce que je peux y faire ?

– Je peux rentrer chez moi si tu v…

– Non !

En général, nous nous arrêtons en chemin pour acheter de quoi dîner. Il nous arrive aussi de nous faire livrer directement chez lui. Et parfois, son cuisinier nous a préparé tout un repas.

Pas ce soir. Ce soir, Callan semble n'avoir faim que de moi.

Lorsque nous arrivons chez lui, son regard n'a jamais été aussi possessif. Sans lâcher ma main, il m'emmène tout de suite dans sa chambre.

J'ai envie d'effacer toute cette frustration que je lis sur ses traits, cette ombre de ses yeux.

– Je crois que ce qui me fait peur, si j'en parle à mon frère, c'est de me retrouver privée de toi. Tu ne m'appartiendras plus. On t'accusera de m'avoir séduite alors qu'en réalité, c'est Livvy la petite nympho qui a…

Il éclate de rire.

– Livvy. J'ai eu envie de toi à la seconde où tu m'as demandé la toute première taffe.

J'arrête de respirer.

– C'est vrai ?

Il me caresse la joue.

– Oui, confirme-t-il d'une voix tendre. Laisse-moi m'occuper de Tahoe. Je vais régler ça autour d'un bon déjeuner. Je préfère lui annoncer moi-même, c'est plus correct. Et puis, mon petit doigt me dit que tu t'excuserais, alors qu'il n'y a aucune raison de s'excuser.

Il me dévisage intensément.

Je me renfrogne.

– C'est juste que… je ne suis pas sûre que ça en vaille la peine. Il me reste peu de temps à passer ici… Tu risques de ramasser le poing de Tahoe dans la figure. Est-ce bien nécessaire ? Parce qu'il se trouve que je suis attachée à ce visage.

Je tends la main et lui effleure la mâchoire.

– Tu en vaux largement la peine, crois-moi, rétorque-t-il, un sourire amusé aux lèvres.

Il me contemple pendant un moment, comme si mes paroles l'avaient touché.

– Viens là, Livvy. J'ai tellement envie de toi.

Il m'enlace la taille, m'attire contre lui.

Son baiser est d'une sensualité sans égale.

Il penche la tête et embrasse le renflement de mes seins, puis, à travers mon chemisier, l'une de mes grosses « taches de rousseur », me procurant une sensation incroyable.

Sans interrompre notre baiser, il me soulève et me serre dans ses bras avec une infinie tendresse.

Nous restons comme ça, enlacés, sans bouger, mes doigts déployés dans son dos, les siens dans le mien, ma poitrine écrasée contre son torse. Seules nos bouches s'activent tandis que mon corps est absorbé dans un cocon de muscles, de force et de chaleur.

Sans me lâcher du regard, il défait les premiers boutons de mon chemisier, baisse mon soutien-gorge et aspire la pointe de l'un de mes seins. Puis il soumet l'autre au même sort avant de se redresser, laissant l'air frais durcir mes deux tétons mouillés.

Débraillée, en perte totale de contrôle, je tente d'attraper son visage pour atteindre ses lèvres. Il cède et m'entraîne dans un baiser enflammé avant de s'attaquer à nouveau à mes seins, l'un, puis l'autre. Il achève de déboutonner mon chemisier, le laisse glisser le long de mes bras jusqu'à ce que celui-ci ne soit plus qu'un souvenir.

Je me retrouve en pantalon et soutien-gorge, Callan est torse nu. C'est loin d'être suffisant.

Cette fois, nous passons aux choses sérieuses. Il m'attrape par la taille, me retourne contre un mur et écarte mes jambes.

Je tremble. De ma vie, je n'ai jamais été aussi folle de désir.

D'une main, il me caresse depuis les cheveux jusqu'au bas des reins. Je frissonne.

Il se débarrasse du reste de mes vêtements, puis des siens. Sa main continue son exploration sur mon ventre et toujours plus bas, tandis qu'il taquine mes fesses avec son érection. Sa voix grave, séduisante, résonne dans mon oreille.

– Tu es irrésistible. Je ne peux pas m'empêcher de te regarder, de te toucher.

Je hoche la tête. *Pareil.*

Il titille l'entrée de mon sexe avec le sien. Dans un gémissement, je pousse mon bassin en arrière. Je n'attends que ça.

Il plonge en moi, puis ressort. J'émets un petit cri affamé.

Il me fait pivoter, me soulève par les fesses et m'entraîne dans sa chambre. Je noue les jambes autour de lui. Il me dépose sur le lit, enfile un préservatif, puis roule sur le dos en m'entraînant sur lui. Prise dans un tourbillon de chaleur et de passion, j'entrouvre délibérément la bouche, caresse sa langue avec la mienne, la suce, la lèche, sans aucune retenue. Je ne peux plus attendre, je m'installe sur son membre dur, tendu à l'extrême.

Je suis complètement accro à cette sensation.

Son souffle s'accélère, le mien n'a jamais été aussi rapide. Il me couvre la joue avec sa main, s'accroche à ma mâchoire et nous revoilà partis dans un baiser fougueux tandis que, de son autre bras, il maintient mes hanches en place et se met à me gratifier de puissants coups de reins. Il me baise, complètement, profondément, comme si c'était la dernière fois qu'il faisait ça de sa vie. Ou du moins de la mienne.

– Arrêtons de penser aux conséquences, chuchote-t-il. Il n'y en a pas. Le risque nous appartient. Il est à nous et à nous seuls… Cette histoire ne concerne que nous.

– D'accord.

À ce détail près qu'il a bien plus l'habitude de prendre des risques que moi.

Lorsque je lui mordille la main, il émet une sorte de grondement renfermant un seul mot : Livvy.

Il plaque sa bouche sur l'un de mes tétons, puis sur l'autre.

Je crois qu'aucun homme ne m'avait jamais embrassée comme ça, avec une telle voracité, ni n'avait suscité chez moi une telle faim.

À présent nous remuons à une cadence folle. Soudain, nous roulons plusieurs fois l'un sur l'autre, mais c'est de nouveau moi qui me retrouve sur lui. Lorsqu'il arrache sa bouche de mes seins, nos regards se vissent l'un à l'autre.

Des pouces, il caresse mes épaules.

Je lui effleure la joue, Je voudrais qu'il reste en moi pour toujours.

Les doutes tentent de s'insinuer en moi, peur que tout ça aille trop loin, que des sentiments trop profonds s'invitent à la fête, mais aucun ne fait le poids face à ce que nous sommes en train de vivre, face à *lui*.

Nous basculons de nouveau et c'est lui qui domine à présent. Sans me quitter des yeux, il se retire, puis replonge en moi. Je gémis. Il pousse un soupir. Visiblement, il adore ça.

Je n'avais pas encore compris à quel point j'avais besoin de lui, à quel point, grâce à lui, je me sens vivante, heureuse, féminine. Désirée.

À cet instant précis, je ne vois pas où est le mal dans l'union de nos corps, de nos désirs. Le seul mot qui puisse s'appliquer est « perfection ».

Lorsque nous avons terminé, je reste allongée sur son lit, j'écoute sa respiration.

Le nez enfoui dans mon cou, il me hume.

Il me caresse les cheveux, le dos.

Nous rabattons les couvertures sur nous et il m'enlace la taille pour me coller contre lui.

Je me sens si détendue, si heureuse, que je dessine du bout du doigt les mots « je t'aime » sur son torse. Peu à peu, mes paupières se ferment et je sombre dans un doux sommeil, grisée par son parfum de luxe, bercée par son souffle et ses caresses – tendres et légères.

CHAPITRE 20

Et zuuut

Une voix pleine de rage, assez lointaine, m'éveille en sursaut. Le bras de Callan glisse sous moi et je me redresse presque aussitôt.

Cette voix ! C'est celle de mon frère !

– Carmichael !

Panique totale. Où sont mes vêtements ? Je fouille la pièce du regard tandis que Callan bondit dans son pantalon et sort de la chambre, torse nu.

Je jette un coup d'œil au réveil. Bon sang, il a loupé le déjeuner qu'il avait prévu avec mon frère.

C'est pas vrai, zut.

Zut !

Zuuut !!!

J'enfile le premier tee-shirt qui me passe sous la main en déployant de gros – très gros – efforts pour ne pas flancher. Le corps tremblant de culpabilité, je m'avance dans le couloir sur la pointe des pieds. La voix de Tahoe continue à s'élever, grave, menaçante, furieuse.

– Ça, c'est le sac de ma sœur, et ça, ce sont ses putains de chaussures, et voici sa putain de bague. Tu as touché à ma sœur ? Je vais te réduire en bouillie !

Je me précipite.

– Non !

Les deux hommes se tournent vers moi. Les mâchoires de Callan se sont transformées en granit. Il me jette un regard sombre, puissant, puis s'interpose entre Tahoe et moi et s'adresse à lui d'un ton remarquablement calme.

– Je t'invite à retrouver ton sang-froid, à prendre la porte et à te barrer de chez moi. Je serai ravi de discuter de ça avec toi plus tard… seul à seul.

Tahoe est de plus en plus rouge, les veines saillantes de son cou palpitent. Il revient à la charge.

– Espèce de fils…

– Tahoe, non !

Je bondis entre eux. Tahoe s'arrête net. Callan me repousse derrière lui en me serrant un peu plus la taille, comme pour me dire « reste là et ne bouge plus ».

Un cri d'injustice reste coincé dans ma gorge.

Par-dessus l'épaule de Callan, Tahoe me fusille du regard.

– Habille-toi. On se casse. Exécution !

Callan s'avance, mais je lui agrippe les épaules pour l'arrêter. Je lui chuchote à l'oreille :

– Non, ne fais pas ça.

Un silence tendu s'installe dans la pièce. Les deux hommes se toisent, puis Tahoe me fusille du regard.

– Tu viens avec moi.

Je saisis mes chaussures, les enfile, fourre mon sac sous mon bras et abandonne le reste, tout le reste – à commencer par mon cœur. Je fonce vers la sortie avant que ces deux-là n'en viennent aux mains.

– Je reviendrai, prévient Tahoe.

– Je t'attends, rétorque Callan.

Une fois dehors, nous nous dirigeons vers son Hummer garé dans l'allée.

– Olivia, lance Tahoe en se passant les deux mains dans les cheveux.

– Je l'aime !

C'est sorti tout seul. Un cri du cœur.

– Bordel de merde !

– Je l'aime, tu comprends ça ?

Je m'installe sur le siège passager et fonds en larmes.

Une fois assis derrière le volant, il m'attire dans ses bras.

– Il n'est pas fait pour toi, grogne-t-il.

– C'est ton ami.

– À ta place… à la place d'une fille comme toi, qui sait ce qu'elle veut, je ne lui aurais même pas accordé la moindre seconde de mon temps.

– Mais je sais ce que je veux ! Je l'ai toujours su et je le saurai toujours.

Je lui assène un coup de poing sur le torse.

– Eh ! Pourquoi tu me frappes ?

– Tu es… Arrête de me traiter comme un bébé, merde ! Je suis une femme ! Lui, il me traite comme une femme.

Il me décoche un regard noir.

– Oui, mais pour combien de temps ?

Tout à coup, il ressort de la voiture et fonce vers la porte. Je me précipite derrière lui. Mon cœur se tord littéralement de douleur lorsque je les retrouve tous les deux en train de se regarder en chiens de faïence.

– Soit tu t'engages pour de bon, soit tu dégages de sa vie tout de suite, crache Tahoe. Pigé ? Ce n'est pas ton jouet, c'est ma sœur.

– Barre-toi avant que je te casse les dents. Elle est assez grande pour réfléchir toute seule et savoir ce qu'elle veut. Et moi aussi. Alors, *tu* avais peut-être d'autres projets pour elle, mais il s'avère que c'est moi qu'elle veut. Et c'est elle que je veux.

– Mais pour combien de temps, putain ? Allez, vas-y, balance-lui la vérité ! éructe Tahoe.

Sans attendre la réponse, il m'attrape le poignet avec hargne et m'entraîne de nouveau vers la voiture.

Je pleure tout le long du trajet jusqu'à mon appartement. Mon frère ne prononce plus un seul mot. Il bout. La colère et la frustration irradient de lui, mais ce que je sens par-dessus tout, c'est sa déception, et son sentiment d'avoir été trahi.

Je ne me suis jamais sentie aussi nulle.

Callan voulait lui en parler depuis longtemps, c'est moi qui ai insisté pour m'en charger lorsque je serais prête. Avais-je réellement l'intention de le faire ? Rien n'est moins sûr. À cause de moi, leur amitié est peut-être foutue pour de bon.

– Ne lui fais pas de mal. C'est moi qui l'ai entraîné là-dedans, dis-je sèchement.

Je descends de la voiture et m'éloigne dans un silence de mort. Puis je me ravise et fais demi-tour, désormais en colère, moi aussi.

– Si tu touches à un seul de ses cheveux, je te tue, Tahoe ! Et je ne plaisante pas !

– Oh, mais je vais le toucher ! hurle-t-il, en rage. Je vais même lui exploser la tronche !

Tout aussi furieuse, je claque la portière et me dirige vers mon immeuble à grands pas.

Frustrée, je tourne en rond dans mon appartement toute la journée. Maudite soit ma vie, maudits soient Tahoe et Callan, et puis moi aussi, pour ne pas avoir parlé à mon frère plus tôt. Je n'arrête pas de tenter de les joindre par téléphone, en vain. De guerre lasse, je finis par aller me coucher, mais le sommeil met une éternité à s'intéresser à moi.

CHAPITRE 21

L'annonce

Je rêve. Je suis sur une colline, chez nous, au Texas. Le soleil est radieux, j'ai presque trop chaud. Heureusement, une petite brise me rafraîchit. Un bruit de pas me pousse à relever la tête. Devant moi, ma grand-mère s'avance, belle comme un cœur.

– Nana ? Tu es superbe !

J'en reste bouche bée.

– Je me sens en super forme, Livvy. EN SUPER FORME !

Elle porte une énorme couronne sur la tête. Je fronce les sourcils.

– Elle vient d'où, cette couronne ?

– De quoi tu parles ? Elle est à moi. Elle m'a toujours appartenu. Nous sommes les reines de tout et le reste, tu te rappelles ?

Elle l'enlève et me la pose sur la tête, puis m'étudie avec le plus grand des sourires et le plus bienveillant des regards.

Soudain, des coups retentissent à la porte, m'arrachant à mon rêve. Je vais ouvrir.

Tahoe. Dans un piteux état. Il se frotte la barbe.

– Nana est morte, m'annonce-t-il, la voix éraillée par la douleur.

CHAPITRE 22

La cabane

Le jet privé de mon frère nous a ramenés au Texas. Il était aux commandes avec son copilote.

À présent, nous sommes tous les trois – lui, Gina et moi – dans la voiture, en route pour la maison de mes parents. Tahoe n'arrête pas de palper son œil au beurre noir d'un air frustré. La main posée sur sa cuisse, Gina le soutient en silence. J'ai envie de pleurer, mais quelque chose retient mes larmes. *Le choc.* Je regarde le paysage familier de Hill Country défiler par la fenêtre. Je ne reverrai plus Nana, ma grand-mère chérie.

– Ça va, Liv ? s'inquiète Tahoe en garant la voiture dans l'allée de nos parents.

Je descends sans desserrer les dents.

Il me retient par le poignet et me dévisage avec la mine soucieuse d'un frère aîné.

– Vous étiez très proches. Comment se fait-il que tu ne pleures pas ?

– Parce que je suis en colère.

Je me libère et m'enfuis vers la maison. Papa et maman ont déjà ouvert la porte et je plonge dans leurs bras.

– Je suis désolée, papa.

Nana était sa mère avant tout. Pourtant, pas moyen de prolonger notre étreinte. J'ai la gorge en feu et tout le corps crispé. Je me fais l'effet d'une bulle de savon incapable d'éclater.

Je me rue dans l'escalier, puis dans ma chambre. Je m'assieds au bord du lit et garde les yeux rivés au sol. Nana a-t-elle souffert ? A-t-elle eu peur ? Pourquoi est-ce que je n'étais pas là ? Et pourquoi suis-je aussi en colère ?

***

La cérémonie est terminée. Engourdie, j'évolue comme un automate, recevant mille et une étreintes – « je suis tellement désolé », « nos plus sincères condoléances », « notre monde vient de perdre une femme exceptionnelle ». Je me contente de hocher la tête, encore et encore, jusqu'à ce que des bras familiers m'enlacent et qu'un parfum très particulier emplisse mes narines. Callan Carmichael.

Il a la lèvre inférieure fendue – pile au milieu – et le regard plus à vif que jamais. Sa vue m'érafle le cœur.

Nous nous séparons. Le timbre de sa voix est grave, le ton plein d'interrogations.

– Tu n'es pas venue me voir. Je n'ai pas pu te réconforter dans mes bras.

– J'ai dû partir tout de suite. Je n'ai même pas réfléchi, mais ce n'est pas l'envie qui manquait.

Son regard me fait bien comprendre à quel point il veut être là pour moi.

– Tu comptes m'empêcher de te consoler ? demande-t-il.

– Non.

Alors il écarte les bras et je me jette dedans.

Les vannes s'ouvrent enfin et, pour la première fois, les larmes me montent aux yeux. Je me sens bien, là, au chaud, protégée. Avec beaucoup de douceur, il caresse mes cheveux, mon dos, pose le menton sur le sommet de mon crâne et me serre fort contre lui.

– Je suis désolé, Livvy.

– Moi aussi. Ça va aller… ma mère m'a dit qu'elle n'avait pas souffert.

– Oui, mais toi, tu souffres.

– Eh bien, il y avait un truc entre Nana et moi. Je pouvais tout lui raconter, absolument tout. Elle riait toujours, mais pas pour se moquer de moi, non, c'était adorable. Un peu comme tu le fais.

Je renifle, puis continue.

– Ce n'était pas censé se passer comme ça. Je n'étais même pas là pour lui dire au revoir.

– On ne peut pas prévoir les grands malheurs. Ils se produisent, c'est tout.

La personne suivante contourne Callan pour venir m'embrasser. Comprenant le message, il s'éloigne et les gens continuent à défiler devant moi. Je n'arrête pas de jeter des coups d'œil furtifs dans sa direction tandis qu'il exprime sa sympathie à chaque membre de ma famille. Je me mets à compter le nombre de fois où son attention se braque sur moi, mais je finis par perdre le fil.

Quelques heures plus tard, les gens, leurs tenues noires, la chaleur, les fleurs et les plateaux de nourriture ont envahi le salon de mes parents. Parmi tous ces visages, celui de Nana est le seul qui manque à l'appel. Les conversations vont bon train, les « désolé » bien intentionnés tourbillonnent dans ma tête. Tout devient flou. Pour la première fois de ma vie, je suis muette, plongée dans une apathie totale.

Veronica et Farrah sont en adoration devant Callan.

– Sans déconner, ton boss est trop canon !

– Il a l'air tout droit sorti de la couverture d'un *GQ magazine*.

– Je bave devant la bague de fiançailles de Gina.

– Olivia, raconte : entre toi et ton patron…

Veronica laisse sa phrase en suspens et remue les sourcils. Pose-t-elle la question pour déterminer si elle peut tenter sa chance avec lui ?

– Oui, dis-je.

Et si le ton de ma voix est possessif, c'est parce que je le suis.

Je m'éloigne de quelques pas tandis que leurs bavardages et leurs petits rires excités continuent à résonner. Callan est en compagnie de Saint et de mon frère. Tahoe n'arrête pas de nous surveiller tous les deux. Perdue dans mes pensées, je m'assieds sur un canapé. Callan m'observe, fait un pas dans ma direction. Tahoe plisse les yeux, soupçonneux, mais peu importe.

Je me lève pour aller à sa rencontre.

– Olivia, lance ma mère depuis l'autre bout de la pièce. Tu vas bien ?

Je m'arrête et hoche la tête. Mon corps s'électrise lorsque je constate que Callan continue à s'approcher. Il est si grand, si puissant.

– Salut, vous, lance-t-il d'une voix rauque en me rejoignant.

– Salut, vous-même.

Il se penche.

– La plus jolie femme du monde est aussi la plus seule aujourd'hui, comment est-ce possible ?

– J'ai juste… besoin de digérer les événements.

Et de me noyer dans ses beaux yeux inquiets. Hélas, loin d'être rassurée par mon signe de tête, ma mère s'approche et m'emmène gentiment à l'écart avant de scruter mes traits d'un air inquiet.

– Je comptais attendre un peu, mais peut-être qu'il vaut mieux que je te le dise tout de suite pour que tu puisses commencer ton deuil.

Elle coince une mèche de mes cheveux derrière mon oreille. J'attends en silence, appréhendant ce qu'elle doit m'annoncer et qui semble tant la préoccuper.

– Elle a laissé une lettre pour toi. Elle m'a demandé de la déposer dans la cabane.

– Quoi ?

Je me rembrunis, tout à coup très en colère contre Nana. Parce qu'elle ne m'a même pas laissé le temps de lui dire au revoir, parce qu'elle m'a abandonnée, parce qu'elle est morte. Je sors en coup de vent. Tahoe avait fixé l'échelle après ma triste mésaventure avec cet abruti de Jeremy, mais je ne suis plus jamais montée là-haut. C'est mon frère qui a construit cette cabane, mais à mes yeux, elle a été profanée et je ne m'y suis plus jamais sentie en sécurité.

Cependant, aujourd'hui, je me sens d'humeur suicidaire. Je suis tellement triste et en colère.

Je fonce vers la cabane, grimpe les échelons, m'assieds et me retrouve face à une enveloppe portant son écriture.

Je l'ouvre et me mets à pleurer avant même d'avoir lu ses mots.

Une vie dictée par la peur n'est pas une vie.

Vis tout à fond, ma Livvy.

– Olivia ?

Je lève la tête, les yeux baignés de larmes.

– Oui. Je suis ici, en haut, dis-je en ravalant mon émotion.

Callan arrive au sommet de l'échelle, avec son costume, si parfait, si sexy. Il paraît tellement en décalage dans cet arbre, dans cette cabane à l'opposé de tout ce que représente Carma, que je suis partagée entre rire et larmes, parce que la seule raison qui puisse pousser Callan à grimper ici, c'est… moi, je suppose.

Il se fait tant bien que mal une place à côté de moi, les genoux ramenés contre le torse, les épaules voûtées. Cette cabane a été conçue pour des enfants, pas pour des adultes, et encore moins des adultes de la taille de celui-ci. Je lui montre la lettre. Tandis qu'il lit, je me frotte les yeux et tâche de me reprendre.

– De quoi as-tu peur, pour l'instant ? demande-t-il en me rendant le message de Nana.

Je hausse les épaules.

– Dis-moi, insiste-t-il.

J'ai peur de toi, de faire foirer tous mes projets, de perdre ce que j'aime le plus au monde.

Pour finir, j'opte pour une réponse plus simple, moins lointaine, mais tout aussi vraie.

– J'ai peur de t'embrasser et que tu ne me rendes pas ce baiser. Je crois que je réagirais comme Jeremy, je descendrais, folle de rage, et je t'abandonnerais ici en haut, sans échelle, pour que tu ne puisses plus jamais embrasser qui que ce soit d'autre.

– Tu as peur de m'embrasser ?

Il hausse un sourcil, avec un sourire tendre et aussi un peu triste, comme moi. Parce que c'est un jour triste.

– C'est une idée, comme ça.

– J'ai une meilleure idée : c'est moi, qui vais t'embrasser.

Il prend mon visage entre ses mains et pose ses lèvres sur les miennes avec une infinie douceur. Il me manque tellement. Je me jette sur lui.

Nous nous embrassons avec fougue. C'est si bon que je me perds en lui, dans sa bouche chaude et humide, sur sa langue qui se mêle à la mienne, l'aspire tendrement. Je lui mordille la lèvre et il pousse un grognement. Je me rappelle alors que celle-ci est fendue.

Je m'écarte pour reprendre mon souffle, il arbore un petit sourire en coin.

J'effleure sa lèvre blessée avec l'index.

– Je suis désolée, pour ça.

Il sourit.

– Moi pas. Je suis désolé pour l'œil de Tahoe.

Je fronce les sourcils.

– Que s'est-il passé ?

– Il m'a dit qu'il se contenterait d'un seul coup, parce que tu lui avais demandé de ne pas me faire de mal. Alors je me suis aussi contenté d'un seul coup, parce que c'est ton frère.

– Merci.

– Avec plaisir.

Il me sourit tendrement, puis enroule un bras autour de mes épaules et me serre contre lui. En fait, c'est mon nouvel endroit préféré : dans ses bras. Aucune étreinte ne peut rivaliser avec la sienne.

Je balaie la cabane du regard.

– Il m'a fallu tant d'années pour oser revenir ici. Et voilà qu'aujourd'hui je n'ai plus envie de redescendre.

– Pourtant tu devrais être en pleine crise d'angoisse.

Comme pour souligner son propos, le bois émet un petit craquement sous notre poids. Nous rions.

– Eh bien, non, comme tu vois. Je suis avec toi, alors il ne peut rien m'arriver.

Il me dévisage, un peu déconcerté.

– Je ne suis pas Clark Kent, Olivia, me fait-il remarquer d'un ton sardonique. Plus vite tu le comprendras, mieux ce sera.

– Qui a besoin de Clark Kent quand Callan Carmichael est là ?

Il me fait une pichenette sur le nez.

– Arrête de flatter mon égo, femme. Tu me prends pour Superman ?

– Je te prends pour Henry Cavill dans le rôle de Superman.

Je me redresse en souriant. Les rayons du coucher de soleil filtrent à travers les planches, jouant sur son superbe visage.

– En fait, je ne sais pas pour qui je te prends, et je préfère ne pas trop me pencher sur la question maintenant. Tout ce que je sais, c'est que quand tu es près de moi, je me sens protégée, j'ai un peu plus de mal à respirer et surtout je suis plus heureuse que quand tu n'es pas là.

Il s'adosse à une paroi de la cabane et m'attire contre lui.

– Moi, par contre, je suis fou quand tu es là, et tout aussi fou quand tu n'es pas là.

– Tu n'es pas fou. Juste bourré de tocs.

Il émet un petit rire. Un son tellement rassurant. Je ne m'étais pas rendu compte que j'étais aussi épuisée et meurtrie, mais maintenant que je commence à me détendre, c'est évident.

– Je savais que ma grand-mère finirait par mourir. Je veux dire, je me doutais qu'elle ne resterait pas éternellement avec moi, c'est dans la logique des choses. Mais jamais je n'aurais imaginé qu'elle parte avant mes vingt-huit ans. Je voulais qu'elle s'éteigne paisiblement, après mes trente-cinq ans, après avoir rencontré mon mari et mes deux enfants.

– Tes deux enfants ?

– Tu vois ? Je parie que tu détestes les enfants. Tu ferais mieux de redescendre de mon arbre tout de suite.

– Je n'irai nulle part. Je me sens bien ici, rétorque-t-il en étirant ses jambes le plus possible.

Toutefois, son sourire s'envole.

– Olivia, personne n'imagine jamais les moments de douleur.

– Chaque fois que je perds un proche, je suis tellement en colère. On pourrait croire que c'est le chagrin qui domine, mais non, la colère monte en moi. C'est égoïste, je sais.

– Tu n'es pas égoïste, tu es blessée. Tu as perdu un être cher, me rappelle-t-il en accentuant son étreinte.

Soudain, une prise de conscience me frappe avec la violence d'un coup de poing : je ne veux pas le perdre. Même si j'ai peur de l'aimer parce qu'il ne ressemble pas du tout au mari que je me suis imaginé, je crois que je deviendrais folle de rage s'il venait à disparaître. Il me défie en permanence, il est toujours sur mon dos, me pousse parfois dans mes derniers retranchements, et en même temps, il me fait fondre, il force le respect, il m'apprend tellement de choses, je l'admire, j'ai envie de lui. Je le désire plus que tout sur cette terre.

Il ferait un mari difficile et exaspérant. Bon sang, qu'est-ce que je raconte ? Jamais il n'accepterait d'être le mari de qui que ce soit.

Cependant, j'ai compris une chose : je ne veux plus attendre le bon moment, parce que ce bon moment n'arrivera jamais.

Je n'aimerai plus jamais un homme comme je l'aime lui.

Ça ne m'est jamais arrivé et ça ne m'arrivera plus, je le sais.

Mon amour pour lui est irrévocable.

Je n'ai plus du tout envie d'attendre d'avoir vingt-huit ans pour rencontrer le prince charmant.

Tout à coup, une pensée jaillit dans ma tête.

– Au moment où elle est partie, j'ai fait un rêve. Tu crois que c'était sa façon de me dire au revoir ?

– Je ne sais pas, Livvy.

– Mais qu'est-ce que tu en penses ?

– Qu'est-ce que *toi*, tu en penses ?

– Moi, je crois qu'elle me disait au revoir.

– Alors elle te disait au revoir.

Plus tard, dans la soirée, alors que presque tout le monde est reparti, je surprends Tahoe et Callan en train de discuter sur la terrasse.

– Ne gâche pas tout, lance Tahoe. Je vois bien comment elle est avec toi.

Callan se frotte le visage.

– Écoute, si tu n'es pas tout à fait sûr, retire-toi de la partie maintenant, insiste Tahoe. Ma sœur a déjà assez souffert comme ça.

Je pousse un petit cri de surprise que je parviens heureusement à étouffer avec ma main. Toujours aussi calme, Callan se frotte la nuque, cette fois. Nerveuse, j'appréhende sa réponse.

Je ne veux pas qu'il se retire de la partie. Je veux tout de lui.

N'y tenant plus, je m'empresse de sortir sur la terrasse, en prenant soin de laisser la porte claquer derrière moi.

Tahoe ne se tourne pas mais Callan relève aussitôt la tête, comme s'il avait senti ma présence.

Avec un petit sourire timide, je lui tends la tasse que je tiens à la main. Du café, servi comme il l'aime.

Il me regarde comme s'il était partagé entre une irrésistible envie de me broyer dans ses bras et celle de prendre ses jambes à son cou.

Gina nous rejoint à son tour, laissant elle aussi le battant de la porte claquer derrière elle. Elle enregistre la scène. Je suppose qu'il est stupide de ma part de croire que Callan est le seul à remarquer le regard que je lui adresse. Et tout aussi stupide de croire que je suis la seule à remarquer le regard qu'il m'adresse.

La journée a été longue pour tout le monde.

– J'ai une idée. Pourquoi Callan ne passerait-il pas la nuit ici ? suggère Gina d'un ton enjoué. J'irai dormir avec Livvy et vous, les gars, vous n'aurez qu'à vous battre pour avoir le lit de l'ancienne chambre de Tahoe.

Les deux hommes s'esclaffent comme s'il n'était pas question qu'ils se battent pour quoi que ce soit, leurs égos étant de toute façon trop gros pour tenir dans la même pièce.

Callan se lève.

– Je suis à l'hôtel. Je suis obligé de repartir demain.

Il n'a d'yeux que pour moi.

Il se penche et dépose un baiser sur ma joue. Je serre les poings pour m'empêcher de plonger les doigts dans sa crinière et de presser mes lèvres sur les siennes.

Les chambres sont à l'étage et si rien ne peut troubler le sommeil de mes parents, pas même l'apocalypse, pour ma part je ne peux faire autrement que d'entendre Tahoe et Gina faire l'amour bruyamment. Mon frère a sans doute beaucoup de tension à évacuer, parce que ça dure une éternité.

Je me tourne et retourne dans mon lit. Impossible d'arrêter de penser à ma grand-mère. Et puis, je me damnerais pour être avec *lui*.

À minuit, je craque. Je saisis mon téléphone et lui envoie un texto.

Je voulais que tu restes.
On aurait pu dormir ensemble
dans la cabane.
Tu rates une super occasion
de te retrouver avec des courbatures partout
et un lumbago. Dommage ☹

Mon téléphone se met à sonner dans la foulée. Mon cœur bondit dans ma poitrine lorsque son nom s'affiche à l'écran. Je décroche.

– Je suis partant si tu l'es, déclare-t-il d'une voix rauque.

Rauque à cause du sommeil ou pour un autre motif ? Mystère.

Je reste allongée quelques instants en silence, priant pour que mon frère n'ait pas réussi à lui foutre la trouille. Je chuchote :

– Et si on passait la nuit sur la colline, derrière chez moi ?

– Une nuit à la belle étoile ?

Je me mords la lèvre. Je rêve où il y a de l'amusement dans sa voix ?

– Oui. Avec toi.

– J'y suis dans vingt minutes.

– Je te retrouve là-bas.

Je me lève d'un bond, passe rapidement sous la douche, sèche mes cheveux et les attache en queue-de-cheval, enfile un pantalon de survêtement et un tee-shirt que je porte en général pour dormir.

Je laisse un petit mot sur mon oreiller – un très succinct « Je passe la nuit sur la colline », juste au cas où ma mère jetterait un coup d'œil dans ma chambre.

Ensuite, j'attrape un sac en tissu et pille la cuisine. Avant de sortir de la maison sur la pointe des pieds, j'ajoute encore quelques bouteilles d'eau et deux couvertures.

Je devine une silhouette sur la colline, une ombre qui suscite en moi un étrange bouillonnement, un désir tel que je n'en avais encore jamais connu.

– Salut, dis-je d'un ton faussement enjoué. J'ai pris des couvertures. Deux. Une pour ne pas que les fourmis nous mordent et l'autre pour toi et moi.

Il est déjà pieds nus. Ses chaussures sont posées à côté de son portefeuille, des clés de sa voiture de location et de celles de son hôtel. Visiblement, il sort de la douche aussi. Il porte son jean bas sur les hanches et un tee-shirt qui semble très doux, une véritable invitation à se blottir contre son torse.

Je sors les couvertures et il m'en prend une des mains en croisant mon regard dans l'obscurité. Il la secoue et la déploie sur le sol.

Je m'assieds dessus et il s'affale à côté de moi. Il fait encore trop chaud pour utiliser l'autre couverture.

Nous contemplons le paysage vallonné plongé dans la nuit autour de nous.

– Nous sommes si petits face à la nature. L'homme ne pourra jamais rien créer qui lui arrive à la cheville.

Une lueur amusée brille dans les yeux de Callan.

– Eh bien, d'un point de vue scientifique, il lui aura tout de même fallu des milliards d'années pour parvenir à ça, argue-t-il avec un demi-sourire.

Callan et ses chiffres. Je souris. En revanche, les chiffres ont l'air d'être le cadet de ses soucis, à présent. Il se penche, pose une main dans mon dos et m'attire vers lui. Je m'imprègne de son odeur, de toute cette sérénité qui nous entoure, des fragrances de la nature, de la vue.

Il enfouit le nez derrière mon oreille, là où je dépose toujours quelques gouttes de mon parfum.

– En ce qui me concerne, là tout de suite, il n'y a que toi.

Tout cela semble si naturel, et aussi un peu sauvage.

– Il paraît que les nouvelles expériences, le fait de sortir des sentiers battus, délivrent de la dopamine dans notre cerveau. C'est l'hormone du bonheur. Est-ce que je suis ton expérience hors des sentiers battus, Callan ?

– Si on veut. Et en même temps, j'ai l'impression de te connaître depuis toujours. C'est comme si je te désirais déjà dans une vie antérieure.

Oui, mais me désires-tu assez... ? La question me brûle les lèvres.

Je m'abstiens de la poser.

Je veux vivre l'instant présent sans penser au lendemain.

Il glisse la main sous mon tee-shirt, comme s'il avait besoin de toucher ma peau.

Je me laisse aller contre lui et passe l'une de mes jambes sur la sienne. Dans mon dos, ses doigts s'écartent. Il glisse le nez le long de ma mâchoire jusque dans mon cou, puis m'embrasse la joue, un baiser très doux, presque chaste. Je soupire, m'appuie un peu plus contre lui, noue mes bras autour de son cou et pose la tête contre la sienne.

Ses lèvres effleurent les miennes. Je me sens si calme, aussi calme que tout ce qui nous entoure, tout au plus une légère brise trouble-t-elle l'immobilité de l'instant. En revanche, mon cœur, lui, danse comme un fou. J'agrippe le tee-shirt de Callan et entrouvre les lèvres pour accueillir les siennes en réprimant un gémissement.

Il a le goût de la menthe, du café et du caramel. Nos langues chaudes se caressent comme si elles se découvraient pour la première fois.

Un soupir de plaisir m'échappe, auquel il répond par une profonde inspiration. D'une main, il saisit mon visage et m'entraîne dans un baiser chaud, mouillé, profond et douloureusement tendre à la fois.

Sous mon tee-shirt, il promène son autre main partout sur ma peau, comme s'il voulait être sûr de ne pas laisser le moindre centimètre carré de côté. Un contact si chaud, si doux.

Lorsqu'il s'écarte, je ne sais même plus comment je m'appelle.

Olivia. Olivia Roth. Livvy. C'est bien moi ?

Nous ne parlons pas. Je lève les yeux vers lui.

Sous le clair de lune, son visage a quelque chose d'irréel. Je bats des paupières. Est-ce bien Callan, qui me contemple comme ça ?

Son souffle est puissant. Je vois les muscles de ses mâchoires tressauter tandis que ses yeux brillent d'une tendresse féroce et d'une autre émotion, indéchiffrable. J'ai toujours les doigts cramponnés à son tee-shirt ; sous celui-ci, son torse se soulève à chaque respiration.

Il ferme les yeux et pose le front contre le mien.

J'inspire son haleine chaude. Nous restons comme ça pendant quelques longues et délicieuses minutes.

Soudain, c'en est trop pour moi. Je me lève, me débarrasse de mon tee-shirt et de mon pantalon, puis je m'agenouille, nue.

Il m'observe, paupières mi-closes.

Ses prunelles d'or sont brûlantes.

– Je veux juste être près de toi et me sentir vivante, dis-je en m'allongeant sur la couverture.

– Viens ici.

Il se couche sur moi et encadre mon visage avec ses bras repliés pour m'étudier.

Nous restons comme ça, sans bouger, pendant un long, très long moment, jusqu'à ce que, du pouce, il frôle mes lèvres.

Son regard est si tendre. Il m'examine tout entière, s'intéressant même aux endroits les plus banals comme mon cou, mes épaules ou mon ventre.

J'ai la gorge nouée. Les mots restent emmêlés dans mes cordes vocales, j'ai peur de les laisser sortir. J'ai envie de lui dire que je l'aime, mais cela rendrait mon départ de Chicago encore plus difficile.

Je ne veux pas non plus qu'il se sente obligé de rester avec moi par souci de ne pas me faire de mal.

Je ne peux pas lui faire ça.

Car je crains que, sans aller jusqu'à m'aimer, il ait assez d'estime à mon égard pour s'infliger ça.

Je n'ai qu'à lui avouer tout le reste.

M'efforçant de ne pas baver de manière trop ostensible sur ses abdominaux parfaits, je laisse courir mes doigts sous son tee-shirt.

– Tu vois, cette ligne de poils qui part de ton nombril et qui disparaît sous l'élastique de ton boxer. Je l'adore, dis-je, haletante.

Je palpe son érection à travers la toile de son jean.

– Moi, c'est ça que j'adore, répond-il d'une voix rauque en plongeant la main entre mes cuisses.

Je tressaille et le vois contracter les mâchoires devant ma réaction.

Soudain, il se redresse et enlève son tee-shirt d'un geste brusque, puis il se lève pour faire subir le même sort à son jean.

D'instinct, je me redresse aussi pour combler la distance qui nous sépare le temps qu'il se déshabille. Je me repais du spectacle de ses muscles qui roulent et se tendent sous sa peau lorsqu'il me rejoint sur la couverture.

La proximité de son corps réactive les battements chaotiques de mon cœur. Toutes les émotions qui y sont coincées, écrasées, deviennent trop douloureuses. Il *faut* qu'elles sortent.

Cette fois, nous sommes nus tous les deux et ma peau brûle à chaque point de jonction de nos deux corps.

Callan enfonce une main dans mes cheveux et maintient ma tête tandis qu'il analyse mes traits, un par un, qu'il sonde mon regard comme s'il voulait m'absorber tout entière.

Le souffle coupé, je tente de graver dans ma mémoire la beauté de son visage illuminé par la lune.

Il dépose un baiser sur ma joue puis descend le long de ma mâchoire et de mon cou, me déguste.

– Tu es si belle, murmure-t-il en me couchant sur la couverture.

Sa langue s'enfonce dans ma bouche et je me liquéfie sur place. Sous mes doigts affamés, sa peau est du velours doré. J'en veux toujours plus, plus de son odeur, plus de ce corps élancé, athlétique, plus de lui.

Il semble encore plus robuste quand il est nu, avec les cheveux en bataille.

Non loin, les grillons se mettent à chanter.

Soudain, il prend l'un de mes seins en coupe et le suce, m'arrachant un petit cri de plaisir. Je me cambre.

D'une main, il écarte mes jambes et me caresse l'intérieur de la cuisse. Je lui effleure la joue, dépose un baiser sur ses lèvres. Nos langues reprennent leur ballet passionné tandis qu'il approche toujours plus ses doigts de mon sexe dont il titille l'entrée. Ça y est, il me pénètre. Un seul doigt d'abord, puis un deuxième. Il se met à exercer un lent et profond va-et-vient.

– Oh. Je… Callan.

De sa bouche, il dessine un sillon humide tout le long de mon abdomen en descendant vers le centre névralgique de mon plaisir. Tout à coup, il m'écarte un peu plus les jambes et me goûte. J'écarquille les yeux, pousse un petit cri et, d'instinct, presse mon sexe contre sa bouche tandis qu'il m'explore avec la langue. Il répond à mes gémissements d'extase par des grognements avant d'emprunter le même sillon de baisers brûlants pour remonter, jusqu'à mes seins d'abord, puis à mes lèvres. Tandis qu'il m'embrasse, ses doigts plongent de nouveau en moi, là où j'ai le plus désespérément besoin de les sentir.

Il serre mon sein, en taquine le bout avec la langue, puis l'aspire presque tout entier dans sa bouche.

Son corps vibre d'impatience, le mien tremble littéralement.

Il s'interrompt, prend le temps de me regarder ; j'ai l'impression que ses yeux enfiévrés me touchent, épousent la courbe de mes seins jusqu'à mes mamelons roses, plus dressés que jamais, presque douloureux.

Il est reparti. Sans lâcher mes seins, dont il tourmente la pointe avec les pouces, il redescend par un autre chemin de baisers ardents en direction de mon entrejambe. Sa bouche chaude retrouve mon sexe. Je fonds. C'est trop. Je lui empoigne les cheveux et l'oblige à remonter vers moi. Sur moi. Je veux qu'il m'écrase de tout son poids, je veux que sa peau recouvre la mienne.

Je me tortille ; il pousse un juron à voix basse lorsqu'il réalise à quel point j'en ai besoin, à quel point j'ai besoin de *lui*.

Il s'écarte. Des bruissements s'élèvent dans le silence de la nuit tandis qu'il sort un préservatif de son jean et l'enfile sur son membre dur. Il revient sur moi. Je caresse ses mollets musclés, duveteux, avec mes jambes avant de les nouer autour de sa taille.

Il est en moi. Enfin.

Le premier coup de reins est presque orgasmique.

Aucun mot ne sort, mais très vite nous nous élançons dans une course folle et bruyante vers le septième ciel.

Sans murs pour les contenir, les bruits de nos ébats semblent se répercuter à l'infini. Les grognements et les gémissements fusent tandis que nous faisons l'amour, même si l'acte ressemble plus à un accouplement sauvage, torride. À chaque coup de reins, ses muscles ondulent sous mes doigts. Les chevilles soudées dans son dos, j'enserre ses hanches avec mes cuisses.

– Je vais si profondément en toi, chuchote-t-il.

Quelques mèches tombent devant ses yeux, il les repousse sur le côté.

Un geste adorable.

Il est adorable.

Mon féroce requin de Chicago est aussi à l'aise dans les bois que dans son milieu naturel citadin, à croire qu'il est né ici, sur ces terres, comme moi.

– Si profondément, putain, oui, lâche-t-il entre ses dents serrées.

Sans perdre le rythme, il plaque une main sur ma nuque et me happe avec l'un de ses baisers renversants, sans fin, jusqu'à ce que je perde toute notion de tout.

***

Rassasiés, nous restons allongés pendant un long moment, sans même prendre la peine de nous couvrir. Notre peau voilée de sueur luit au clair de lune.

Soudain, il m'attire contre son flanc et caresse mes cheveux.

– Est-ce que ça va ? demande-t-il en effleurant distraitement mon épaule.

Est-ce l'intensité de nos ébats ou les émotions de la journée ? Je l'ignore. Toujours est-il que je sens un rempart se briser en moi et que je fonds en sanglots.

Il émet un grognement, comme si me voir pleurer lui faisait mal. J'enfouis mon visage dans le creux de son bras et il resserre son étreinte.

– Tout ira bien, me promet-il, les lèvres noyées dans mes cheveux.

Je hoche la tête.

– Oui.

C'est fou ce que j'avais besoin de pleurer, je m'en aperçois seulement maintenant. Et flancher dans ses bras me semble tellement juste que je n'essaie même pas de me retenir.

Par contre, je n'avais pas prévu de mouchoirs. Au moment où je cherche un moyen de m'essuyer le visage, Callan se met à lécher mes larmes, y compris celles qui ont ruisselé dans mon cou.

Je m'accroche à lui, l'embrasse à la racine des cheveux tandis qu'il me lape de sa langue chaude, ravivant mon désir, comblant le grand vide en moi. L'amour comme remède au chagrin.

– Tu dois vraiment repartir demain ?

– Je n'ai pas le choix.

Je déglutis avec peine.

– Est-ce que ça te dérange si je reste encore quelques jours ici ? Je voudrais soutenir mon père et ma mère.

– Prends tout le temps qu'il te faudra.

– D'accord. Pas trop longtemps non plus. Sinon, je ne rentrerai que pour plier bagage et revenir ici.

Penser à la fin de mon stage et de mon séjour à Chicago gâche tout. Quoique l'idée du tic-tac d'une horloge égrenant les heures qu'il me reste à passer avec Callan a aussi un petit côté aphrodisiaque. Je compte bien profiter de lui à fond avant son départ. Et, à en juger par l'avidité avec laquelle il m'embrasse et me caresse, il semble avoir le même projet.

CHAPITRE 23

Aller de l'avant

Tous les jours suivants, je rends visite à Nana au cimetière. Je suis triste et en colère, et je culpabilise beaucoup, sans parler du reste.

– J'ai toujours pensé que, le jour où je tomberais amoureuse, je pourrais t'en parler, Nana. Maintenant, que dois-je faire ?

Le lendemain, je lui demande :

– Tu crois que je devrais lui avouer que je l'aime ?

Et le dernier jour :

– Si tu penses que je dois lui faire part de mes sentiments, envoie-moi un signe.

Soudain, quelque part dans mon dos, un bruissement attire mon attention. Je me tourne et repère deux écureuils en train de s'accoupler dans un grand chêne.

– Qu'est-ce que ça veut dire ? Franchement, Nana !

Un peu plus tard, tandis que je boucle ma valise, je sens de nouveau la colère enfler en moi. Je n'ai qu'une hâte : retrouver Chicago. Non pas que je préfère cette ville à mon Texas chéri. Non, c'est surtout ce qui s'y trouve qui me manque beaucoup trop.

En fait, si, Chicago m'a manqué aussi. Beaucoup, même. C'est bizarre, je ne m'étais pas aperçue que j'étais aussi attachée à cette ville avant d'y revenir et de sentir le vent chaud balayer mon visage en descendant du taxi. Personne n'est au courant que je suis rentrée. J'ai même acheté mon billet et pris un vol commercial normal… toute seule. Et je n'ai vomi qu'au décollage et à l'atterrissage. Je crois qu'on peut appeler ça une petite victoire.

C'est lui que j'appelle en premier. Je tombe sur sa boîte vocale et laisse un message.

– Salut. Je suis rentrée. Je voulais juste te faire un petit coucou. Rappelle-moi quand tu peux.

Je reçois un texto dans la foulée :

Suis à New York.
Réunion.
Pas pu décrocher.
Retour prévu vers 2 heures du mat.
Quand est-ce que tu rentres ?

Je suis rentrée ! Je t'ai laissé
un message vocal.
Pas sûre d'être encore éveillée
à 2 heures. Et serai sans doute
trop fatiguée pour t'entendre sonner.
On se voit demain ?

Vivement demain, mademoiselle Roth.

Oh oui, monsieur Carmichael, si vous saviez.

Un large sourire aux lèvres, je repose mon téléphone, puis je me rappelle que je repartirai très bientôt pour de bon et mon sourire s'envole.

Wynn est la deuxième personne que je contacte. Pendant mon absence, elle m'a laissé mille et un messages pour s'excuser de ne pas avoir été présente à l'enterrement de ma grand-mère. À peine lui ai-je appris que j'étais en ville qu'elle m'annonce qu'elle arrive.

On dit souvent que les meilleurs amis sont ceux qui débarquent sans prévenir.

– Je suis désolée pour ta grand-mère, lance-t-elle en me serrant dans ses bras, à peine entrée. J'avais un vernissage important, un véritable désastre, et je n'ai pas réussi à me libérer. Mais mes pensées et mes prières étaient avec toi.

Elle s'écarte pour m'examiner.

– Comment te sens-tu ?

– Bien, et toi ?

– Ça va.

J'avise sa robe bustier bleu pâle.

– Tu es bien élégante. Où vas-tu ?

– Dîner au restaurant d'Emmett, me confie-t-elle.

– Oh ! Il a enfin…

– Non ! Il ne sait pas encore que je viens, m'apprend-elle avec le sourire, mais le regard triste. Peut-être se joindra-t-il à moi. Peut-être qu'en me voyant, il… je ne sais pas. Si seulement nous pouvions enfin mettre les choses à plat.

– Pas question que tu ailles là-bas toute seule.

Sans lui laisser le temps de protester, je fonce dans mon dressing et enfile une jupe à volants noire ainsi qu'un top noir. Je sais que Nana préférerait me voir porter des couleurs, mais je n'en ai pas encore envie.

Trente minutes plus tard, Wynn et moi sommes installées à une table du Pear, le restaurant gastronomique d'Emmett. Je pourrais lécher mon assiette tant je suis affamée et tant la cuisine du chef, très contemporaine, est à tomber. Wynn, en revanche, touche à peine à son plat. Elle n'arrête pas de scruter la salle. J'ai mal au cœur pour elle, parce qu'elle se donne beaucoup de mal pour faire croire qu'elle n'est pas à l'affût.

Au moment de demander l'addition, toujours aucune trace d'Emmett.

– Tout est déjà réglé, nous avertit le serveur en posant la note sur la table.

– Je… Oh, eh bien merci, répond Wynn, le souffle coupé. Pouvons-nous remercier le chef en personne ?

– Il est très occupé.

Le serveur n'a pas hésité une seule seconde. Visiblement, il avait reçu des instructions.

Je suis triste pour Wynn, qui ne lâche pas l'affaire. Furieuse, elle désigne l'endroit où se trouvait son assiette quelques minutes plus tôt.

– C'est bien dommage, parce que, voyez-vous, j'aurais deux mots à lui dire sur la cuisson ratée du canard.

J'écarquille les yeux. *Mais tu as à peine touché au canard et il était délicieux !*

– Désolé, mademoiselle, c'est impossible. Mais je veillerai à lui transmettre le message.

Les yeux étincelants de colère, Wynn jette sa serviette sur la table.

– Merci, mais c'est inutile, je ne pense pas remettre les pieds ici un jour.

Nous sortons et nous nous éloignons en silence. Wynn est en ébullition.

Je suis une quiche en relations amoureuses – on ne peut même pas qualifier la seule que j'aie eue jusqu'à présent de relation. Ce n'est qu'une aventure. Et elle se terminera dans quelques jours, à la fin de mon stage. Alors, quel conseil pourrais-je bien donner à Wynn ?

Je me cantonne à mes formules habituelles, lui assure que s'il ne revient pas, s'il ne se bat pas pour elle, ou du moins n'essaie pas, c'est qu'il ne la mérite pas.

Sa situation ravive mon inquiétude pour Callan et moi. J'ai peur de souffrir. Peut-être vaudrait-il mieux que nous en restions là tout de suite plutôt que de risquer de se faire du mal comme ça…

– Ce n'est qu'un sale… Tu sais qu'il m'a larguée comme ça, sans crier gare ? Un jour, il a décrété qu'il ne voulait pas d'enfants, alors que nous en avions déjà parlé à l'époque où il m'avait demandé d'emménager avec l…

– WYNN !

Wynn et moi faisons volte-face en même temps. Emmett est là, dans sa tenue de chef.

J'attends la réaction de Wynn, mais elle reste plantée là et le regarde, bouche bée.

– Bon sang, Wynn. Viens ici ! s'écrie Emmett en s'élançant vers elle.

Je donne un coup de coude à Wynn et lui souffle :

– Allez !

Elle s'avance, prudemment d'abord, puis plus vite. Je détourne la tête lorsqu'il l'attrape et l'emmène dans un long baiser passionné.

Eh bien !

Souriant d'une oreille à l'autre, j'ouvre l'application Uber et commande une voiture pour rentrer chez moi.

Pas moyen de dormir.

Je fais le décompte des secondes qui me séparent du moment où je le reverrai, demain, chez Carma.

Dans quelques jours, mon stage se termine. Ma dernière semaine a été méchamment amputée par mon séjour au Texas. C'est atroce de savoir que le temps nous est compté.

CHAPITRE 24

Les adieux

Aujourd'hui, j'ai prévu d'aller sur le toit à 18 heures pile.

J'aimerais avoir le temps de passer voir Callan plus tôt, mais c'est impossible. J'essaie d'abattre un maximum de travail pour monsieur Lincoln avant mon départ.

Mes doigts virevoltent sur le clavier lorsqu'un changement d'atmosphère radical s'opère autour de moi. Une nouvelle énergie est palpable dans la pièce.

Je lève les yeux de mon écran.

Il est là, appuyé sur mon bureau.

Sexy.

Inaccessible.

Si beau que j'en perdrais la tête.

Callan.

Mon Callan.

En silence, nos regards s'accrochent l'un à l'autre.

J'ai la bouche sèche.

– On m'a déjà dit que j'étais un enfoiré d'égoïste, déclare-t-il, un petit sourire moqueur aux lèvres. Mais j'ai seulement compris que c'était vrai il y a quelques jours, quand je me suis surpris à vouloir t'appeler au moins dix fois par jour pour te demander de rentrer à la maison.

– Mais j'étais à la maison.

– C'est vrai, reconnaît-il en riant.

Son regard sensuel est plein d'attentes. Comme à son habitude, Callan est parfait. Ou presque. Mais ce sont ses petites imperfections, ses cheveux décoiffés, ses cernes, que j'aime le plus. Tellement que je rêve de m'agripper à lui et de ne plus jamais le lâcher.

– Comment vas-tu ?

Les yeux baissés sur mon clavier, je triture ma manche.

– Bien. Mais il me reste une montagne de trucs à faire avant de partir.

Un tourbillon d'émotions brutes, sombres, traverse son regard.

– Alors je te laisse. De toute façon tu vas rentrer avec moi ce soir.

Je m'empresse d'acquiescer.

– Après la petite fête chez les Saint.

Il prend mon visage en coupe et dépose un baiser sur ma joue. Paupières closes, je pousse un petit grognement.

Ce soir, mon frère et sa bande organisent une soirée d'adieux pour moi.

Wynn passe me prendre et m'explique qu'Emmett et elle ont fait des progrès.

– Il trouve qu'on va trop vite. Il n'est pas prêt à avoir des enfants, m'explique-t-elle en soupirant. J'ai envie de lui laisser le temps. Je crois en nous.

Comme j'aimerais avoir la même conviction, moi qui ne sais même pas ce que je veux ! Lorsque je suis arrivée à Chicago, tout était clair comme de l'eau de roche dans ma tête, mes projets étaient tout tracés, et maintenant…

Au moment de pénétrer dans le penthouse des Saint, je retiens mon souffle. Il est la première chose que je vois.

Il tient un magnifique bébé potelé aux cheveux noirs, et il l'observe avec une mine perplexe, comme si lui-même n'en revenait pas d'avoir un enfant dans les bras. Puis il lui adresse un grand sourire et parle à Saint qui hoche fièrement la tête.

Je suis remuée par cette scène.

Sans cesser de sourire, il jette un coup d'œil dans ma direction, l'air normal, jusqu'à ce qu'il remarque ma présence.

Lorsqu'il m'aperçoit, déjà concentrée sur lui, son sourire s'efface et une lueur particulière allume son regard. Avec malice, il m'appelle du doigt et me désigne le bébé.

Je secoue la tête, juste pour le plaisir de le provoquer.

– Viens ici, Olivia. Ne sois donc pas aussi trouillarde, roucoule-t-il en me défiant.

– Je n'ai pas la trouille.

Je soupire et finis par céder.

Callan attend que je m'approche – merde, pourquoi faut-il qu'il soit aussi sexy avec un bébé dans les bras ? – puis me tend le petit Saint junior. Nos mains se frôlent. Je hume son parfum, celui que je préfère, ainsi que la délicieuse odeur du bébé.

Tandis qu'il me contemple avec ce petit ange, je sens un changement s'opérer en lui.

Est-il en train d'envisager de me faire des enfants ?

De m'imaginer avec son fils ou sa fille dans les bras ?

– Arrête de me regarder comme ça, Callan, dis-je avec le ton le plus dissuasif possible.

– Comme quoi ?

Ses prunelles ont toujours la même intensité.

– Tu le sais très bien ! Ça me donne envie de… envie que tu…

Je me ressaisis, lève brusquement le menton et emmène le petit Saint près des filles. Pourvu que je n'aie pas semé la moindre ambiguïté sur mes intentions.

– Oh ! Je peux le prendre ? s'écrie Wynn.

Elle assied le bambin sur ses genoux et dépose un gros bisou sonore sur sa joue.

Je jette un coup d'œil furtif à Callan, juste une seconde, le temps d'apercevoir le petit sourire amusé qui danse sur ses lèvres.

Demande-moi encore de rentrer avec toi ce soir. Voilà ce que je pense tandis que nous nous dévorons du regard.

Au fond, à quoi bon ?

Si tu me touches ce soir, ça rendra mon départ encore plus difficile.

Le simple fait de l'avoir vu avec ce bébé dans les bras m'a bouleversée. J'ai eu envie que ce soit mon bébé, le nôtre.

Si seulement c'était si facile.

Quand je pense que mon chemin était tout tracé. Cela dit, Callan ne changera peut-être jamais ses projets pour une fille. S'il est le dernier à rester célibataire, c'est qu'il y a une bonne raison.

Wynn m'a proposé de me raccompagner chez moi. J'avais les nerfs en pelote : me retrouver chez les Saint comme ça, avec Callan si proche et en même temps si inaccessible… J'ai bien senti le poids du regard de Tahoe lorsque Callan et moi sommes sortis pour fumer.

Il m'a effleuré les doigts à chaque fois que nous avons échangé la cigarette et à chaque fois j'ai eu envie de lui prendre la main et de l'embrasser à pleine bouche.

Nous n'avons pas parlé, ce qui ne nous ressemble pas du tout. Callan paraissait frustré par toute cette attention braquée sur nous ; il a passé la soirée avec un whisky à la main, fumant plus que d'habitude. Lorsqu'il a remarqué que je m'en allais avec Wynn, il nous a rattrapées devant les ascenseurs.

– Olivia ?

Sa voix m'a arrêtée au moment où j'allais monter dans l'ascenseur.

– Tu rentres avec moi, tu te souviens ?

J'ai rougi devant la mine abasourdie de Wynn, puis j'ai jeté un coup d'œil nerveux au groupe où se trouvait mon frère. Par chance, il ne regardait pas dans notre direction.

– Je passerai chez toi plus tard, me suis-je alors empressée de répondre pour l'apaiser.

Callan a considéré Wynn, puis a sorti ses clés, comme s'il comptait partir tout de suite.

– Tu veux bien l'emmener chez moi ? lui a-t-il demandé.

Wynn l'a dévisagé comme si elle le voyait sous un jour nouveau et a acquiescé.

– Elle sera là.

– Parfait.

Callan m'a jeté un regard complice.

– Laisse-moi prendre un peu d'avance, a-t-il encore demandé à Wynn.

Alors nous avons attendu quelques minutes avant de partir.

En chemin, elle m'a interrogée.

– Tu es amoureuse de lui ?

– Oui.

C'est tout ce que j'ai pu articuler.

Elle a souri, comme si elle savait quelque chose que j'ignorais.

Et me voici chez Callan. Avant de pénétrer dans sa villa, je ferme les yeux et m'efforce de respirer.

Pendant un instant, je suis sur le point de faire demi-tour, mais quelque chose me retient. Cela dit, je suis tout autant incapable d'avancer. Je reste figée.

La puissance des émotions qui m'ont guidée jusqu'ici est impressionnante. J'ai tellement envie de le toucher, de me blottir dans ses bras. Et en même temps, j'ai peur que tout change à jamais, après ça.

J'ai peur de faire un pas de plus, de m'approcher de lui, de céder, de passer la nuit avec lui. J'ai peur de ne plus être la même demain matin.

De toute façon, je ne serai plus jamais la même.

Alors je m'avance. Mes chaussures n'émettent pas un bruit sur sa moquette contemporaine. Ma nuque fourmille d'anticipation. J'entends mon cœur battre, si vite et si fort que je crains qu'il l'entende, qu'il comprenne.

La porte de son bureau est ouverte. Je pousse un peu plus le battant. Il est là, dans le fond de la pièce. Devant lui, sur le bureau, une bouteille de whisky et un verre vide. Son corps si sensuel, si impressionnant, prend presque toute la place.

Il se lève.

– Je savais que tu viendrais.

Il me rejoint et pose une main sur mon cou, me caressant du pouce. Des millions de petits frissons descendent le long de ma colonne vertébrale.

– Tu me l'as demandé.

– Assieds-toi ici, dit-il en m'indiquant le bureau.

Tandis que je me hisse dessus, il ôte la barrette qui retient mes cheveux et se penche. Mon souffle est de plus en plus saccadé lorsque ses lèvres effleurent les miennes.

– J'ai besoin de toi.

Ses doigts remontent lentement sous ma jupe, le long de ma cuisse.

Je gémis.

– Callan.

– Bon sang, quand tu prononces mon nom comme ça, ça me rend fou.

– Callan… Il faudra quand même bien qu'on arrête, à un moment.

Une faim dévorante luit dans ses yeux.

– Je n'ai plus dormi depuis le Texas. Ne plus te voir tous les jours… Je suis dingue de toi, complètement cinglé. Tu me rends fou.

Il me fait glisser vers le bord du bureau.

– Viens ici. Je ne peux plus attendre.

Il écarte mes cheveux et embrasse la base de mon cou, là où s'arrête mon épaule. Tout mon corps s'électrise, chaque vertèbre, chaque terminaison nerveuse.

Je ne peux retenir un nouveau gémissement.

– Je suis un homme raisonnable. Alors, pourquoi est-ce que je perds la raison dès qu'il est question de toi ?

Du pouce, il caresse mes lèvres.

– Dès que tu entres dans la pièce, je ne maîtrise plus rien. Bon sang, regarde-toi.

Il déboutonne mon chemisier, l'ouvre d'un coup sec, le fait glisser sur mes épaules. Il plonge sur mes seins enveloppés de dentelle, embrasse la pointe à travers mon soutien-gorge.

Éperdue de désir, je tremble de tout mon corps. C'en est presque douloureux.

– Callan, ça rendra mon départ encore plus difficile…

Loin de s'arrêter pour autant, il se déshabille avec frénésie, mais pas moyen de me résoudre à l'en empêcher.

Je sais que ça pourrait m'anéantir, mais je sais aussi que je ne serai jamais aussi anéantie que lorsque je contemplerai le plafond de ma chambre, seule, et que je me souviendrai de ses caresses en me demandant si je les retrouverai un jour.

Alors, lorsqu'il s'approche à nouveau de moi, je réponds à son étreinte et l'embrasse à corps perdu.

***

Voilà des jours que je n'avais pas aussi bien dormi.

Bon sang. Aimer cet homme est la chose la plus facile et la plus difficile que j'aie jamais faite.

Je voudrais tant être cette fille qui trouve l'amour et se contente de le prendre sans se poser de question.

Oui mais, et ma carrière dans tout ça ?

Je veux être son égale, en connaître autant que lui, en faire autant que lui.

Si tout ça m'était tombé dessus à vingt-huit ans, comme je l'avais prévu, mon choix aurait été très simple.

Je meurs d'envie de rester.

Mais si je ne poursuis pas la carrière de mes rêves, je m'en voudrai toute ma vie.

Je m'attarde chez lui un peu plus que je ne le devrais, prolongeant encore ce moment dans ses bras.

Lorsque je suis certaine qu'il est de nouveau assoupi, je dépose un dernier baiser sur sa joue, m'imprègne de son odeur et le serre le plus fort possible. Je frémis lorsqu'il me rend mon étreinte ; j'adore la façon dont ses bras s'accrochent à moi, même lorsqu'il dort. Maintenant, ça suffit. Je m'oblige à le lâcher.

– Je t'aime, lui dis-je dans un murmure, au creux de l'oreille.

Puis je m'enfuis, sans un dernier regard.

Chaque pas qui m'éloigne de lui est une véritable torture.

CHAPITRE 25

Une dernière cigarette

Je consacre mon tout dernier jour aux préparatifs de mon départ.

Callan, lui, enchaîne les réunions.

Son assistante personnelle est rentrée de son congé maternité, mais Janine n'arrête pas de fanfaronner et d'étaler son enthousiasme à l'idée de décrocher un poste permanent chez Carma. Comme elle, je termine officiellement mon stage aujourd'hui. Lorsque l'horloge indique 18 heures, mes cartons sont prêts.

Je monte à l'étage de la direction. Callan ouvre la porte de son bureau, s'appuie contre celle-ci et se contente de me regarder. Je suis assaillie d'une bouffée de nostalgie si forte que je manque de fondre en larmes. Il me faut une dernière cigarette avec lui.

J'ai BESOIN d'une dernière cigarette avec lui. Je n'en ai rien à foutre de perdre sept minutes de vie. La vie, c'est ce fichu toit-terrasse, lui et moi.

Comme s'il lisait dans mes pensées, il referme la porte derrière lui et m'indique les ascenseurs.

Une fois au sommet de Carma, nous restons silencieux pendant un moment, sans fumer. Nous restons assis là et cela nous suffit. Respirer à côté de lui me suffit, l'écouter respirer me suffit.

De temps en temps, je l'observe à la dérobée, m'imprègne de sa sensualité, de sa beauté. Je suis tellement en phase avec lui que j'ai conscience de chacune de ses inspirations, de leur profondeur, de chacune de ses expirations, de la chaleur de son corps, de l'endroit où sont posés ses yeux.

Sur moi.

Il étudie mes lèvres, je regarde fixement sa bouche bien pleine et ferme. J'ai envie de l'embrasser.

Comment réussir à lui dire au revoir, à le quitter ?

Je ne suis pas sûre d'y arriver.

Pour tenter d'apaiser ma douleur, je pense au Texas, à l'entreprise que je veux monter. Ce sera passionnant. Bon, d'accord, peut-être pas aussi passionnant si je me lance toute seule. Je n'ai qu'à me trouver un autre boulot d'abord, le temps de me sentir prête à affronter le marché. Et puis un jour, je demanderai à mon frère de m'inviter à passer un week-end à Chicago, et lorsque je reverrai Callan, je n'aurai pas de pincement au cœur. J'espère. Et à vingt-huit ans, je serai prête à rencontrer celui qui partagera mes goûts et mes passions, celui qui… eh bien, celui qui aura envie de passer le reste de sa vie avec moi. Officiellement.

J'ai beau me dire tout ça, mon cœur n'est pas dupe.

Callan finit par allumer une cigarette, puis il me la tend. Tandis que je tire dessus, il observe ma bouche avec intensité.

– On devrait arrêter de fumer, dis-je en soufflant la fumée.

Il esquisse un petit sourire.

– D'accord.

La lueur qui brille dans ses yeux va bien au-delà du simple désir, bien au-delà de tout ce que j'ai déjà pu y voir jusque-là.

Je lui rends la cigarette.

– Ah oui ?

– Oui, confirme-t-il. Pour l'instant, j'en suis à une clope par jour, deux maximum. Enfin, sauf quand je suis avec toi.

Il sourit et je me perds dans l'océan de sensualité de son regard. Il fait beaucoup trop chaud, tout à coup.

– C'est vrai ? Waouh ! Alors on devrait vraiment arrêter.

Si je propose ça, c'est peut-être aussi parce que, désormais, chaque cigarette me rappellera Callan et que je ne suis pas certaine de surmonter la douleur que me procurera ce souvenir.

– Ça me va.

– Je vais le faire pour ma grand-mère.

– Je vais le faire pour toi.

Ma peau se couvre de frissons, même si je brûle à l'intérieur. Serait-ce encore une de ses bouffonneries ? Il paraît si sombre, à présent.

– Alors, c'est bon, on se lance ! dis-je avec un enthousiasme forcé. Premier bilan dans un mois ?

– OK pour moi.

Je souris et relâche ma respiration. Je n'avais même pas conscience de la retenir. Pourtant, maintenant que nous avons conclu ce marché, je respire beaucoup mieux. C'est bien, et puis ça me donnera une excuse pour le contacter. Ça confère aussi un caractère moins définitif à nos adieux. D'ailleurs, je ne vois pas comment j'aurais pu les supporter sans ce pacte.

– Wynn et Emmett sont de nouveau ensemble.

– Ah bon ?

– Oui. Enfin, je ne connais pas les détails. J'imagine qu'elle m'en dira plus bientôt. Mais je suis contente qu'ils aient réussi à se retrouver. Leur histoire m'a beaucoup fait réfléchir aux relations amoureuses. Parfois, il n'y a pas que l'alchimie, l'attirance et la compatibilité qui comptent. Les projets de vie sont importants aussi. Si l'un est ici et que l'autre est là-bas, eh bien… ils ne sont pas au même endroit.

– Les gens peuvent déménager. Je peux déménager, Livvy, m'assure-t-il d'un ton très calme, en esquissant un sourire en coin. Je me déplace plus vite que n'importe qui.

– Rappelle-moi quand j'aurai vingt-huit ans.

Il rit, puis se renfrogne.

– Alors, c'est de toi que tu parlais ? C'est toi qui ne peux pas venir… jusqu'ici ? demande-t-il.

– Je ne sais pas. Je suppose… que c'est réalisable. Et puis, ce n'est pas comme si on ne pouvait plus communiquer.

– Complètement d'accord.

– C'est compliqué. Je veux dire…

On ne pourrait pas simplifier ? Franchement ?

– Peut-être que quand j'aurai vingt-huit ans, tu seras prêt et que je serai prête aussi…

C'est du baratin. Je sais que c'est du baratin.

– Si tu es d'accord, je vais commencer par t'embrasser pour la millième fois.

Il prend mon visage entre ses mains et presse ses lèvres sur les miennes. Tout mon corps se met à vibrer pour la millième fois aussi tandis que mon rythme cardiaque bat tous les records.

Lorsqu'il s'écarte et me dévisage avec ses yeux noisette d'une sensualité à couper le souffle, je suis sans voix.

– T'embrasser, ça va tellement me manquer.

Il n'en finit plus de me dévorer du regard.

La gorge plus serrée que jamais, je ne peux plus du tout respirer. J'ai envie de lui dire de me demander de rester. J'ai envie de lui dire que je l'aime. J'ai envie qu'il me dise qu'il m'aime aussi. Mais j'ai peur. J'ai peur que ce soit éphémère, que ça finisse par passer.

Qu'un jour il me quitte ou que je le quitte.

Que ça ne marche pas, tout simplement.

Arrête d'avoir peur, Livvy. Aie confiance.

Je relève la tête et l'embrasse à mon tour. Poussant un petit grognement approbateur, il glisse sa langue sur mes lèvres, puis m'attire un peu plus près avant de continuer à m'explorer avec sa langue.

Lorsque sa bouche s'éloigne, je reste muette devant son expression songeuse, si sombre.

– J'avais de toute façon prévu de partir. C'est le plan, pas vrai ? Avoir ma propre boîte à vingt-six ans, tout ça…

– Te laisser partir maintenant est l'acte le moins égoïste que j'aie jamais fait.

– C'est toi qui m'as donné le courage de croire en mes rêves et de les poursuivre.

Il continue à me dévisager, le regard toujours aussi sombre.

J'ai les yeux qui brûlent.

– Au revoir, Callan. J'ai… J'ai beaucoup appris.

C'est vrai. J'ai appris qu'on ne peut pas toujours atteindre les buts qu'on s'est fixés. Parfois, le destin ou je ne sais quelle instance supérieure a autre chose en réserve pour toi et tu te retrouves propulsé là où jamais tu n'aurais cru te retrouver. Et tu en tires les leçons.

Mâchoires contractées, Callan se lève et enfonce les mains dans ses poches.

– Cette règle est débile, Livvy. Tout comme le sont certaines des miennes. On aime avoir le contrôle sur ce qui nous entoure, mais plus j'essaie de contrôler ce qu'il y a entre nous, plus ça me glisse entre les doigts. Au fond, le temps n'a pas vraiment d'importance.

Tu as tes propres règles et je le comprends. Ce que je ne comprends pas, c'est que tu n'essaies jamais d'enfreindre mes règles alors que je passe mon temps à enfreindre les tiennes.

J'éclate de rire.

– Quoi ?

– Rien, c'était une idée, en passant.

Je décèle une lueur dangereuse dans ses yeux.

– Alors, au revoir, Drake.

– Au revoir, Fanny.

Sur une impulsion, j'ôte ma fausse bague de fiançailles et la dépose dans la paume de sa main.

– Je peux te donner ça ? N'y vois pas une promesse ni quoi que ce soit, c'est juste… je ne sais pas.

Plutôt que de continuer à bafouiller, je l'embrasse sur la joue et referme son poing sur l'anneau.

– Au revoir, Callan.

Je tiens bon le temps de sortir de l'immeuble et de rentrer chez moi avec mes cartons. Mais une fois la porte de mon appartement refermée, je m'écroule avec le coussin de ma grand-mère dans les bras. *La reine de tout et le reste*, tu parles.

Là, tout de suite, je n'ai pas du tout l'impression d'être une reine. En fait, j'ai l'impression de ne rien être du tout.

Tahoe m'emmène à l'aéroport.

Mes yeux rougis et enflés par les larmes bien planqués derrière mes lunettes de soleil, je contemple Chicago.

– Callan est venu me parler.

Tout le monde doit avoir entendu mon cœur bondir dans ma poitrine.

– Oh.

– Et toi, il t'a parlé aussi ? demande-t-il, tout à coup bien curieux.

– Non. Enfin, si, on s'est dit au revoir hier, c'est tout. On est en bons termes, on pense rester amis. Normalement, on est censés s'envoyer un message le mois prochain. Il doit me confirmer qu'il a bien réussi à arrêter de fumer.

Silence. Puis Tahoe émet un petit rire.

– D'accord. Appelle-moi pour me donner son bilan, alors.

Comment peut-il avoir l'air aussi guilleret alors que je suis condamnée à ne plus éprouver ni joie ni le moindre plaisir avant très longtemps ?

– Ça ira ? me demande-t-il, une fois à l'aéroport.

Il contourne sa voiture pour venir me serrer dans ses bras.

– Oui.

Je sonde ses yeux bleus si semblables aux miens, puis désigne l'ecchymose en train de s'estomper sur son œil gauche

– Ne te bats plus, dis-je sur le ton de la réprimande.

– Ne m'y pousse plus.

Puis il sourit et me fait un gros câlin.

– Tu lui as dit que tu l'aimais ? me demande-t-il encore.

Je secoue la tête.

– Non. C'est mieux comme ça. Je ne veux pas lui mettre la pression. Et puis, je suis une Texane pure souche, c'est là-bas qu'est ma place.

– Ah bon ?

Ses lèvres esquissent un demi-sourire, mais il ne commente pas. Pas même lorsque je hoche la tête avec véhémence avant de monter à bord de son jet.

***

J'éprouve un étrange sentiment d'abandon, de perte. J'écrase une larme, puis m'accroche à mon sac à vomi tandis que le jet de mon frère me ramène au Texas. Toutefois, le creux qui a pris place dans mon estomac n'a rien à voir avec ma phobie du vide.

Ai-je pris la bonne direction ? Je n'en suis plus sûre.

Je me conforme à ce qui a toujours été prévu. À ceci près que je n'avais pas envisagé Callan dans mes projets. Et maintenant qu'il y est, je lutte de toutes mes forces pour croire ce que Nana m'a dit un jour : que je pouvais peut-être avoir les deux. Mon esprit me renvoie vers le toit de Carma. *Olivia. Callan.* Je revois son sourire taquin, son regard plein d'attentes lorsqu'il me provoquait, sa façon de perdre le contrôle au lit, toutes les cigarettes que nous avons partagées, tous ces regards volés, toutes ces étreintes interdites, toutes nos conversations.

Nos conversations.

Et surtout son sourire, lent, irrésistible. Un sourire parfait.

Il était parfait.

CHAPITRE 26

Rester dans la partie

CALLAN

Une fille adorable.

Une fille adorable et exaspérante.

Une fille adorable et exaspérante, et moi je suis coincé là, bordel, derrière mon bureau, avec sa fausse bague comme lot de consolation, démesurément riche, mais surtout plus malheureux que la terre entière. Ma vie est aussi bidon que cette bague de fiançailles.

Nom de Dieu.

Je l'ai laissée partir.

Pourtant, toutes les particules de mon être me hurlaient de la rattraper et de ne surtout pas la laisser filer. Mais son regard, lui, me suppliait du contraire. C'est son rêve, après tout. Je ne peux pas la retenir.

Voilà ce que je n'arrête pas de me répéter.

Sauf que je ne suis pas dupe, mais alors là, pas du tout.

Je ne suis pas ce mec-là. Moi, je suis celui qui refusait de comprendre. Celui qui ne pigeait pas pourquoi, tout à coup, ses potes se contentaient d'une seule femme. Maintenant, j'ai compris. Maintenant, c'est mon tour.

J'appelle Tahoe.

– Je veux rester dans la partie.

Je raccroche, attrape mes clés. D'abord, convoquer tout le monde pour une réunion chez Carma : une restructuration s'impose. Ensuite, je vais aller lui chercher une vraie bague.

Je lui accorde un mois, pas plus. Et « non » ne sera pas une réponse acceptable. C'est elle, ma chérie, celle dont j'ai besoin. Reste à espérer que l'irrésistible et têtue mademoiselle Roth s'en aperçoive.

CHAPITRE 27
Projet

LIVVY

J'ai entendu ça trop souvent. Fais attention à ce que tu souhaites. Pourtant, des millions de gens continuent à formuler des vœux. Le mien a déjà été exaucé. Après mon stage génial, je suis rentrée au Texas avec une super lettre de recommandation de monsieur Callan Carmichael en personne, le PDG de Carma Inc., et Daniel Radisson s'est emparé de moi, sans faire la fine bouche cette fois.

Tout me réussit, je devrais être heureuse. Je suis en train de grimper les échelons du succès, un par un. Certes, je pourrais ternir le tableau en prétendant que mes compétences au lit ont influencé les recommandations de Callan, mais je le connais trop bien : jamais il ne soutiendrait quelqu'un en qui il ne croit pas à fond.

Et il a cru en moi dès le début, puisqu'il m'a d'emblée donné ma chance. Il m'a appris les ficelles du métier, il m'a même laissée partir pour que je puisse poursuivre mon rêve.

Hélas, cette immense satisfaction qui devrait me porter, je ne la ressens pas, parce que quelque part en cours de route, j'ai commencé à envisager d'autres scénarios. Résultat, au lieu d'être fière d'être restée fidèle à mon projet, j'ai l'impression que ma vie s'est réduite à un grand vide que rien ni personne ne pourra jamais combler.

Le boulot au sein de Radisson Investments, à Austin, n'est pas aussi passionnant que je le pensais. Même si je travaille à une heure de trajet de chez moi, que je suis logée et nourrie chez papa et maman, que la tombe de Nana n'est pas loin, j'ai perdu toute motivation. Daniel Radisson me laisse faire ce que je veux, se contentant de gratifier mes résultats d'un « beau boulot ». Il n'a que ça à la bouche : « beau boulot ».

Je donnerais tout pour entendre Callan me dire : « Tu peux faire mieux que ça. »

Par conséquent, je songe à lancer ma propre affaire plus tôt que prévu, mais il faut que j'affine encore un peu mes connaissances en investissements.

Daniel n'est pas un prédateur et même s'il essayait, il n'y arriverait pas. Après avoir travaillé au siège de l'impressionnante entreprise Carma, à Chicago, j'ai l'impression que les petits bureaux de Radisson – pas d'uniforme, esprit bon enfant, ambiance très décontractée – ne me stimulent pas assez, ne m'encouragent pas à sauter dans le grand bain.

Je dois aussi avouer que j'ai suivi le dossier Alcore et que les derniers échos ne m'aident pas beaucoup. Une fois de plus, Callan m'a prise au dépourvu : aux dernières nouvelles, il détiendrait la majorité des parts mais aurait autorisé les actionnaires précédents à conserver leur siège dans le conseil d'administration ainsi qu'un pourcentage assez élevé d'actions. De son côté, il injecte du capital afin d'agrandir Alcore et de lui permettre de passer au niveau supérieur : celui où les millions de ventes se transforment en milliards. Dans un premier temps, leur dette va s'alourdir, mais ensuite tous les nouveaux contrats conclus commenceront à porter leurs fruits.

Alors j'ai pris une grande décision : j'ai postulé pour obtenir un vrai poste chez Carma. Même si mes parents sont merveilleux et que j'adore voir mes amies, je ne me sens plus tout à fait chez moi ici. Ce que Chicago m'a offert ne correspond peut-être pas à ce que je cherchais au départ, mais j'ai pris conscience que la vie m'avait donné plus, bien plus, que je ne l'avais imaginé. En plus de l'épanouissement professionnel, je suis tombée amoureuse. Jamais je n'aurais cru que les deux seraient à ma portée : ma carrière et *lui*. Désormais, je veux tout, rien de moins.

Alors, mon beau projet peut aller se faire foutre, j'ai changé d'avis.

Je veux Chicago, et je veux que le plus séduisant de ses habitants soit dingue de moi, au moins autant que je le suis de lui.

Mon nouveau projet : tout sacrifier pour ma carrière SAUF l'homme de ma vie.

Aujourd'hui, j'ai passé la journée à rafraîchir la page d'accueil de ma boîte e-mail. Voilà une semaine que j'ai envoyé ma candidature chez Carma, mais je n'ai encore reçu aucune réponse. J'envisage même d'appeler Tahoe, mais peut-être que Callan ne veut plus de moi là-bas. Après ma journée de boulot, je rentre chez moi et vérifie la date sur mon calendrier. Pile un mois. J'ai envie d'une cigarette. J'en rêve. Et lui ? Je sors mon téléphone et envoie un message à Callan.

Demain, ça fera un mois.
Mission accomplie ?
J'ai failli ne pas y arriver. Et TOI ?!
Abstinence totale ?

Jamais fait un truc aussi difficile de ma vie.
Suis à deux doigts de craquer.

Pareil. Si j'en avais, je m'en grillerais
une petite. Mais j'ai trop la flemme
pour aller en acheter.

Je t'apporte ça.

Ah ah. Oui, s'il te plaît. Je t'attends.
Dépêche-toi.

C'est assez rapide pour toi ?

Ce dernier message m'interpelle. Du moins jusqu'à ce que j'aperçoive du mouvement sur le perron de la maison. Debout, devant moi, se tient une vision – une hallucination totale – de Callan, vêtu d'un jean et d'un tee-shirt noir moulant qui le rend plus sexy que jamais.

Quelques mètres à peine nous séparent, et non plusieurs États. Qu'est-ce qu'il est séduisant, c'est fou ! Il est là, juste là ! Il a une barbe de trois jours et les cheveux malmenés par le vent, mais il ne m'a jamais semblé aussi réel.

Aussi adorable.

Aussi appétissant, dans le genre bad boy.

Je déglutis, tâchant de refouler la boule qui enfle dans ma gorge.

J'ai envie de courir, de grimper sur lui comme s'il était ma cabane, de m'installer en lui, d'en faire mon domicile fixe.

J'ai envie de me coucher sur son corps, de le toucher partout, de l'embrasser partout. J'ai la bouche sèche et les doigts qui me démangent. L'attraction crépite entre nous. Autour de lui, l'air est chargé de testostérone ; mon corps le ressent. Il me dévisage comme avant, avec une pointe d'amusement, beaucoup, beaucoup, d'intérêt, et un soupçon d'admiration aussi.

– Callan.

– Olivia.

Sa voix. Oh là là.

J'en ai la chair de poule. Je ris devant ma propre réaction, m'émerveille de l'effet qu'il produit sur moi, le même effet ravageur qu'avant.

En fait, je tremble de partout, comme une feuille, tandis que je m'approche. Son parfum me chatouille les narines. Je retiens mon souffle.

Je m'assieds sur les marches, il s'installe à côté de moi.

– Merci pour ta lettre de recommandation, j'ai eu la place chez Radisson.

Appuyé sur ses coudes, il m'observe avec attention, un petit sourire aux lèvres.

– Quel dommage.

Quelle drôle de réaction. Je fronce les sourcils.

– Quoi ? Mais pourquoi ?

– Parce que je suis en train de développer une nouvelle branche chez Carma. J'aimerais consacrer un pourcentage de nos fonds d'investissement à des partenariats avec de petites entreprises en difficulté. Et je voulais te nommer à sa tête.

Je cligne des yeux, puis détourne la tête.

– Comme je ne pouvais pas prendre le risque que tu refuses, je t'ai laissé un peu de temps.

Il me saisit le menton.

– Je ne *peux* pas prendre le risque que tu refuses.

Je suis abasourdie par son offre. Et tout aussi abasourdie par sa façon de me regarder en ce moment, comme si j'étais ce qu'il cherche depuis très, très longtemps.

– Il y a des tas de gens bien plus qualifiés pour ce poste, dis-je dans un murmure.

– J'en doute.

Il soutient mon regard.

L'amour ne ment pas. Je n'avais même pas conscience de rêver de tout ça, pourtant je le lis, là, dans ses yeux. Il m'a fallu du temps pour surmonter mes peurs, mais maintenant il est là. Et je suis là.

– Quoi que tu aies envie de faire, fais-le maintenant. Il n'y a aucune garantie sur le futur, Olivia. La vie passe en un éclair et nous perdons beaucoup trop de temps à lui chercher un sens. Arrête de réfléchir et vis. Je refuse de passer une seconde de plus sans toi.

Il secoue la tête, puis se penche vers moi. Sa voix baisse d'un ton, formant presque un grondement.

– Un jour, je t'ai dit que je n'étais pas sûr d'être capable d'aimer quelqu'un. Depuis, j'ai découvert que oui, j'en suis tout à fait capable, et je le fais d'ailleurs, plus que je ne l'aurais jamais imaginé.

Je suis sans voix. Tout ce dont j'ai toujours rêvé sans le savoir est assis à côté de moi, sous la forme d'un homme de près de deux mètres de muscles. Mon ami, mon mentor, mon amant, mon… amour.

– Tu as entendu ce que je t'ai dit ? Je t'aime, insiste-t-il, en l'absence de réaction de ma part.

– J'ai entendu.

Ma voix est cotonneuse.

– J'ai une petite chance de l'entendre de ta bouche aussi un jour ?

Je hoche frénétiquement la tête. Vite, il faut que je retrouve ma voix.

– Grimpe sur le toit-terrasse que nous avons construit ensemble, approche-toi du bord et jette un coup d'œil par-dessus, Olivia. Je suis juste là.

– Que fais-tu planté là ?

– Je t'attends, mon adorable, exaspérante et irrésistible Livvy.

Il réfléchit un instant, puis rit comme s'il se moquait de lui-même.

– Je veux que tu portes mes enfants, déclare-t-il avec un regard éloquent. Je veux que ton ADN s'unisse au mien pour toujours.

Il attend. Puis…

– Tu te rappelles quand je t'ai dit qu'on ne pouvait jamais prévoir les grands malheurs ? Eh bien, dans mon cas, je crois que c'est valable pour les plus grands bonheurs. Je n'avais pas prévu de posséder ma propre entreprise un jour. Je n'avais pas prévu de devenir ami avec Malcolm et Tahoe. Et tu fais partie de tous ces merveilleux imprévus. Tu es le plus beau de tous. Jamais je n'aurais cru te voir débarquer dans ma vie, Olivia. Tu sais, j'ai déjà imaginé des milliers de plans de carrière, mais jamais rien concernant ma vie privée. Et tu me connais. Je n'aime rien laisser au hasard.

Un petit sourire amusé danse sur ses lèvres.

– Les relations humaines m'ont toujours semblé trop hasardeuses. Pendant vingt-huit ans, la vie m'a prouvé que j'avais raison de ne rien planifier.

Et puis, un beau jour, cette jolie petite blonde a surgi sur le toit de Carma, elle m'a demandé si elle pouvait tirer sur ma cigarette, et je l'ai désirée comme je n'avais encore rien désiré au monde. Ces grands yeux effrayés, cette bouche insaisissable…

Je suis en train de me liquéfier sur place, pourtant je suis bien assise là, je ne comprends pas comment c'est possible. Tout cet amour se diffuse en moi par chacun des pores de ma peau.

Si j'ai eu la force de craquer pour lui, pour un homme tel que lui, alors je suis assez forte pour passer ma vie avec lui. Ce ne sera pas simple. Mais au fond, ai-je envie que ce soit simple ? Non. Le défi, ça, c'est excitant, ça me pousse à donner le meilleur de moi-même. Cette idée m'emplit de satisfaction et de soulagement.

– Je ne veux pas que tu travailles pour moi, mais avec moi, Livvy. Je veux que tu sois ma partenaire sur tous les plans, partout, tout le temps. J'ai envie de faire de grands projets avec toi, de planifier mon avenir avec toi. Et je veux le faire quoi qu'il nous en coûte, même si certaines choses ne se passent pas comme nous le voulons. En fait, tout ce que je sais, c'est que je veux tout vivre avec toi. Tu rends tout meilleur. Tu *me* rends meilleur.

Il prend mon visage entre ses mains, le serre avec douceur et plonge son regard en moi.

– Je suis tombé follement amoureux de toi, à tel point que je suis perdu. Complètement paumé.

Il secoue la tête.

– J'ai cligné des yeux et tu étais partie. Ça s'est passé si vite. Je ne veux plus risquer de cligner des yeux pour découvrir que tu as disparu, encore une fois.

Je lui saisis le visage à mon tour et presse mes lèvres sur les siennes. Il grogne et incline ma tête pour mieux m'embrasser, avec plus de fougue.

– Je voulais rester, dis-je, haletante, au milieu d'une avalanche de baisers. Je voulais t'avouer mon amour, mais j'avais peur.

– Alors dis-le, m'ordonne-t-il d'une voix éraillée par l'émotion.

– Je t'aime. Tu as complètement foutu mes projets en l'air et c'est merveilleux.

Je ris devant sa mine malicieuse. Callan n'aurait pas l'air plus fier s'il avait racheté la galaxie tout entière.

– C'est la première fois que je le crie au grand jour. Ça me fait un bien fou.

Il se lève en m'entraînant avec lui, puis pose les mains sur mes fesses, m'enracinant à lui.

– Je t'ai apporté quelque chose.

Il plonge la main dans la poche arrière de son jean et me tend un paquet de cigarettes. Sous l'effet de l'anticipation, un fourmillement agréable me parcourt la colonne vertébrale. Je l'ouvre et… à ma grande déception, il n'y a rien à l'intérieur.

– C'est ça, ton cadeau ?

Je retourne le paquet, m'attendant presque à ce qu'une cigarette apparaisse comme par enchantement, mais c'est une bague sertie d'un gros diamant qui tombe dans la paume de ma main.

Je suis sous le choc. Tout ce que je voulais, c'était une cigarette.

– Je reste dans la partie, murmure-t-il en me dévisageant, les yeux scintillants de bonheur.

Il me soulève le menton.

– Et toi ?

Ma gorge se noue tandis qu'il prend la bague et la glisse à mon doigt. La taille est parfaite.

– Celle-ci est plus vraie que vraie, ajoute-t-il en tapotant l'énorme diamant taille émeraude.

Depuis que je l'ai rencontré, mon cœur a souvent palpité comme un fou et fait l'expérience de tout un tas d'autres sensations inédites, mais les bonds qu'il exécute en ce moment sont tout bonnement sans précédent !

– Tu vas à la vitesse de la lumière, Callan, je…

– Tu voulais un petit coup de pouce. Bon, c'est vrai, c'est plus qu'un coup de pouce, mais je prends notre avenir en main. Je veux tout. Alors, tu en es ?

Je pince les lèvres et pose la main sur la joue de mon Mystérieux Fumeur. Jamais, jamais, je ne le laisserai s'échapper.

– J'en suis. Je reste dans la partie, pour toujours.

Il enfouit les doigts dans mes cheveux et plante un baiser sur le lobe de mon oreille.

Je me blottis contre lui. J'ai mal aux joues à force de sourire.

– Je t'aime comme une dingue.

Il sourit aussi. Ses mains sont soudées sur moi.

– Mais tu es dingue. À moitié folle, en fait.

– Folle de toi.

Il se penche, s'empare de ma bouche, me mordille la lèvre supérieure.

– Pas autant que moi.

Je goûte sa bouche avec ma langue. Bon sang, il m'a tellement manqué.

– Viens, monte avec moi, dis-je. Il n'y a personne à la maison. Et il fait trop chaud pour aller sur la colline.

Je lui prends la main et l'emmène à l'étage, dans ma chambre.

Je ferme la porte derrière moi, puis me dirige vers le lit en le dévorant du regard.

– Mais, toi, avec ta réputation de Don Juan, tu es sûr que tu pourras te contenter de moi ?

– Avec toi, je suis déjà bien occupé, répond-il en s'avançant.

– Bon, parce que je suis trop têtue pour autoriser quiconque à t'approcher et encore moins à te posséder.

– Personne ne peut me posséder, par contre, moi, je t'ai tout entière, me nargue-t-il en m'attirant contre lui.

– Quoi ? Alors je n'ai rien ? Ce n'est pas équitable, comme marché.

– OK, je te cède un peu de moi. Mais ça, dit-il tout bas en effleurant mes lèvres. Ça, c'est à moi, et c'est non négociable.

Son regard s'enflamme, il baisse la main pour caresser mon sexe.

– Et ça aussi, c'est à moi.

Sa voix est de plus en plus rauque. La chaleur insoutenable de ses yeux me submerge, m'entraîne dans un tourbillon doré.

Il passe deux doigts sur mes paupières.

– Je les prends tous les deux.

Puis pose la main sur mon front.

– Je prends ça aussi.

Il frôle mon sein gauche, au niveau du cœur.

– Et surtout ça. Je ne veux pas passer à côté de ça, il me le faut.

– Et en contrepartie, qu'est-ce que je reçois… ?

– Œil pour œil, comme on dit.

Je le défie :

– De tout mon cœur, pour toute ta vie, c'est ça ?

– On verra bien, mais je veux un bonus.

J'éclate de rire.

– Ah bon ? Comme quoi ? Je te donne déjà tout !

– Comme…

Il tire sur l'une des manches de ma blouse, découvrant mon omoplate, puis imprime ses lèvres sur mon décolleté.

– Cette poignée de taches de rousseur.

Je pousse un grognement, frissonne.

Voilà l'effet qu'il me fait.

Il continue à m'embrasser le buste et je savoure le contact de sa bouche chaude tandis que ma poitrine s'alourdit de désir.

Lorsqu'il relève la tête, nos regards se croisent. Assez joué.

J'adore la sensualité provocatrice qui luit dans ses yeux – comme s'il ne prenait rien de tout ça au sérieux. Sauf peut-être le sexe avec moi. Parce que cette lueur taquine renferme la chaleur d'un millier de soleils braqués sur moi.

Je ne peux plus respirer.

Je porte la bague de ce mec au doigt. Il m'aime et je l'aime.

D'un regard, il m'ordonne de me déshabiller, le souffle haché.

Je commence par me débarrasser de mon pantalon, mais j'ai l'impression de ne pas aller assez vite. Je veux être nue tout de suite. Je contemple mon homme appétissant, époustouflant, tandis qu'il déboutonne son jean, délivrant son superbe sexe. Il s'en saisit et le caresse tout en m'observant. Je me penche, embrasse délicatement le bout, puis ouvre la bouche et le prends tout entier, sur toute sa longueur.

– Oh putain, grogne-t-il.

Je frissonne.

Il me soulève et me jette sur le lit. Sans prendre la peine de m'arracher ma culotte, qu'il pousse sur le côté, il se glisse en moi, au plus profond de moi. Par automatisme, ma chair brûlante se contracte autour de son membre solide et nous gémissons de volupté. Je bascule la tête en arrière tandis que, assailli de sensations divines, mon corps se cambre.

– Oh mon Dieu !

Mon sexe est si étroit, le sien si épais, qu'à chaque fois qu'il s'enfonce un peu plus en moi, j'ai l'impression qu'il touche mon cœur. J'adore ça. Nous adorons ça tous les deux. Nous faisons l'amour à un rythme effréné, bruyamment, déconnectés du reste du monde et je n'en perdrais pas la moindre seconde.

Je crie, serre les cuisses autour de ses hanches, contracte les muscles qui enveloppent son érection, comme pour le conserver à tout jamais en moi.

La bouche plaquée sur la mienne, il enchaîne les coups de reins à une cadence endiablée. Son corps semble aussi infatigable que le mien.

Sa ferveur se passe de mots pour exprimer à quel point il me désire, c'est un véritable tsunami de luxure ardente qui déferle sur moi.

Soudain, l'orgasme me happe. J'ai l'impression que ma peau se liquéfie, que je m'évapore tandis que l'extase se répand dans mes veines.

– Callan.

– Je t'aime, gronde-t-il contre mes lèvres au moment de succomber lui aussi à l'orgasme.

Quelques secondes – ou peut-être quelques années – plus tard, je m'aperçois que mes ongles sont plantés dans son dos. Je suis à bout de souffle. Son sexe palpite toujours en moi. Je lui mordille le cou en grognant de plaisir ; j'adore le sentir sur moi.

– Ça veut dire qu'on ne fumera même pas une dernière cigarette ?

– Je dois avoir un nouveau paquet, quelque part, répond-il avec un sourire en coin.

Il se lève et va se laver. Quelques instants plus tard, il réapparaît avec le paquet de cigarettes promis et ouvre la fenêtre.

Je me redresse dans le lit tandis qu'il en allume une. Je mémorise chacun de ses mouvements, ses lèvres posées sur le bout, sa façon de protéger la flamme avec sa main, d'inhaler la fumée, puis d'ôter la cigarette de sa bouche pour me la tendre, l'œil brillant, comme s'il m'offrait le monde.

– On pourra encore s'en griller une petite de temps en temps, dis-je. Aux grandes occasions.

– Pourquoi pas. Si on en a envie.

– Oui. Moi, j'ai envie.

– Moi aussi.

Il me subtilise la cigarette des lèvres, prend une taffe et me la rend aussitôt avant de me serrer dans ses bras. Nous restons assis comme ça dans mon lit, à fumer notre dernière cigarette.

Du moins, celle que nous pensons être la dernière.

CHAPITRE 28

Chez moi

Maman et papa sont emballés par l'annonce de nos fiançailles. Nous passons le week-end avec eux et, avant de repartir, Callan et moi nous rendons sur la tombe de Nana.

Lundi, après des adieux émouvants avec mes amies vertes de jalousie, je suis prête à emménager à Chicago, pour de bon cette fois.

Pelotonnée dans les bras de Callan, je contemple la ville par le hublot de l'avion. C'est ici, chez moi, désormais.

CHAPITRE 29
Vingt-huit ans

CALLAN

Six ans et quelques paquets de Marlboro plus tard (que voulez-vous, nous sommes accros), nous attendons un enfant. Olivia Carmichael, ma femme, toujours aussi drôle et adorable, est enceinte. Un Callan junior pointera bientôt le bout du nez.

Je pourrais passer des jours à énumérer tout ce que Livvy a apporté à Carma. Bien sûr, nous enfreignons les règles. Tout le temps.

Nous avons instauré le Vendredi cool : les employés de Carma ont le droit de se vêtir comme ils le veulent le vendredi.

Mais ce qui compte le plus, au fond, c'est tout ce qu'elle m'a apporté, à moi. Avant elle, je me fichais pas mal de mon honneur, de la dignité, tout ça. Pas besoin d'être digne quand on possède tout ce qu'on veut, ou presque. En revanche, un homme a besoin d'être digne de celle qu'il aime s'il veut posséder son amour.

Cette année, Olivia a eu vingt-huit ans et elle a voulu marquer le coup avec un nouveau projet.

Elle a donc décidé de devenir maman.

J'effleure l'un de ses mamelons, puis embrasse son ventre. En ce moment, elle dort énormément. Je n'ai jamais autant travaillé depuis mon lit que ces six derniers mois. Les week-ends, elle traîne, fait beaucoup de siestes pour recharger ses batteries qui se vident si vite. La tête sur mes genoux, elle m'écoute vaquer à mes occupations.

C'est elle qui m'a demandé cette toute première taffe, sur le toit de Carma, mais c'est moi qui ai été frappé en plein cœur, ce jour-là. L'uniforme de Carma n'avait jamais été aussi bien porté.

Ce souvenir me pousse à retrouver mon paquet. Je sors une cigarette, puis me ravise ; je lui ai promis d'arrêter lorsqu'elle y a été obligée. Ce n'est pas bon pour le bébé. Je range la cigarette et planque le paquet tout au fond du tiroir de la table de chevet. Je tiendrai parole. J'arrêterai de fumer. Il n'y a qu'une chose que je n'arrêterai jamais, c'est de l'aimer.

Il y a quelques années maintenant, la regarder partir a été l'épreuve la plus difficile de toute ma vie. Mon instinct m'ordonnait de la rattraper, de me lancer à sa poursuite et de la ramener là où était sa place : auprès de moi.

À l'époque, j'ai décidé d'être patient, de lui laisser un peu d'air, le temps de mettre les points sur les I et les barres sur les T. C'est comme ça que je travaille, après tout.

Elle a eu le temps de réfléchir, de poursuivre ses projets.

Seulement, elle avait omis un petit détail.

Un grain de sable est venu enrayer la machine bien rodée : ce putain de Drake – Derek. Drake, qui a refusé d'attendre qu'elle ait vingt-huit ans pour débarquer dans sa vie. J'ai passé des années à jouer avec les femmes. Les relations stables ne m'intéressaient pas, je refusais d'être muselé, pris au piège.

Maintenant que le piège s'est refermé sur moi, je suis forcé d'admettre que je ne me suis jamais senti aussi libre.

J'aime cette fille adorable et exaspérante.

Je suis resté dans la partie. Et j'y suis chaque jour.

Il paraît qu'on devient vraiment riche le jour où l'on possède quelque chose que l'argent ne peut pas acheter.

Eh bien, pour ma part, je m'éveille à côté de ce quelque chose chaque matin. Cheveux blonds, courbes à se damner, regard amoureux. Pas de doute, je suis l'homme le plus riche du monde.

CHER LECTEUR

Merci infiniment d'avoir choisi ce roman. J'espère que Wynn me racontera bientôt son histoire, tout comme le mystérieux frère de Callan, joueur invétéré, semble-t-il. Affaire à suivre, d'autant que je vous réserve aussi une autre surprise !

Merci pour votre soutien et votre enthousiasme pour mon travail.

REMERCIEMENTS

J'ai la chance d'être entourée d'une équipe formidable qui me motive et m'inspire.

Un merci tout particulier à ma meilleure amie, Monica Murphy. Merci pour ton amitié, ton enthousiasme, nos longues communications téléphoniques, nos petits messages et nos échanges réguliers par e-mail, mais, par-dessus tout, merci d'être aussi géniale et inspirante. Sans parler du privilège que tu m'accordes en me permettant de lire tes bébés avant tout le monde, exactement comme tu as la priorité sur les miens. Je nous en souhaite encore plein d'autres.

Merci aussi à ma famille ; si j'ai la possibilité de faire ce que j'aime, c'est grâce à vous. Je vous adore.

Merci à mon agent, la géniale, et bien plus encore, Amy Tannenbaum, ainsi qu'à toute l'équipe de Jane Rotrosen Agency (plus que fantastique !).

Merci à ma super éditrice, Kelli Collins et aux fabuleux Ryn Hughes, CeCe Carroll, Lisa Wolff, Anita Saunders, ma correctrice, et Angie McKeon.

Sans oublier Nina Grinstead et la merveilleuse équipe de Social Butterfly PR.

Merci à mes amies autrices : Monica, Emma, Kristy et Kim.

Merci à ma fantastique maison d'édition audio, S&S Audio, ainsi qu'à mes éditeurs étrangers qui font traduire mes histoires afin qu'elles puissent toucher les lecteurs partout à travers le monde.

Merci à Julie de JT Formating, et au graphiste James de chez Bookfly Covers, vous avez tous les deux fait un boulot remarquable !

Merci à Melissa ; tu connais les mille raisons de ce merci.

Merci également à tous les blogueurs qui prennent le temps de partager leurs impressions et leur intérêt pour l'un ou plusieurs de mes livres.

Enfin, et surtout, merci à vous, mes lecteurs. Votre fidélité, votre soutien, votre intérêt pour mes histoires et mes personnages représentent tellement, je n'ai pas de mots pour exprimer ma gratitude.

Merci pour le temps que vous consacrez à notre petit univers ☺

Katy